GIGOLÓ

J. de la Rosa

Gigoló

El amor tiene un precio

TITANIA

Argentina • Chile • Colombia • España
Estados Unidos • México • Perú • Uruguay • Venezuela

1.ª edición Febrero 2015

Aribau, 142, pral. – 08036 Barcelona
www.titania.org
atencion@titania.org

ISBN: 978-84-92916-84-9
E-ISBN: 978-84-9944-829-9
Depósito legal: B-26.783-2014

Fotocomposición: Ediciones Urano, S. A.
Impreso por Romanyà Valls, S. A. – Verdaguer, 1 – 08786 Capellades (Barcelona)

Impreso en España – *Printed in Spain*

Allen intentó controlar la respiración. Notaba el corazón acelerado, martilleando como un loco en su pecho, y un suave cosquilleo que aún le recorría cada vello sobre su piel como una corriente cálida y espesa. Tomó otra bocanada de aire y cerró los ojos para lograr contenerse. El orgasmo había sido... increíble. No encontraba las palabras. Tampoco las buscaba. Solo intentaba poner un poco de orden en su cabeza, en su cerebro aturdido por el placer del sexo. Poco a poco se fue calmando. El pulso se recuperó y la nube deliciosa en que estaba envuelto fue disipándose, dando paso a una extraña y desconocida sensación de vacío. Abrió los ojos. El techo de una habitación de hotel. Una de tantas. Observó su propio cuerpo tendido en la cama. El preservativo aún estaba tirante, ajustado a su miembro que empezaba a relajarse. Se pasó una mano por la frente para apartar el sudor del esfuerzo mientras con la otra se lo arrancaba, le hacía un nudo y lo arrojaba con furia a un rincón de la habitación. Luego lo tiraría a la papelera, porque... ¿Qué diablos le había sucedido? Estaba enfadado, excitado, confuso. Su mente volvió a nublarse al recordar los instantes que acababa de vivir. El cuerpo de aquella mujer entre sus brazos. Delgado y sinuoso, como el pecado. Su boca entre sus labios, sabrosa y anhelante hasta la asfixia. El sabor de su piel, una mezcla de pasión y miedo, de pudor y arrojo que le había vuelto loco. Solo rememorarlo volvió a hacer palpitar su sexo sobre el vientre desnudo y le hizo sentir una sed que ya no recordaba. Fue entonces cuando la puerta del baño se abrió arrojando una luz fría y pálida sobre la moqueta, y ella apareció intentado recomponer su maltrecha ropa.

Se había vestido deprisa y su blusa aún no estaba del todo abotonada, dejando entrever el suave encaje de un sujetador que él había arrancado hacía apenas una hora. En aquel momento se estaba subiendo la cremallera de la falda, los brazos hacia atrás, lo que hacía que aquel delicioso pecho se proyectara hacia delante, como un caramelo que puedes ver, pero no degustar. Allen se relamió los labios. La deseó con tanta fuerza que casi fue doloroso.

—¿Te vas? —le preguntó.

Ella no contestó, parecía apresurada, intentando terminar con aquello cuanto antes. Salir de allí cuanto antes. Abandonó la cremallera de la falda para centrarse en recogerse el rubio cabello en una coleta y él de nuevo vio sus pechos aprisionados en unas pocas pulgadas de seda negra que cambiaban de dirección. La mujer era bonita, aunque no despampanante. Sus ojos podían ser verdes o ambarinos, dependiendo de cómo la luz incidiera en ellos, y parecían sorprendidos. Las pocas veces que los había mirado mientras la penetraba se había encontrado con la vergüenza y el miedo, el deseo y la pasión, la necesidad y la culpa. Por último ella se colocó la chaqueta y trasteó en su bolso.

—¿Puedo saber tu nombre? —pidió él, y su voz le resultó extraña, como un ruego anhelante.

—Quinientas libras —susurró ella con aquella timidez que no la abandonaba, depositando los billetes doblados sobre la mesita, tan al borde que estuvieron a punto de esparcirse sobre la moqueta—. Es lo acordado.

Allen miró el dinero y después a la mujer que esquivaba sus ojos. No sabía su nombre. No sabía nada de ella, solo que hacía apenas unos minutos se deshacía de placer entre sus brazos y a él le provocaba el orgasmo más desconcertante de toda su vida. La pasión que ella había demostrado se tornaba ahora en vergüenza, en arrepentimiento. Parecía una niña asustada que de pronto no sabía cómo pedir disculpas por una falta.

—De acuerdo —oyó Allen que decían sus propios labios, aunque lo que quería realmente era rogar que se quedara. Saber más de ella. Comprender por qué algo tan cotidiano en su vida de gigoló como el sexo pagado había sido tan diferente con aquella mujer anónima.

Ella no añadió nada más. Se colgó el bolso en un hombro y salió de la habitación de hotel con paso apresurado, apretando los muslos al caminar, como si quisiera olvidar lo que había sucedido entre aquellas sábanas, sin volver la vista atrás.

1

Dos años después.

María se observó otra vez en el espejo del cuarto de baño. No estaba segura de si le faltaba colorete o le sobraba carmín. Se decidió por esto último, así que se desmaquilló los labios con una toallita de papel para volver a retocárselos con un tono más pálido. Tampoco estaba segura del vestido elegido. Se lo había cambiado dos veces y aun así no creía que fuera la mejor elección.

—Cariño, ¿sabes dónde está mi *blazer* azul? El que me regalaste para mi cumpleaños —preguntó Edward desde el dormitorio.

Sonrió sin darse cuenta. Era una pregunta muy similar a la que le hacía todas las mañanas.

—Mira en el ropero. La puerta de la derecha.

Permaneció un instante expectante, hasta oír cómo se abrían y cerraban una a una todas las puertas del armario, de izquierda a derecha, hasta que Edward suspiraba y salía de la habitación seguramente con la prenda en la mano. Esperaba que se diera prisa porque ya llegaban tarde. Volvió a concentrarse en su maquillaje. Cajetines y utensilios estaban desperdigados por todo el tocador, y no porque ella fuera una forofa del color, sino porque en la empresa donde trabajaba era habitual probar todo lo que sacaban al mercado. Un poco de brillo en los labios y ya estaba. Miró otra vez el resultado. Siempre le parecía excesivo, pero en esta ocasión no podía entretenerse más.

Se separó un poco del espejo y observó el conjunto de aquel vestido blanco y ajustado con su cabello rubio y suelto sobre la espalda.

No, no estaba segura de haber acertado. ¿Se veía demasiado pálida, demasiado insípida?

Suspiró apoyada en la piedra de mármol amarillo que hacía de lavabo. Algo no marchaba bien. Era como una sensación extraña en el estómago. Un negro augurio que no le había abandonado durante todo el día. Ni siquiera ahora, cuando en breve disfrutaría quizá de una de las veladas más hermosas de su vida, había logrado alejarla de su cabeza. No, algo no iba como debería, y era incapaz de descubrir de qué se trataba.

—Tenemos que irnos —anunció la voz de Edward desde el otro lado de la puerta—. Y se ha puesto a llover a cántaros.

María suspiró de nuevo. Vestida de blanco y bajo un aguacero… ¿Se podía ir peor? Ya no le daba tiempo a cambiarse. Tendría que conformarse con ir a casa de Karen tal y como estaba.

Se echó una última ojeada.

—Adelante —se dijo en voz baja, solo para ella—. Nuestros amigos y un futuro perfecto nos esperan.

2

Al fin había dejado de llover y parecía que en las próximas jornadas tendrían una tregua de sol. La primavera en Londres era así: una mezcla de agua y tenue calor que volvía los días verdes y luminosos.

Menos los homenajeados, ya estaban todos, aquí y allá, alrededor de la mesa o junto a la chimenea, con cerveza o vino en la mano, a la espera de que alguien anunciara que empezaba la cena. Karen, la anfitriona, no permitía que los hombres entraran en la cocina. No era una cuestión de machismo, decía cuando alguien se lo recriminaba, sino de legitimidad. Ella y sus amigas necesitaban un espacio privado donde hablar y el calor de la lumbre era un territorio mágico desde tiempos inmemoriales. Junto a los fogones se percibía el mayor trajín. Mientras una cortaba el apio para la ensalada, otra enjuagaba los champiñones o daba las últimas vueltas a la salsa que acompañaría el rosbif. Era un ritual que siempre le había gustado: prescindir del servicio cuando recibía a los más íntimos. Además, aquella noche era muy especial. En algún momento sonó el timbre de la puerta.

—Yo abro —dijo Karen limpiándose las manos en su pulcro delantal y mirando el reloj de pared—. Deben ser ellos. Edward siempre es puntual.

Dio un último trago a su copa de vino y emprendió el camino para recibir a los protagonistas de aquella velada. Todo estaba perfecto, como siempre. La mesa decorada, la chimenea crepitante, sus amigos felices y entretenidos en charlas triviales y ligeras, y la cena casi lista para ser degustada. Se sintió satisfecha. Pocas cosas le hacían más feliz que pasar unas horas con sus amistades de toda la vida a las que apenas veía. El mundo estaba cambiando de forma vertiginosa y cada vez tenía más claro que ella estaba en él para que ciertas cosas permanecieran.

Cuando abrió la puerta no pudo menos que sonreír de placer. Allí estaban los dos, la pareja perfecta. Edward y María. Dos personas hechas el uno para la otra. Ellos eran la prueba palpable de que existía el amor verdadero y duradero, de que era algo real, cierto, y que podía ser tranquilo y sereno como en este caso.

Edward era el perfecto caballero y así lo demostraban sus ademanes modelados por la más exigente educación. Y también era guapo, lo que no estaba de más. De grandes ojos verdes y cuidado cabello rubio que llevaba cortado con aire desenfadado. No era atlético, aunque sí estaba en buena forma; la mejor en que podía estar un neurocirujano recién salido de su residencia que había dedicado tantos años al estudio y a la preparación para convertirse en una joven promesa. De su mano iba María. ¿Desde cuándo estaban juntos? Ya no lo recordaba. No tenía una imagen de uno sin el otro. Toda la vida quizá. Desde que eran niños.

María era su mejor amiga en aquel momento y posiblemente la persona más dulce con la que jamás se había encontrado. Su confidente, podría decirse, si es que ella necesitaba algo así. Era una mujer bonita y menuda. Tan rubia como Edward y de ojos tan verdes como los suyos. Alguien podría confundirlos con hermanos gemelos si no fuera porque de vez en cuando, como de forma casual, se besaban ligeramente en los labios. A Karen siempre le había parecido que su amiga había decidido estar en la vida un paso por detrás de su prometido. Incluso ahora, delante de ella, él estaba allí plantado, fuerte y seguro, y ella de su mano justo un paso por detrás, rezagada. Y eso que María tenía suficientes méritos como para brillar con luz propia. Mientras él aún terminaba su residencia, ella ya era la directora de márquetin de un grupo de cosmética en el que la tenían muy bien valorada. Eso y su belleza. Porque si bien en una primera impresión podría dar la imagen de ser solo una chica bonita, si se trataba con ella unos pocos minutos, esta cambiaba por la de una mujer tímida pero deslumbrante. Karen nunca había podido descubrir por qué. Quizá era su forma de hablar suave y a la vez apasionada, su manera de moverse entre felina y desastrada, el brillo de su mirada entre sorprendida y sorprendente... Siempre había pensado que María era mucho más de lo que mostraba, de lo que dejaba ver, de lo que se permitía transmitir.

Y allí estaban los dos, para celebrar que en una semana Edward marcharía a París por un mes completo para terminar la última fase de su formación de la que volvería siendo el neurocirujano más joven, guapo y preparado del continente. Y también para brindar porque en unos meses la pareja se daría el «sí quiero» en la boda más exquisita que vería Londres en mucho tiempo y que ella misma se estaba encargando de organizar.

—¿Nos vas a dejar en la puerta con este frío? —dijo él levantando la botella de clarete que habían traído para la cena.

—Por supuesto que no, querido. —Karen les dio un abrazo a ambos para después tomarlos de la mano—. Hoy sois los agasajados y no quiero que tú tengas que quedarte en Londres con una pulmonía en vez de viajar al dulce París.

Los acompañó hasta el salón principal de la casa, una bonita residencia decimonónica al norte de Chelsea que había heredado de sus padres. Allí fueron recibidos con aplausos y vítores a los novios, besos y abrazos, hasta que Karen pudo sacar a María de aquel ajetreo y llevársela a la cocina mientras los hombres hablaban de trabajo. Sus amigas ya la esperaban con una copa de vino blanco helado.

—Si solo se va un mes —dijo María saludándolas una a una—. Si alguna vez tuviéramos que mudarnos de ciudad, no sé qué organizarías.

—La fiesta del milenio, no te quepa duda —contestó Karen—, pero eso no va a suceder jamás. No os dejaría marchar.

Había poco que hacer allí. La ensalada estaba aliñada, los entrantes relucían en sus bandejas y solo quedaban unos minutos para que el rosbif estuviera en su punto.

—Un brindis por la pareja más afortunada de los últimos tiempos —propuso una de las chicas levantando su copa—. No sé si podremos aguantar hasta septiembre.

—Por el mes de septiembre —exclamó Karen alzando su copa—, en el que mi amiga dirá el «sí quiero» al caballero más atractivo de la ciudad.

Brindaron y rieron mientras el asado acababa de hacerse en el horno. María estaba preciosa con aquel vestido blanco y sin mangas que se ajustaba a su cuerpo sin llegar a marcarlo. Sí, se casarían en unos meses y ella, pensó Karen, tendría una razón más para confirmar que el mundo era inmutable y siempre lo sería. La conversación entre viejas amigas discurrió entre los acontecimientos que les habían sucedido a cada una desde que no se veían, la actualidad política y cinematográfica, o las ventajas y dificultades de vivir en uno u otro distrito del Gran Londres. Por supuesto alguien le preguntó a María qué haría con la oferta de trabajo que le había hecho llegar su empresa. Era tan jugosa que había chillado de alegría delante de la directora general el día que la tanteó. Se sintió incómoda hablando de aquello. Intentó esquivar la respuesta porque sabía que vería más de una cara de decepción, pero en su fuero interno, aunque aún no la habían presionado para dar una respuesta, intuía que no podía aceptarla. De hacerlo, tendría que estar al menos un año en Estados Unidos, y ella no podía dejar a Edward abandonado, y menos recién casados. Él la necesitaba. A pesar de ser él quien organizaba las pequeñas cosas de su vida cotidiana, la necesitaba. Sí, era la oportunidad de su vida, el ascenso que siempre había deseado, pero estaba segura de que trabajando duro podría salir otra ocasión, y entonces pensaría qué hacer. Mañana sería otro día.

Mientras tanto, Karen hizo lo imposible para que María no interviniera en nada, pues era bastante improbable que saliera de aquella cocina tan inmaculada como había entrado. Estaba todo listo cuando el timbre sonó de nuevo.

—¿Aún falta alguien? Pensé que Edward y María serían los últimos —dijo una de las invitadas.

—Elissa —contestó Karen, que inmediatamente dio una explicación—. Solo va a estar en la ciudad unos pocos días. Y es mi vecina. No podía dejarla fuera. Además, es la nieta de un conde… Nobleza antigua.

Hubo cuchicheos y comentarios de disgusto cuando la anfitriona salió. A María tampoco le gustaba. De hecho, la había tratado muy poco, pero aun así también había sido víctima de su apabullante personalidad. Sin embargo, entendía que Karen la invitara. Su amiga era una buena persona y nunca le haría un feo a alguien a quien quisiera… y que tuviera un título.

María agradeció un momento de descanso. En los últimos meses solo hablaba con Karen de su boda. Podía llamarla a cualquier hora, por muy intempestiva que fuera, para consultarle cosas tan baladíes como qué largo tendrían los manteles, o si las servilletas debían ser de hilo holandés o egipcio. A los pocos minutos la paz se acabó porque ambas mujeres entraban en la cocina.

—Vaya, la hermandad Gamma Kappa reunida en un aquelarre —dijo Elissa a modo de burla nada más aparecer.

Algunas sonrieron, aunque la mayoría simplemente no le prestó atención. El rosbif ya estaba listo y una de ellas lo estaba preparando sobre una fuente azul de Meissen. Elissa, aparte de sardónica, era despampanante. Una morena de la edad de Karen, de metro ochenta y curvas de vértigo, enfundada en un vestido rojo fuego que le daba aspecto de diablesa. Era la antítesis de María, y esta casi se sintió pueril ante su impactante presencia. Su amiga diría que estaba cerca de los cuarenta, y el cirujano que ambas compartían había conseguido que así fuera, pero había que sumar una década para ser exactos.

—¿De dónde has sacado a ese hombre? —le preguntó la anfitriona a su vieja vecina en voz baja, lo que atrajo la atención del resto de las chicas. Elissa parecía contenta de oír aquello y saberse el centro de atención—. Es el tipo más guapo que he visto en mi vida. Dios mío, cuando he abierto la puerta me he quedado sin respiración.

—Un viejo amigo —repuso la aludida quitándole importancia, aunque sabía que de esa manera le daba toda la que pretendía—. Nos vemos de vez en cuando.

La curiosidad pudo con todas y al instante salían de la cocina con fuentes y bandejas camino de un comedor donde los hombres ya habían terminado de montar la mesa. Karen suspiró satisfecha al verlo todo ordenado; el mundo seguía su curso y ella había puesto su pequeño granito de arena para que así fuera.

Cuando vieron al compañero de Elissa, no todas pudieron disimular y a una se le escapó un silbido. Aquel tipo no era para menos.

—¿Seguro que no es el novio de Lady Gaga? —dijo una de las chicas más alto de lo que pretendía.

En aquel momento hablaba con Edward justo en el arco de entrada al comedor. Debía medir alrededor de uno noventa y le sacaba cerca de una cabeza a su interlocutor. Llevaba una americana oscura e informal sobre una camisa blanca, pero aun así se apreciaba que se cuidaba y mantenía su complexión atlética al día. El cabello castaño lo llevaba corto, aunque por más que se lo apartaba caía sobre su frente. Lucía una barba un poco crecida pero cuidada que le sentaba realmente bien. A pesar de la intensidad de su mirada, había que reconocer que sus labios eran impactantes: gruesos y jugosos, más oscuros de lo habitual, lo que le daban un aspecto provocador y prometían besos de desmayo. Y por supuesto los ojos. Eran increíblemente azules, de una luminosidad poco habitual que se percibía incluso en la distancia. Como si brillaran con luz propia. Grandes y almendrados, ligeramente caídos en los extremos, lo que le aportaban un aire soñador o quizá desamparado que lo hacían aún más atractivo. En efecto, el acompañante de Elissa era todo un espectáculo, más adecuado para una pantalla de cine que para una cena entre amigos en el centro de Londres. Pero allí estaba. «Mirar, pero no tocar», y se encontraba al alcance de todas.

Karen ejerció de anfitriona y lo presentó con pompa a cada una de las chicas, menos a María. No tuvo la oportunidad. Esta se había quedado en la puerta del comedor. Inmóvil con la bandeja de ensalada en las manos. Como una estatua de sal. Lo miraba a él fijamente, como si se tratara de una aparición. De algo imposible que no debería haber sucedido nunca.

—¿María? —preguntó Karen buscándola, pues era la única que faltaba.

Pero ella no se movió. Lo había reconocido. Era él. Alguien a quien pensaba que no volvería a ver jamás. Y menos aún rodeado de sus amigos. De su prometido. Alguien con quien había compartido apenas una hora de sexo durante una noche. De eso hacía ya dos años.

3

—María —volvió a llamarla Karen y ella se dio cuenta de que debía reaccionar antes de que alguien empezara a sospechar que algo no iba bien.

Sin mirarlo dejó la bandeja sobre la mesa y fue hasta donde su amiga la esperaba. La mayoría de los invitados ya estaban acomodándose, aunque no veía a Edward por ningún lado. Hacía un momento estaba allí y ahora... Sintió cierto alivio. La conocía tan bien que sabía que su turbación no le hubiera pasado desapercibida.

Solo cuando estuvo junto a Karen se atrevió a mirar de nuevo a aquel hombre brevemente a los ojos para ver si él la había reconocido. En ese momento le pareció apreciar confusión y sorpresa, aunque no estaba segura. Fue tan breve que no supo qué opinar, y a pesar de ser una mirada fugaz, notó cómo su corazón se aceleraba dando paso a un miedo irrefrenable.

Poco había cambiado en él en estos años. Quizá el cabello más corto y la barba más crecida. Por lo demás, debía reconocer que seguía siendo el mismo tipo guapo y atractivo que una única vez recorrió su cuerpo palmo a palmo, pulgada a pulgada hasta hacerla estremecer de placer. Ahora, sin embargo, solo le provocaba miedo, pavor. Aquel hombre, si llegaba a identificarla, podía destruirla. Un solo comentario y toda su vida se desharía como un helado al sol.

—Este es Allen —dijo su amiga sin percatarse del tsunami que se estaba formando dentro de ella—. No me digas que no es encantador. Elissa siempre nos sorprende con sus acompañantes.

María no sabía su nombre. En aquel encuentro ninguno de los dos lo había pronunciado. Tampoco se atrevía a mirarle a los ojos de nuevo.

Alzó ligeramente la vista, pero solo hasta donde él le tendía la mano. Era grande y fuerte, con la piel tostada por el sol. La estrechó de forma fugaz, como si quemara, sintiendo otra bocanada de pánico al recordar que aquellos largos dedos habían estado dentro de ella, en lo más íntimo, jugando y acariciando hasta arrancarle sensaciones nunca antes conocidas. Él se resistió un momento a dejar que su mano escapara, lo que hizo que María lo mirara a los ojos por segunda vez. Lo que vio la desarmó por completo: curiosidad y sorpresa. Ahora estaba segura y aterrorizada. Aquel hombre estaba preguntándose si no la había visto antes. María apartó los ojos al instante. Quizá esta había sido la primera vez que se enfrentaba a aquellos iris azules directamente. Durante aquella lejana noche había evitado mirarlos. No quería recordar al tipo que la estaba arrastrando a una cama de hotel sin apenas hablar. Se sorprendió de su color. Los recordaba hermosos, pero no tanto. Decían que el diablo era así, una mezcla de belleza y maldad. Había soñado muchas veces con aquel hombre que ahora tenía delante. Más de las que se atrevía a reconocer, y siempre habían sido sueños húmedos. Sueños en los que se le escapaba un gemido, apretaba los muslos y terminaba haciendo el amor con su prometido, asombrado y satisfecho de que su chica lo asaltara de aquella forma salvaje en mitad de la noche. El pánico y también la esperanza se debatían en su interior. Quizá ni la reconociera. Al fin y al cabo un hombre como aquel disfrutaría de una amplia cartera de clientas y ella solo había usado sus servicios en una única ocasión ya casi olvidada… Las palmas de las manos las tenía húmedas y notaba cómo las rodillas le temblaban. Nunca había sentido algo similar: una sensación de inseguridad, de desasosiego, de encontrarse ante un abismo y tener ya un pie en el aire.

—¿Ya te han presentado a mi prometida? —preguntó Edward apareciendo a su lado y tomándola por la cintura. Fue un gesto tierno y a la vez posesivo. Como una señal de que aquella mujer era suya, solo suya, y un tipo tan bien plantado como Allen no debía aspirar a nada con su chica.

—Intentaba hacerlo —dijo Karen tan envarada como se ponía cuando las cosas no salían como había planeado—. Y ella es María, la prometida de nuestro homenajeado y una amiga inigualable. Se casan en unos meses y les estoy preparando la mejor boda que verá Londres en muchos años.

Allen los observó a ambos. Su mirada era fría, quizá distante, aunque a la vez no dejaba de ser agradable. ¿Se percibía un deje burlón en aquellos ojos o era como si no comprendiera qué estaba sucediendo a su alrededor? Había metido las manos en los bolsillos de los pantalones lo que podía ser una forma de controlarlas cuando no sabía qué hacer con ellas, o simplemente un gesto de suficiencia. Se humedeció los labios mientras se centraba en aquella chica tan bonita que le acababan de presentar, algo que escapó a la mirada de María, que en aquellos momentos estaba concentrada en la alfombra y rogaba por que todo terminara, porque una cena tan esperada como aquella acabara y aquel tipo desapareciera de su vista por siempre jamás.

—Encantado, María. —Allen liberó una mano para rascarse la cabeza en un gesto fresco y encantador—. ¿No nos hemos visto antes? Tu cara me resulta familiar.

—No lo creo —respondió ella de forma más precipitada de lo que pretendía, asaltada de nuevo por el temor a ser reconocida. Aquella voz, aquel modo de tocarse… Si no salía de allí le entraría un ataque de ansiedad y entonces todo estaría perdido.

—María trabaja en el centro. Cerca de Leicester. Quizá os habéis cruzado…

—No lo creo —volvió a repetir María sin poder contener el pánico que la atenazaba—. ¿Por qué no nos sentamos? El rosbif terminará enfriándose.

—¿Te encuentras bien, cariño? —preguntó Edward apartándole un mechón desvaído de la frente—. Tienes las mejillas ardiendo.

Ella sonrió y le quitó importancia.

—Es el calor —dijo intentando separarse de Allen—. La chimenea debe de llevar demasiado tiempo encendida.

No esperó una respuesta y se dirigió a la mesa, donde ya estaban sentados todos los demás. Por suerte, a Edward y a ella les habían guardado asientos en la cabecera, mientras que Elissa había reservado una silla para su acompañante justo al otro lado del comedor. Eso al menos le permitiría no tener que conversar con él. Y sobre todo evitaría que le hiciera preguntas que no sabría contestar. Aquello era algo que jamás había esperado. Le habían garantizado discreción absoluta y ahora aquel tipo… Otro ramalazo de miedo azotó su espalda provocándole un escalofrío.

La cena se animó al instante. Edward era perfecto para eso. Lanzó un brindis por su prometida, por su residencia, por sus amigos y por casi cualquier cosa que se le ocurrió, lo que hizo que en muy poco tiempo el vino calentara los espíritus de los comensales y desatara las lenguas con risas y anécdotas entretenidas. De todos, menos el de María, que no podía apartar de su cabeza que aquel tipo estaba allí, sentado junto a sus amigos, cerca de su prometido, y que sabía algo que de hacerse público…

Durante la cena aquella misma desazón la obligó a mirarlo un par de veces y en las dos sus ojos se cruzaron. No es que quisiera hacerlo, todo lo contrario. Pero su turbadora y amenazante presencia era tan poderosa que la llamaba sin palabras, como un maleficio. Como un perfume. Sí. Así lo definiría. Como un aroma maligno e impertinente, pero a la vez delicioso, que la obligaba a buscar su origen. La primera vez ella apartó la vista asustada, como si hubiera sido una casualidad, pero la segunda él le sonrió. María notó al instante que la sangre acudía a sus mejillas y que el tenedor temblaba en su mano. De nuevo aquella sensación de angustia, de ansiedad, de desprotección. No estaba segura de qué era lo que le pasaba. Si se debía al pavor a ser descubierta o simplemente al indudable magnetismo de aquel hombre. Solo deseaba salir. Marcharse de allí y olvidarse de una vez por todas de una locura que había cometido en el pasado y que podía salirle muy cara en el presente. Vio la ocasión cuando los comensales se levantaron de la mesa para tomar unas copas en el salón anexo.

Se entretuvo tanto como pudo, esperando que todos salieran del comedor.

—Creo que voy a marcharme —le dijo a Edward ya en privado.

—¿Te encuentras bien? Me tienes preocupado. Apenas has comido.

Ella le quitó importancia e intentó sonreír, aunque le costó más de lo que esperaba.

—Abstemia primaveral —se excusó, acariciando el rostro de su prometido. Era un buen tipo y estaba segura de que quería pasar el resto de su vida con él. Cuando se descubrió pensando aquello, se turbó aún más—. Ya sabes que siempre me pasa factura en esta época del año.

Él también sonrió. Llevaban tanto tiempo juntos que era capaz de interpretar cualquier gesto de su rostro, pero hoy no era así. La reacción de María lo tenía un poco desconcertado. «Cosas de mujeres», pensó.

—De acuerdo. Voy a por mi chaqueta y nos vamos.

—No —dijo ella reteniéndolo por el brazo—. Quédate tú. Karen no nos perdonaría que nos fuéramos los dos. Es su fiesta y sabes cómo se pone si algo no sale perfecto. A mí sabrá disculparme.

Él dudó, aunque ella sabía que marcharse no era precisamente lo que Edward deseaba. Jamás desaprovechaba la ocasión de estar con sus amigos y pasarlo bien.

—¿Seguro?

María le dio un beso en los labios, cálido y ligero.

—Seguro. Despídeme de la *troupe*. Tomaré un taxi en la esquina.

Sin decir más, se encaminó a la puerta. No podía estar ni un segundo más allí, cerca de aquel tipo tenebroso. Tampoco cerca de Edward. La conocía tan bien que no tardaría en darse cuenta de que algo andaba mal y no pararía hasta que se lo contara. El miedo a ser descubierta no había disminuido y era una sensación que la hacía sentirse como una presa que percibe la presencia de su depredador. Ahora necesitaba estar sola antes de que aquella ansiedad se intensificara y el aire dejara de entrar en sus pulmones. Caminar y despejarse. Intentar poner tierra de por medio con aquel hombre que había aparecido de nuevo en su vida como una pesadilla.

4

El aire fresco consiguió que aquella sensación de pavor se fuera desvaneciendo poco a poco, dando paso a una profunda preocupación. Se había detenido cuando estuvo segura de que nadie la veía para doblarse sobre sí misma e intentar combatir aquella asfixia que la paralizaba. Jadeó mientras el aire puro de la noche intentaba abrirse paso en sus pulmones. Si aquel tipo hubiera hablado, si hubiera lanzado al aire algún comentario jocoso de aquella noche..., toda su vida se hubiera venido abajo como un castillo de naipes. Respiró hondo imaginando un fluido azul que expandía su diafragma. Notó cómo el aire oxigenaba cada célula, como un masaje pausado y continuo que conseguía ordenar sus ideas. Había estado muy cerca de la desgracia. Edward jamás debía enterarse de aquello. Jamás, pues nunca se lo perdonaría. ¿Cómo podía explicarle al hombre con el que iba a casarse que una noche cualquiera había contratado los servicios de un gigoló? Nunca, ni en sus peores pesadillas pensó que volvería a ver a aquel tipo, y menos en circunstancias como las de aquella noche.

Hizo otra espiración profunda y el aire salió de sus labios en forma de vapor. Se empezó a sentir mejor, menos angustiada. Esperaba que todo se redujera a esa noche. A Elissa apenas la veía un par de veces al año, y era bastante improbable que la próxima vez que se encontraran volvieran a hablar de aquel tipo. ¿Estaría también ella pagando sus servicios? Apartó aquella idea de su cabeza. No había razón para cruzarse con él nunca más. Nunca, nunca más.

Solo le quedaban unos metros para llegar a la esquina de la avenida donde estaba la parada de taxi cuando oyó que la llamaban por su nombre unos pasos por detrás. Se giró sin pensarlo y por segunda vez en aquella noche notó un vacío en la boca del estómago. Una sensación de angustia muy cercana al terror.

—Pensaba que ya no te alcanzaría —dijo Allen, llegando a su lado de un par de zancadas. Tenía las mejillas encendidas por la carrera y un gesto en el rostro parecido a una media sonrisa entre burlona y mordaz.

En un primer momento María solo pensó en lo que los demás habrían dicho cuando aquel tipo había salido a buscarla. En lo que habría pensado Edward, pero Allen pareció saber qué sucedía dentro de su cabeza.

—Tranquila. Les he puesto como excusa que iba a buscar una botella de vino al coche.

Aquella explicación no la tranquilizó. Al contrario, sabía lo intuitivas que podían llegar a ser algunas de sus amigas atando cabos. De nuevo algo dentro de ella se convulsionó y el efecto tranquilizante del breve paseo desapareció al instante. Había estado segura de que si se marchaba, si desaparecía aquella noche, aquel tipo la olvidaría, se convertiría en una anécdota oscura que intentaría resguardar en el lugar más apartado de su memoria. Pero no era así.

—¿Qué… qué quieres de mí? —le espetó con la acritud que provoca la inseguridad.

Parecía que Allen ya esperaba algo así porque no se inmutó. La miraba de una forma extraña que María no supo definir, sin dejar de buscarle los ojos. ¿Deseo, curiosidad, interés? La cabeza ligeramente ladeada sobre los hombros, las manos de nuevo en los bolsillos, marcando una suficiencia que no le gustaba. A través de la sensación de angustia que sentía de nuevo, María buscó entre los recuerdos de un par de años atrás. ¿La había mirado así? Ya no lo recordaba, solo se veía a sí misma avanzando sin pudor los pocos metros que los separaban y lanzándose a sus labios, a los de un desconocido, a los de alguien que pensaba que no volvería a ver jamás.

Por un momento eterno no sucedió nada. Solo ellos dos en medio de una acera de un desierto barrio residencial. Incluso el lejano ruido del tráfico se disipó. Él pareció reparar en que la situación empezaba a ser demasiado extraña y entonces rebuscó bajo el cuello de su camisa hasta encontrar una fina cadena de plata. Se la extrajo por la cabeza y trasteó con el cierre. Sus dedos grandes y torpes consiguieron abrirlo. Había un colgante en un extremo que cayó sobre la palma de su mano. Solo entonces Allen la tendió para que ella lo viera.

—Se te olvidó esto —le dijo instándole con la mirada a que lo cogiera.

—Eso no es… —empezó a decir María. Estaba segura de que no había olvidado nada en casa de Karen. Pero al observar con más detenimiento el objeto menudo que reposaba sobre la palma de Allen, un recuerdo ya olvidado se fue abriendo paso como entre una espesa niebla. Era un anillo de plata. Algo muy simple y modesto, con una pequeña gema de nácar incrustada. Ella había tenido uno igual. Lo había echado de menos en alguna ocasión, pero siempre pensó que se le había extraviado en el lavabo de algún restaurante o se le había caído en algún rincón velado.

—¿De dónde lo has sacado? —preguntó sorprendida, observando el brillo nacarado que titilaba en su mano.

Él sonrió abiertamente.

—Estaba entre las sábanas. —Ante la falta de empatía de ella volvió a su actitud expectante—. Terminó clavándoseme en la espalda. Si no, lo hubiera encontrado el servicio de limpieza…

María lo cogió para examinarlo de cerca. Podía ser el suyo o tal vez no. Pero aun así…, ¿cómo era posible que lo llevara encima después de tanto tiempo si aquel encuentro había sido fortuito? Una idea oscura fue tomando forma en su cabeza.

—No sé qué quieres de mí. —Estaba claro que aquel tipo había abandonado la cena y salido en su busca por algo concreto—. Aquello… fue un gran error… Yo nunca…

—Echamos un buen… rato —terminó él por ella.

—No sé qué habrás pensado —insistió María, pensando que quizá lo mejor sería ser belicosa y de esa manera aquel tipo desistiría de sus oscuras intenciones—, pero no suelo ir por ahí pagando a hombres para conseguir sexo.

—Conmigo lo hiciste.

Las palmas de sus manos empezaron a sudar. ¿Había un tono de burla en su voz? Él seguía mirándola directamente a los ojos y ella no conseguía apartar la mirada de ellos. No los recordaba tan azules. Tan nítidos. La imagen de Edward, su prometido, ocupó su mente como un escudo. El hombre de su vida. La persona que había elegido para que la acompañara el resto de sus días. Y ella podía echarlo todo a perder si no era capaz de controlar aquella situación. Aquel tremendo error del pasado.

—Ignoro qué idea habrás sacado de mí, pero voy a casarme… —Aquellas explicaciones no servirían para nada—. Lo que sucedió… No quiero que pienses…

—Sin embargo, me pagaste quinientas libras por una hora de sexo sin palabras.

Allen volvió a hacer aquel gesto con los labios que podía ser una sonrisa. María tenía que reconocer que aquel tipo era turbador a pesar del pavor que le provocaba su presencia. Tan atractivo que casi la obnubilaba. No obstante aquello debía terminar en aquel mismo instante. Un error del pasado no podía perdurar en el presente y mucho menos ser alentado.

—No tengo dinero, unas pocas miles de libras ahorradas en el banco —dijo apenas con un hilo de voz—. No puedo darte más. —¿Y si a partir de ahora aquel hombre aparecía de vez en cuando para reclamarle dinero a cambio de su silencio?, pensó, horrorizada—. Toma —dijo trasteando en su bolso para buscar un par de billetes. Sus dedos torpes se movían con dificultad y en uno de los intentos por alcanzarlos el anillo fue a parar a la cartera—, esto es todo lo que llevo conmigo.

Allen arrugó la frente y se puso realmente serio. Ni siquiera se dignó a mirar la mano que le tendía el dinero

—¿Piensas que quiero chantajearte?

¿No era así? ¿Qué hacía allí entonces? Si lo que había sucedido entre ellos salía a la luz… Notó que las rodillas le temblaban. Solo sintió cierto alivio cuando él se apartó y los billetes volvieron a su bolso, aunque a su vez eso le producía mayor ansiedad. Si no era por eso, ¿por qué estaba allí en ese momento? ¿Por qué no hacía como ella y fingía no conocerlo? ¿Por qué no se marchaba y la dejaba en paz de una vez por todas?

—¿Qué quieres entonces?

Él sí pareció consciente de la tormenta interior que azotaba a María. Hizo aquel gesto con la mano de retirarse un cabello que era demasiado corto como para que le molestara y soltó el aire contenido en los pulmones. Hasta ese momento a María ni se le había ocurrido pensar que él pudiera estar tan nervioso como ella. Sin embargo, ahora empezaba a percibirlo: las manos en los bolsillos, el movimiento constante de sus pies cambiando el peso de su cuerpo, sus labios que desaparecían un instante para ser mordidos o chupados y volver a aparecer más jugosos que antes. Aquel descubrimiento la calmó ligeramente, aunque abrió nuevos interrogantes.

—Quizá me he equivocado intentando hablar contigo —dijo Allen, dando otro paso hacia atrás.

—Aquello… —repuso María, cuya confusión crecía por momentos—. Hace dos años… Es algo que no quiero volver a recordar. Te pediría, por favor, te rogaría que no vuelvas a hablar de ello.

Él asintió con la cabeza; al menos María no había salido corriendo.

—De acuerdo —concedió él tras desandar el paso que había retrocedido. María tuvo la impresión de que estaba más cerca. Demasiado cerca—. No hablaremos de aquello, a menos que tú lo pidas.

De nuevo se hizo el silencio entre los dos. Las cartas estaban boca arriba. Ya no cabía el disimulo. Habían sido amantes por una noche. Amantes a cambio de dinero, ambos sabían que él era un gigoló y lo mejor era dejar claro cuál sería su relación de ahora en adelante. Solo quedaba una duda por resolver. La misma que al principio.

—Allen... ¿Te llamas así, verdad? No pareces un mal tipo —dijo ella, cruzando los brazos sobre su pecho sin darse cuenta—. Pero... ¿qué quieres de mí?

Él se concentró en sus ojos. Había algo magnético en ellos. María esquivó la mirada.

—Me gustaría que nos viéramos una vez más.

¿Otra vez? ¿Es que no había entendido nada de lo que le había explicado? Aquello no había sido más que un maldito error. Ella no pagaba a los desconocidos por una noche de sexo. Ella iba a casarse con el hombre más maravilloso del mundo en apenas unos meses. ¿Es que no lo entendía?

—Te he dicho que aquello fue una locura...

—No me refiero a eso —terció él levantando una mano, algo parecido a una señal de paz—. Simplemente que salgamos a dar un paseo, a cenar, como amigos.

María tuvo ganas de reír. ¿De verdad le estaba pasando aquello? ¿De verdad aquel tipo pensaba que ella era de las que se llevaba a sus examantes a tomar un café?

—Creo que no lo has entendido —respondió, intentado de nuevo poner orden a aquel cúmulo de sensaciones que la asaltaban, recurriendo de nuevo a su escudo salvador—. El hombre que has conocido allí dentro es mi prometido, con el que me voy a casar en cuatro meses. Estoy enamorada de él, es todo lo que quiero. Tú solo eres...

—Lo sé —masculló entre dientes—, él se ha encargado de decírmelo. —Volvió a aquel gesto adusto—. Si me das una oportunidad, solo una, no volveré a molestarte.

María se puso seria. ¿Era aquello una broma? No podía darle ninguna oportunidad. No podía quedar abierto resquicio alguno. Debía dejar claro que aquello había sido el mayor error de su vida y que nunca más volvería a repetirse.

—No soy tu amiga, Allen, y esta conversación no debería estar pasando —declaró, mientras se ajustaba la gabardina en torno a su cuello—. Me aseguraron total discreción.

Él pareció comprenderlo. De nuevo un paso hacia atrás y las manos en los bolsillos.

—Bien —dijo sin poder evitar recorrer con la mirada su cuerpo delicioso que tiritaba bajo la gabardina—, entonces siento haberte molestado.

«No puedo bajar la guardia», pensó María, a pesar de que al ver cómo Allen levantaba también sus barreras sintiera algo tan inadecuado como deseo.

—Por favor, aléjate de mí —sentenció más para convencerse a ella misma que a él—. No quiero volver a verte.

Él se llevó dos dedos a la frente, como un saludo militar, y le lanzó una sonrisa cargada de misterio antes de contestar:

—Entendido.

Cuando se dio la vuelta para volver por donde había llegado, ella sintió tanto alivio como amargura.

5

No lograba concentrarse. Al día siguiente tendría que hacer una presentación de su estrategia de márquetin ante el consejo de administración de la empresa y era incapaz de hilvanar una idea tras otra. Miró de nuevo el reloj. Las nueve de la noche y apenas había conseguido montar un par de diapositivas. Edward llegaría de un momento a otro, y le había prometido que esta velada la pasarían los dos juntos viendo una vieja película romántica y comiendo queso y palomitas.

María se levantó y rellenó de nuevo su taza de café. Sabía que había sobrepasado el límite y que esta noche no pegaría ojo, pero necesitaba terminar aquella maldita presentación antes de que llegara su novio. La verdad era que en los últimos tres días, desde la cena de Karen, le había costado concentrarse. No quería reconocer por qué, pero lo sabía y tenía nombre propio: Allen.

Aún recordaba su foto impresa a todo color en aquella enorme carpeta. Fue la primera vez que lo vio. Llevaba una camiseta blanca, ajustada, y se mostraba sonriente, con una sonrisa tan fresca que de inmediato supo que debía ser él. Por supuesto también estaba su atractivo. Estaba segura de que jamás había visto a un tipo tan guapo, y cuando le dijeron el precio, se sintió estúpida.

—¿Por una noche? —preguntó asombrada.

—No, señora, por una hora.

Y valía lo que costó.

Dio un sorbo a la taza quemándose los labios. En cierto modo lo agradeció porque consiguió por un momento apartarlo de su cabeza. Debía dejar de pensar en él.

Aquella noche, cuando Edward llegó a casa de tomar las últimas copas en la fiesta de Karen, no le había dicho nada, ni al día siguiente, ni siquiera esa mañana cuando desayunaron juntos antes de que él se marchara. Habían hablado de la velada, por supuesto, pero Allen había desaparecido de la conversación como si realmente nunca hubiera estado allí, y ella aprovechó para no sacar el tema. Ya estaba todo zanjado. A partir de entonces solo tendría que procurar no coincidir con Elissa, la amiga de Karen, por si las moscas.

Oyó el ruido de la cerradura y supo que ya no podría terminar la presentación. Llegaba Edward y él requería atención. Se pondría el despertador a las cinco, y al menos podría montar un guión... y que fuera lo que Dios quisiera.

—Me he entretenido tomándome una cerveza con los chicos —dijo su novio entrando en la habitación. Traía varias bolsas de papel. Casi siempre se encargaba él de las compras, cosa que María agradecía infinitamente porque era algo que ella detestaba.

Al verlo, sintió ternura. ¿Desde cuándo se conocían? A veces ni recordaba un periodo de su vida en el que Edward no estuviera presente. Desde siempre. Primero fueron amigos y después, sin saber cómo, aquello había dado un salto mortal hasta convertirse en amantes. Ahora se iban a casar, y todos sus sueños, los de los dos, se cumplirían al fin.

—Te he echado de menos, cariño —dijo ella. Edward la recibió con un abrazo y la besó en los labios con aquella delicadeza que ya anunciaba que sería un gran cirujano. Ella le correspondió con cariño, apoyándose contra su pecho; su escudo, su fuerza. Aquel mes separados iba a ser duro para los dos.

—Vaya, hacía años que no te veía este anillo —dijo Edward reparando en el pequeño aro de plata con una gema nacarada que adornaba su dedo.

María se sonrojó. No sabía por qué se lo había puesto. Simplemente lo había hecho cuando salió de la ducha. A la mañana siguiente lo había descubierto en su cartera y lo había dejado en su tocador, junto al resto de bagatelas que se ponía de vez en cuando. Durante aquellos dos días se había descubierto mirándolo cuando se desmaquillaba, o cuando buscaba algo sobrio con lo que adornarse. Esa mañana, sin saber por qué, lo había deslizado en su dedo, sintiendo una oleada de placer cuando el metal había contactado con su piel.

—Ya ni recordaba que lo tenía —dijo quitándole importancia.

Él volvió a besarla.

—¿Hay algo de cenar? —le preguntó apartándola con cuidado para meter la compra en el frigorífico. Era exigente sobre todo con las verduras, que no podían estar sin refrigerar demasiado tiempo.

—Te la he dejado en el horno —respondió ella mientras le ayudaba en su tarea—. Yo me he tomado un sándwich. No tenía hambre.

El salón y la cocina eran una misma pieza separados por una barra. Él lo había querido así cuando empezaron a buscar apartamento. Decía que quería aunar sus dos pasiones: la cocina y María. Que, cuando cocinara, ella estuviera allí, cerca, al alcance de su mano y de sus labios.

Cada compra fue colocada ordenadamente en su lugar correspondiente hasta que Edward sacó de una bolsa una reluciente botella de merlot. Solo por la etiqueta María supo que le había costado una pequeña fortuna.

—Me he parado en Fortnum & Mason y he comprado vino.

Ella sonrió. Había algo de culpa en la voz de su prometido, lo que le provocó más ternura. Se permitían muy pocos lujos y una botella de vino no era algo que les fuera a arruinar. Al contrario que ella, Edward provenía de una familia adinerada, pero siempre había insistido en pagar con su esfuerzo aquello a lo que aspiraran. No es que pasaran estrecheces, pero hasta que él no se asentara laboralmente no querían despilfarrar.

—Me parece una idea fantástica —respondió ella quitándole importancia. Tenían ahorros y con su trabajo iban sobrados.

—Es el mismo que trajo ese tipo —dijo él manipulando hábilmente el sacacorchos—. ¿No se llamaba Allen? Me pareció un vino delicioso.

María se quedó paralizada al escuchar su nombre. Por suerte Edward no la estaba mirando, si no se hubiera dado cuenta. Así que era cierto, había vuelto al coche después de dejarla junto al taxi para llevar una botella de vino a sus amigos. Consiguió serenarse y tomó la copa que le tendía su prometido. Dio un sorbo que le supo a rayos a pesar de que su aroma era delicioso.

—Sí, está rico —la dejó sobre la mesa y buscó, nerviosa, una bandeja—. Déjame que te prepare el plato —era una forma de darle la espalda. Mientras él trabajaba en la barra, ella lo hacía sobre la encimera. No quería preguntar nada, decir nada que alentara a Edward a seguir hablando de aquel hombre—. Siéntate tú mientras.

—¿Qué te pareció? —dijo él sin hacerle caso. En aquel momento cortaba algo de queso y no la miraba. Si lo hubiera hecho, se habría dado cuenta de que estaba sonrojada—. Demasiado joven para Elissa, diría yo. A mí me cayó bien.

Ella colocó con precisión un plato en la bandeja y alineó los cubiertos a ambos lados. El pollo humeaba recién sacado del horno y no se atrevió a servirlo porque estaba segura de que se quemaría.

—Apenas hablé con él —comentó con un hilo de voz.

—Karen estaba encantada —continuó Edward haciendo incisiones a vida o muerte en aquel delicioso queso francés—. La verdad es que todas tus amigas lo estaban. Yo creo que incluso algunas terminaron enamoradas de él. ¡Jajaja! Yo mismo me hubiera enamorado de un tío así.

María seguía de espaldas. Ahora colocaba unas rodajas de pan en la bandeja. Si se volvía, si Edward la miraba a los ojos, descubriría que no estaba bien. Es más, sabría que algo marchaba realmente mal. Por nada del mundo quería infringirle ese dolor. A él no. A él nunca.

—No fue para tanto —dijo, decidiéndose al fin a servir la cena con cuidado. Un muslo de pollo se estampó sobre el plato, salpicando de salsa su camiseta.

—¿Seguro? —dijo Edward soltando una breve carcajada—. Si te vi mirándolo a hurtadillas durante la cena.

Ahora un escalofrío recorrió la espalda de María. Una sensación de… ¿miedo? ¿Miedo a qué? Se había estado preguntando eso mismo los últimos días. Edward era el hombre más encantador del mundo. Quizá un poco posesivo, un poco celoso, pero absolutamente maravilloso. Miedo de ella misma. De lo que podría llegar a hacer. Del daño que podría causar en los que la querían. Se volvió con cuidado, pero él no la miraba. Seguía atento a los cortes precisos que efectuaba en el queso, como si se tratara de un corazón humano.

—Si lo hice, si lo miré, no fui consciente— contestó ella.

—Hay tipos que nacen con suerte. Con un físico así te puedes comer el mundo —comentó, mientras colocaba cada pequeña porción equidistante una de otra, teniendo cuidado de que quedara perfecto.

La miró para que ella diera su aprobación a su pequeña obra de arte y María sonrió, volviéndose de nuevo hacia la bandeja que ya estaba preparada.

—¿Te pongo más patatas?

—Y además era encantador —prosiguió Edward con su retahíla. A veces podría jurar que no la escuchaba. Incluso que no la veía cuando se concentraba en sus pasiones, como la cocina. Habían discutido por esto mismo, pero hoy lo agradecía—. Y sabía mantener una conversación. Vaya que sí. ¿Sabes que también es seguidor del Gloucester? Quién lo diría.

—¿Hablaste con él?

—Cerramos la fiesta —dijo Edward tomando un queso azul que prometía maravillas—. Todos se largaron y nosotros nos tomamos la última copa.

—¿Y qué te contó?

—Casi no me acuerdo. Supongo que hablamos de fútbol, de chicas. De ti.

Esto último hizo que su aliento se detuviera. Edward no era tan retorcido como para haberse callado una conversación comprometida sobre ella durante dos días, por lo que ahora estaba segura de que su secreto seguía siendo eso, un secreto. Sin embargo, su pulso se había acelerado y no conseguía controlarlo.

—¿De mí? —preguntó, intentando mantener el tono calmado de su voz.

—Siempre que hablo de chicas hablo de ti, cariño. —Edward se giró, ella cerró los ojos y él la besó suavemente para volver de nuevo a sus quesos franceses.

Ni siquiera se había percatado de que algo dentro de ella no dejaba de palpitar.

—¿Y qué tenía ese Allen que decir de mí?

Edward miró su obra terminada: una gran bandeja con tres clases de queso perfectamente cortados y ordenados.

—Me dijo que le habías causado una excelente impresión, no con esas palabras, claro —comentó mientras iba hacia la mesa y la colocaba en el centro—. Sentí un ligero ataque de celos, ¿sabes? Sobre todo cuando sugirió que eras muy atractiva. Pero se me pasó cuando me felicitó por haberte conseguido. Yo también lo hice. Hablamos un poco de todo, ya sabes. Cosas de hombres.

De pronto María no tenía ganas de nada. Ni de ver una tonta película romántica, a pesar de lo que le gustaban, ni de comer palomitas mientras Edward daba cuenta de sus fantásticos quesos de importación. Solo quería olvidar todo aquello. Cerrar los ojos y levantarse en un nuevo día donde no hubiera rastros de Allen y su mundo volviera a girar en torno de aquel hombre maravilloso con quien iba a casarse en breve.

Se acercó a su prometido y también lo besó en los labios.

—Cariño, creo que me voy a ir a la cama —bostezó para que no le cupieran dudas de que estaba agotada—. Mañana tengo que presentar mi estrategia ante el consejo y estoy agotada. —Puso un mohín que sabía que él no resistiría—. ¿No te importa?

Edward protestó un poco. Siempre lo hacía y siempre le había divertido esa costumbre suya, incluso la encontraba adorable. Pero en aquel momento solo quería que la dejara marchar.

—Pensé que íbamos a ver una peli juntos y luego… —Le palmeó el trasero, dejando la mano allí quieta y acariciándolo solo con la yema de los dedos—. Solo me quedan un par de días antes de largarme a París. Un mes sin ti. No sé si lo resistiré.

Ella sonrió y le guiñó un ojo.

—Mañana te lo compensaré con creces.

Él sabía lo que encerraban aquellas palabras: tumbarse boca arriba y dejarla hacer, y era algo que le volvía loco.

—¿Prometido?

Ella se besó un dedo y lo depositó sobre los labios de su novio.

—Prometido.

6

—Si alguien me hubiera dicho que yo estaría en una barbacoa lo hubiera hecho quemar por hereje —dijo Karen aceptando con reservas la cerveza que uno de los chicos le tendía y que ella inmediatamente vació en una larga copa de champán.

Hacía un medio día deslumbrante, con un sol suave que calentaba sin picar.

Edward había cumplido su promesa y justo el día anterior a su partida había organizado aquella barbacoa en el jardín trasero de su edificio de apartamentos. No es que fuera un espacio extenso, pero contaba con algo parecido a un porche, un par de cientos de metros de césped privado, árboles y todo lo necesario para hacer una barbacoa, claro está, previo permiso del resto de vecinos.

Allí se encontraban todos: sus amigos, los compañeros de trabajo, algún vecino y hasta el cirujano que había dirigido la residencia de Edward, y que él no había querido dejar fuera a pesar de que no le caía bien. La mayoría de los invitados se habían ido acomodando a lo largo de la explanada, en los bancos de madera, en las mesas con sillas dispersas aquí y allá, sentados directamente en el césped, o de pie junto a la barbacoa. Allí era donde Edward dirigía un centro de operaciones que no dejaba a nadie sin un plato con costillas y salchichas bien hechas.

Karen estaba sentada, a resguardo del mundo terrenal bajo el porche. Una cosa era acceder a ir a una barbacoa y otra muy distinta participar de forma activa. María había ido a hacerle una visita. Aunque el resto de las chicas habían decidido hacer vida social, para Karen ir a un lugar donde se asaba carne al aire libre ya era demasiado como para además tener que relacionarse, así que había jurado no abandonar aquel sanctasanctórum cubierto por nada del mundo.

—A Edward se le ve cómodo entre fogones —dijo Karen señalando con la copa al prometido de su amiga que se veía feliz, hablando con unos y con otros—. A lo mejor hubiera sido más atinado que estudiara cocina en vez de medicina.

María sonrió.

—Cirugía o cocina, qué más da. Hoy está disfrutando con las dos cosas que más le gustan: el bueno tiempo y sus amigos.

—Y tú, claro —señaló Karen sin apartar la vista de aquel trasiego alrededor de la barbacoa. Le había tocado el turno a las chuletas y la humareda subía en una columna blanca y ondulante que le aterró.

—A mí me tiene todos los días —respondió María con aire soñador. Verlo allí, feliz entre fogones, le hizo sentir bien, muy bien. Al fin empezaban a alejarse los nubarrones que la habían llenado de ansiedad los días pasados.

—¿Lo echarás de menos? —preguntó Karen—. No recuerdo haberos visto separados por tanto tiempo. Todo un mes con cada uno de sus días.

—Lo echaré de menos a cada instante. Sé que a veces me quejo de que me falta espacio, pero cuando estoy un par de días sin verlo… es como si nada pudiera salir bien.

Hubo un momento de silencio entre las dos. No hacían falta palabras, solo dejarse acariciar por el sol y disfrutar de aquel maravilloso mediodía. María iba a dejar a su amiga para volver a sus funciones de anfitriona cuando Karen se removió en su silla, bajándose las gafas de sol para enfocar mejor.

—Caramba —dijo enarcando las cejas—, no esperaba que estuviera invitado.

—¿Quién?

María no comprendía a qué se refería y siguió la mirada de Karen hasta que lo vio.

Allen estaba allí. Acababa de llegar. Había atravesado la puerta del jardín con tanta seguridad como si él fuera el dueño de todo aquello y, tras saludar a algunos de los invitados que también estuvieron en la cena de Karen, se había dirigido a la barbacoa. Ahora estaba dándole un abrazo a su prometido, o más bien al revés, pues aquella era la forma en que Edward saludaba a todo el mundo cuando llevaba encima unas cuantas cervezas de más. Su habitual distanciamiento desaparecía para convertirse en un perfecto relaciones públicas.

María sintió de nuevo que se ahogaba. El pulso se le había acelerado y volvía a sentir aquella mezcla de terror y vergüenza. También ira. Aquel tipo había sobrepasado cualquier límite. Aunque debía reconocer que debajo de tanta turbación había algo nuevo, una especie de alivio, quizá una satisfacción muy sutil que se confundía con su corazón precipitado y aquella angustia que no dejaba de acosarla. Miró de reojo a su amiga para asegurarse de que no la estaba observando y, cuando estuvo segura de ello, volvió a concentrarse en la figura de Allen.

Llevaba pantalones cortos y una camisa azul celeste que le sentaba realmente bien. Al menos que ella hubiera notado, él no había intentado buscarla con la mirada; simplemente se había acercado a la barbacoa y permanecía allí, charlando con los chicos, supuso que sobre fútbol y negocios mientras tomaba una cerveza bien fría. Se le heló la sangre solo de pensar que podía estar hablando de ella. Mientras estuviera allí, nada era seguro. Todo se volvía inestable y lodoso. ¿Cómo se atrevía a venir? ¿Es que no se lo había dejado claro? Un grupo de compañeras de Edward hablaban y reían lanzándole miradas fugaces a Allen. María supuso que estaban decidiendo cuál de ellas se le acercaría. Sin darse cuenta enarcó una ceja y decidió no perderse aquello.

—¿Sigues ahí? —oyó a su lado, y cuando miró a Karen, ésta la observaba con sus ojos penetrantes de «¿qué está pasando aquí?».

—Empieza a hacer calor, ¿no crees? —dijo abanicándose con la mano—. Será mejor que me asegure de que hay suficiente bebida fría.

—¿Has sido tú quien lo ha invitado? —preguntó Karen sin apartar un instante sus ojos de ella.

María se sintió escandalizada, aunque relajó un poco el gesto, pues ella misma se vio absurda.

—Por supuesto que no. Apenas crucé un par de palabras con ese tipo en tu fiesta. Supongo que habrá sido cosa de Edward, ya sabes cómo es.

Karen pareció aceptar aquella explicación y volvió de nuevo su atención a lo que estaba sucediendo en la explanada del jardín. María aprovechó para volver a observar más detenidamente a Allen. A pesar de la desazón que le causaba, debía reconocer que hoy estaba aún más atractivo que la vez anterior. Se le veía relajado, fresco y sonriente, hablando con unos y con otros con tanta naturalidad que parecía que siempre había pertenecido a aquel mundo. Supuso que aquel era uno de los dones que debía manejar al dedillo un gigoló. Su trabajo consistía en eso, en ser encantador... y en portarse bien en la cama. De nuevo pensó en aquella lejana noche de hacía dos años. En su dulzura y en su pasión. Si no fuera porque sabía que lo hacía por dinero, que era un profesional del sexo, habría podido llegar a pensar que de verdad disfrutaba con lo que le provocaba. Recordaba la forma experta en que había pellizcado sus pezones, la maestría con que sus dedos habían recorrido su piel, la humedad con que su lengua la había degustado en lo más íntimo. De pronto se descubrió apretando los muslos y se ruborizó, por lo que otra ráfaga de ira la recorrió de arriba abajo. Cuando volvió el rostro, su amiga Karen la observaba de nuevo de esa forma especial que ya conocía, la de la sospecha.

—¿No ibas a subir a por más cerveza?

Ella asintió, tratando de controlar la desazón que la embargaba, intentando apartar de su cabeza a aquel tipo que la tenía atormentada desde hacía tres días y tres noches. Tres noches en las que había hecho el amor con Edward de una forma salvaje, aunque aún no estaba segura si de verdad veía a Allen en cada embestida. ¿Por qué había vuelto? ¿Qué quería de ella? Las respuestas a aquellas preguntas le causaban tal pavor que apenas podía respirar.

—Por supuesto —dijo poniéndose de pie—, simplemente disfrutaba unos minutos más de este sol. Cualquiera sabe hasta cuándo lo tendremos.

Antes de que le diera tiempo a marcharse, Karen la tomó dulcemente de la mano.

—Cariño —comentó con una voz tan suave que apenas podía oírla—, vas a estar un mes sola...

—Sí —respondió sin comprender.

—¿Crees que tendré que venir a cuidarte? —le preguntó mientras la observaba detenidamente por encima de las gafas de sol.

—Creo que no te entiendo.

Karen fue muy explícita. Se giró para mirar a Allen y después volvió a mirarla a ella. María se soltó de su mano con más brusquedad de lo que deseaba. Era como si le acabaran de golpear con un látigo de siete puntas. Si Karen se había empezado a dar cuenta, ¿cuánto tardaría Edward en hacerlo?

—Por dios, Karen —exclamó intentando parecer divertida, como si aquella hubiera sido una ocurrencia absurda—, a veces eres terrible.

Su actuación pareció funcionar. O quizá su amiga no quiso hacerla sufrir por más tiempo, porque sonrió y se puso también de pie.

—Mientras tú vas a por bebida, yo voy a hacerme ver, si no pensarán que soy un anacronismo sacado directamente de Downton Abbey.

Abandonó el porche en dirección a su grupo de conocidas que disfrutaban alrededor de una de las mesas, y la dejó a solas.

María permaneció parada un instante. Sabía que tenía que salir de allí, que debía alejarse de aquel tipo hasta que se marchara. ¿Qué diablos había venido a hacer a su fiesta de despedida?, volvió a preguntarse. Prefirió no pensarlo. Lo mejor era desaparecer hasta que se cansara y se fuera por donde había llegado. Si Edward preguntaba, diría que había bebido más de la cuenta. Sin más, subió hasta su apartamento, resistiéndose a echar una última mirada a Allen.

7

Un vaso se le escapó de las manos y se hizo añicos en el suelo.

—Maldita sea —murmuró María entre dientes.

Y es que no había conseguido controlar aquel enfado que había comenzado con un ataque de pánico y que poco a poco había ido creciendo hasta transformarse en una nube de ira y frustración.

Intentó serenarse haciendo cuatro respiraciones seguidas y profundas. Su psicólogo le había dicho que debía centrarse en ella misma y que aquella era una forma de encontrar su centro de gravedad. Aunque aquel ejercicio siempre la había calmado, parecía que ahora no funcionaba. Abrió los ojos con la misma sensación de irritación y fue a por la escoba.

No soportaba que aquel tipo hubiera tenido la poca vergüenza de presentarse. Ella debía de estar allí abajo, en el jardín con sus amigos y en la barbacoa que había organizado su prometido, no escondida en su apartamento a la espera de que aquel individuo decidiera largarse y olvidarse de ella. Que bajo una amenaza constante aquel tipo entrara en su vida a su antojo e intentara desmontarla como si fuera un castillo de naipes, la ponía enferma. ¿Qué quería de ella?, se preguntaba una y otra vez. Le había dejado claro que lo que compartieron aquella noche fue un error del pasado. Que jamás volvería a repetirse. Que jamás le dejaría aproximarse ni la distancia de un aliento a su realidad, a su prometido. Sin embargo, ahora estaba allí. Charlando con Edward, haciendo reír a las tontas de sus amigas y discutiendo sobre el último partido del Gloucester con sus colegas. Y lo peor de todo era que ella, en vez de enfrentarse y ponerlo de patitas en la calle, estaba escondida, recluida, mientras él iba haciéndose dueño de su vida poco a poco.

Vertió los restos de cristales en el cubo de basura clasificado y decidió asegurarse de que habría suficiente bebida para todos. Clasificar y organizar eran las pasiones de Edward, pero a ella de vez en cuando la calmaban. La devolvían a su centro de gravedad. En el gran barreño de zinc el hielo se había transformado en agua y solo quedaban un par de cervezas y una botella de vino. Tras sacarlas intentó levantarlo, pero pesaba demasiado. Lo primero era vaciarlo y rellenarlo con más hielo. Después debía alojar el mayor número posible de botellas de cerveza. Y por último llamar a Edward para que le ayudara a meterlo en el montacargas. Entonces podría hablar con él a solas y decirle que no había sido una buena idea invitar a aquel tipo y que lo mejor era incitarlo a que se marchara y no apareciera nunca más…

—Espera —dijo una voz desde la puerta—. Pesa demasiado. Deja que te ayude.

Esta vez María no se sobresaltó. Sin mirarlo sabía que era él. Era tan osado que incluso se había atrevido a coger el ascensor, subir a la tercera planta y entrar en su casa sin permiso. ¿Por qué diablos se había dejado la puerta abierta?

—Gracias, pero puedo hacerlo sola —masculló, presa de una rabia que no conocía. Dio un tirón del barreño pero este apenas se movió de su sitio, aunque el agua helada basculó y se derramó por los bordes.

—Si es así, muy bien —dijo Allen recostándose en la pared. Tenía los brazos cruzados sobre el pecho y no dejaba de mirarla.

Ella intentó hacer como que no existía, como que le era tan indiferente, tan invisible, que podía pasarse allí toda la tarde sin que reparara en su presencia. Pero eso duró apenas unos pocos segundos. Dejó de trastear con el barreño y lo encaró sin importarle si él se daba cuenta de su enfado o no.

—¿A qué diablos has venido?

Allen no se inmutó.

—Edward insistió.

Ella tampoco. O al menos no visiblemente.

—Te dije que no quería volver a verte.

—Sí. —Seguía sin moverse. Apoyado en la pared como una figura de cera terrible y burlona—. Lo dijiste, pero lo he estado pensando y creo que no es una decisión que deba tomar solo uno de los dos.

¿Qué diablos estaba diciendo aquel tipo? María se apartó el cabello de la cara de un manotazo demasiado brusco.

—¿Hasta cuándo va a durar esto? —Sus ojos estaban encendidos, llenos de fuego y furor—. ¿Hasta cuándo vas a perseguirme?

Él avanzó despacio hasta donde estaba María, sin dejar de mirarla directamente a los ojos. Aquel cuerpo atlético se movía con agilidad arrastrando una nube de hormonas que quemaban su piel. Era como si cada retazo de él hubiera sido creado para el sexo, para el placer, para volver loca a una mujer. María sintió que por un momento le faltaba la respiración, pero quiso achacarlo al enfado, al odio, a la vergüenza.

—Hasta que salgas conmigo… —dijo parándose a escasas pulgadas de ella. Por un momento dejó aquella frase imposible en el aire, como midiendo su impacto—. Como amigos, por supuesto.

Tenerlo tan cerca le provocaba un efecto extraño. Jamás un hombre la había explorado como aquel. Jamás un hombre había hecho con su cuerpo lo que aquel individuo se había atrevido a hacer con el suyo. No había tenido pudor al indagar, al besarla, al chuparla. La había pellizcado, había jugado en la abertura de su sexo demorándose para entrar. La había arrastrado a cimas y abismos que creía imposibles de alcanzar. Había devorado cada recodo de su piel, embrujado su alma y exorcizado por una sola hora cada uno de sus demonios. Aún recordaba el roce de su lengua tan adentro, tan sedienta…, y aquel hombre era un desconocido.

—No quiero ser tu amiga —soltó sin apartarse, sin dejarse amilanar. Porque sabía que si mostraba ante él la más mínima debilidad estaba perdida—. Nunca lo voy a ser. ¿Lo entiendes?

Él sonrió con una mueca de suficiencia que ella reconoció. Lo había hecho así antes de penetrarla dos años atrás.

—Entonces —dijo Allen avanzando un paso más. Tan cerca que sus cuerpos casi se tocaban—, me obligas a que nos veamos muy a menudo, hasta que decidas concederme una cita.

Su arrogancia la enfureció aún más. De pronto la furia y el terror se unieron en algo turbio y espeso. La idea de que aquel tipo tenía poder sobre ella, que había estado hablando hacía unos instantes con su prometido, con el hombre con el que iba a casarse y a ser feliz... La idea de que su secreto hubiera sido desvelado, si no de forma clara y explícita, sí con insinuaciones…

—¿Le has dicho a Edward algo? Si lo has hecho…

—¿De lo nuestro? —Allen lo cazó al vuelo—. Por supuesto que no.

Así que el juego seguía solo entre los dos. Sintió que por ahora, solo por ahora, estaba a salvo. Esperaba poder manejar aquella situación. Solo tenía que descubrir la forma de quitárselo de encima. No era una mujer fuerte, pero sí había sido capaz de enfrentarse con los obstáculos que la vida le había puesto delante. Si descubría lo que aquel tipo quería de verdad de ella, encontraría la forma de sacarlo de su vida.

—Allen —dijo intentando parecer segura—, no sé si te crees que por ser un hombre atractivo, las chicas se desmayan al verte y todo eso, pero es que a mí me importas un bledo. ¿Lo entiendes?

Y era verdad. A pesar de su atractivo y de lo que había sido capaz de provocarle en el pasado, lo único que quería era que saliera de su vida cuanto antes. Pero él de lo único que se había dado cuenta era de que lo había llamado por su nombre.

—Me voy dando por enterado —confesó él en voz baja avanzando un poco más. Arrastrando aquel magnetismo que olía a lujuria. Solo a la distancia de un beso. Si alguno de los dos respiraba más profundamente, sus cuerpos se rozarían por un instante—. Y no, no creo que las chicas que me interesan se inmuten siquiera al verme, aunque meditaré sobre ello.

María percibió su aroma y comprendió por qué su madre decía que era el más evocador de los sentidos. Debajo de aquella agua de colonia ligera estaba su olor. Un olor a fuego, a azúcar quemada, a salitre. El olor que había llenado sus papilas olfativas mientras le hacía el amor en una pulcra y cara habitación de hotel. Fue un fogonazo. Como si hubiera viajado en el tiempo y estuviera sucediendo en aquel momento. Olor a madera mojada. A algas secadas al sol. El olor del deseo y del pecado.

De la lujuria y la desesperación. Un olor que hacía que sus piernas temblaran al recordarlo y provocaran una humedad incómoda y dulce, mientras se incendiaban sus mejillas.

—Bueno —dijo él sacándola de aquel viaje olfativo—, ¿me vas a dejar ayudar o no?

Tardó en comprender a qué se refería, hasta que siguió la línea de su mirada en dirección al barreño a sus pies. Se sintió estúpida. Sucia y estúpida. Volvió a apartarse el cabello que le empañaba la frente.

—Coge esa asa y ayúdame a vaciarlo en el fregadero.

Él la obedeció sin rechistar, lo que provocó en María una satisfacción injustificada. Aquel tipo estaba allí para opacar su existencia. Nada que viniera de él podía ser agradable.

Entre los dos levantaron el barreño hasta vaciarlo en el fregadero, aunque ella supuso que él soportaba toda la carga, pues apenas notó que le pesara. Mientras el desagüe terminaba de tragar, María se atrevió a mirarlo. Allen estaba atento al remolino de agua helada que intentaba huir en forma de ciclón. Un hombre así podía tenerlo todo. Era guapo hasta decir basta. Atractivo como no había visto antes. Encantador como un cortesano. Sabía hablar, convencer, discernir; de hecho, por eso costaba tan caro. Durante la fiesta de Karen había ocupado el sitio justo, haciéndose seductor para las mujeres y amigable para los hombres. Era consciente de que sus amigos lo adoraban. De que Edward lo consideraba un tipo cordial, alguien en quien poder pensar como amigo. ¿Por qué un hombre así estaba en su cocina interesándose por ella, una chica tan normal como otras cientos de miles? Era una mujer corriente. Nadie a quien un espécimen como aquel pudiera encontrar atractiva como para perseguirla. No estaba segura de querer saber la respuesta. Su vida era perfecta. Su futuro era perfecto. Se casaría con Edward, tendrían hijos, y una casa en Chelsea como la de Karen. Su prometido la quería con una ternura que sorprendía a todos y ella solo tenía que dejarse querer; comprender que la vida era ese camino sereno y cómodo y dejarse querer.

—¿Qué puedo hacer para deshacerme de ti? —dijo de pronto María sin poder dejar de mirarlo.

Él volvió la cabeza como si reparara en su presencia por primera vez. Aquella forma de mirarla de reojo, con una sonrisa apenas dibujada en sus labios, hizo que de nuevo su corazón palpitara.

—Aceptar una invitación a cenar no estaría mal —contestó Allen.

—¿Y después desaparecerías de mi vida?

Allen se volvió para mirarla de frente. Era consciente de que al fin estaba cediendo, de que quizá la muralla estaba empezando a resquebrajarse, y ahora era cuando debía andarse con más cuidado.

—Si después de que estemos juntos me lo pides de nuevo —dijo tan serio que parecía un juramento firme—, por supuesto.

Se hizo un silencio incómodo. Ella fue la primera en apartar la mirada. Se sentía culpable por permitir que aquella conversación avanzara. Y sobre todo porque se había dado cuenta de que él había percibido su debilidad.

—Bien —dijo tomando el barreño para colocarlo sobre la barra que separaba la cocina del salón—, lo pensaré.

—¿Qué pierdes por probar? La primera vez que nos vimos no nos fue nada mal —oyó que decía él a sus espaldas.

Respiró de nuevo. Tan profundo que le dolieron los pulmones. Debía recuperar su centro de gravedad.

—¿Por qué tienes tanto interés en que… en que tú y yo…? —preguntó sin atreverse a girarse—. Sabes que amo a mi prometido. Que me casaré en unos meses. Que lo que sucedió entre tú y yo…

Él sí lo hizo. Bordeó la barra de madera hasta el otro lado, para que ella pudiera verlo, y la miró directamente a los ojos.

—Créeme que no lo sé. —Alargó una mano y la colocó sobre la de ella, que sostenía aún el asa del maldito barreño. El leve contacto fue un fogonazo, como si saltaran los plomos—. Pero me juré a mí mismo que si volvía a encontrarte haría lo imposible por descubrirlo.

María escuchó los pasos y apartó la mano al instante. Sus mejillas se encendieron y se afanó por aparentar una tranquilidad que estaba lejos de sentir.

—Vaya, estáis aquí —dijo Edward apareciendo por la puerta del salón—. Karen me ha dicho que habías subido a por más bebida. Los de ahí abajo están sedientos.

Ella intentó disimular porque tenía la oscura sensación de que había estado haciendo algo muy malo y temía que Edward lo leyera en sus ojos. Allen se había vuelto y sonreía a su prometido. Parecía todo tan normal como si en verdad dos amigos hubieran ido a recargar un barreño con cerveza. María fue hacia el frigorífico.

—Aún quedan algunas botellas heladas —aseguró, haciendo recuento— y aquellas podemos ponerlas en hielo…

Cuando sintió una mano acariciando su cintura se alarmó, pero era un tacto conocido. El tacto de Edward.

—Te echaba de menos —le dijo su prometido muy cerca del oído. Olía a alcohol y a humo. Ella se sintió incómoda, pero no se dio la vuelta.

—Y yo a ti —repuso de forma más automática de lo que le hubiera gustado.

—Podemos hacer una visita rápida al dormitorio antes de bajar. Recuerda que me lo debes —dijo de nuevo Edward, tan alto que no le cupo la menor duda de que Allen lo había oído.

Aquello hizo que, en cierto modo, se sintiera violada por aquellos dos hombres que, a su manera, intentaban poseer algo de ella. También se sintió alarmada. No era propio de Edward mostrar sus deseos en público, y menos delante de un desconocido.

—Será mejor que os deje —oyó que decía Allen mientras se alejaba.

—Nos vemos abajo —le despidió Edward también cerca de su oído—. En un rato.

Algo dentro de ella le decía que se volviera, que mirara los ojos de Allen mientras se marchaba. Que observara qué sucedía allí dentro mientras veía cómo otro hombre acariciaba su piel bajo la camiseta avanzando hasta sus pechos, pero no lo hizo.

—Por supuesto —oyó que decía Allen, y sus pasos se perdieron hacia la salida.

8

—Y no puedes olvidarte de regar mis macetas. Sobre todo el rosal. Necesita sol y agua en esta época —le dijo Edward en lo que parecía el colofón de una larga lista de tareas.

Hacía un buen rato que habían abierto la puerta de embarque de su vuelo, pero su prometido no parecía tener prisa por marcharse. El Eurostar hubiera sido una opción mucho más cómoda para un viaje como aquel, atravesando el Canal de la Mancha bajo el mar, pero Edward prefería el avión por motivos nostálgicos. A su alrededor todo eran carreras y maletas de los pasajeros que no querían perder sus aviones. Sin embargo, ellos eran una anomalía en aquel espacio. Un par de personas quietas, en aparente armonía, repasando lo que debía permanecer incólume para que a la vuelta de aquel mes en París todo siguiera funcionando. Y eso que los dos últimos días habían sido raros. Hacer el amor con Edward había sido extraño, comer con él había sido extraño, extraño incluso charlar como todos los días. Era como si lo viera en la distancia. Como si lo hubiera traicionado. Como si tomara perspectiva para ver de otra manera su mundo perfecto donde se hablaba de Olafur Eliasson y de cubismo abstracto. Un mundo cerrado y exclusivo de clubs privados y fincas de recreo. No podría decir por qué, pero algo había dejado de estar perfectamente sincronizado, como si una diminuta e intranscendente pieza de un reloj fallara sin otra repercusión que provocar que otra pieza ligeramente más importante empezara a dar problemas dentro de mucho, mucho tiempo.

—Regaré las macetas, dejaré migas de pan en la ventana y no permitiré que el hijo de los McCormac espante a las palomas —dijo ella resumiendo una pequeña parte de todas las instrucciones que él le había dado desde que salieron de casa—. Y cuando vuelvas todo seguirá igual.

Edward sonrió de aquella forma magnífica que apartaba los problemas. Estaban de pie delante del control de acceso. Desde allí hasta su puerta de embarque tendría que recorrer unos buenos cientos de metros y una voz anunciaba que en unos minutos la cerrarían.

—He dejado queso en la nevera —insistió su prometido—. Si vas a usarlo no te olvides de airearlo al menos durante diez minutos antes de cortarlo.

—Y dejaré respirar el vino —continuó María resumiendo algo de lo que le había dicho—, no pondré sal en la carne antes de darle la vuelta en la parrilla ni mezclaré la rúcula con salsa César. —Sonrió después de resumir otra parte de sus indicaciones—. ¿No se te olvida nada?

Edward arrugó la frente intentando recordar qué habría podido pasársele por alto. En principio todo debía estar claro. No quedaba nada que…

—¿Y te echaré mucho de menos? —le ayudó ella.

Él pareció sorprendido. Desde que habían salido de casa había repasado la fontanería, la electricidad, la alimentación, la jardinería, los animales del entorno…; a veces era demasiado exigente.

—Y echaré de menos a mi preciosa chica —repuso al fin dejando el equipaje de mano en el suelo y dándole un abrazo. Ella lo recibió con más necesidad de la que esperaba. Se dio cuenta de cuánto había ansiado aquel abrazo, aquella caricia, aquella confirmación de que ambos eran una misma cosa.

—Pensé que nunca lo dirías —dijo, al fin satisfecha, con una sonrisa en los labios que no quería disimular.

—A veces soy un gorila —se disculpó él dándole un ligero beso en el hueco del cuello. Se apartó un poco para mirarla a los ojos y sonreír de nuevo.

Sí, pensó María, lo echaría de menos. Mucho.

—Casi siempre eres un gorila —dijo siguiendo aquel juego que de haber estado en casa habría terminado entre las sábanas—, pero a veces consigues ser un buen tipo.

Él arrugó la frente en un gesto cómico.

—¿Tendremos nuestra primera pelea en quince años el día que me marcho?

Ella soltó una carcajada. Y era cierto. Nunca habían discutido a pesar de haber pasado más de media vida juntos. Cuando algo chocaba entre los dos, siempre uno u otro cedía, aunque debía reconocer que casi siempre le tocaba a ella y que los periodos de silencio podían ser insoportables.

—Sería una buena forma de que no me olvidaras —repuso María guiñándole el ojo.

Él soltó un suspiro. La voz de megafonía insistió en avisar a los últimos pasajeros de su vuelo que la puerta de embarque se cerraría sin ellos.

—Ni un segundo podría olvidarte —dijo Edward bajando la voz—. Se me va a hacer muy largo estar separado de ti.

—¿Me llamarás todas las mañanas?

—Por supuesto. Y todas las noches, si a ti no te importa.

Ella volvió a sonreír.

—¿Qué piensas que puedo estar haciendo por las noches sino echarte de menos?

Por los altavoces sonó un ultimátum en forma de última llamada. Su vuelo cerraría las puertas en cinco minutos.

—Creo que debo marcharme —dijo Edward colgándose del hombro el equipaje de mano—. Pásate de vez en cuando a ver a mi madre. No quiero que se sienta sola.

—Por supuesto —le aseguró María—. Ya había pensado hacerlo.

Él la miró una vez más y se encaminó al control de acceso. María permaneció allí parada viendo cómo se alejaba. Dentro de un mes volvería y todo sería perfecto. Mágico y perfecto. Eso es lo que él siempre decía y su prometido no era de los que se equivocaban. Aquella forma de andar, de alejarse, le era tan familiar que sintió una ternura enorme. Siempre lo había querido. De eso estaba segura. Era el chico que la defendía cuando los demás se mofaban de su acento hispano en el colegio, el adolescente que estaba disponible cuando necesitaba ir acompañada al centro, el hombre que sabía lo que necesitaba cuando se sentía perdida. Y sería el esposo que siempre había querido y que le daría lo que sus padres nunca tuvieron.

De pronto supo que tenía que hacerlo. Que debía decírselo antes de que se marchara, a pesar de que Edward, con su férrea educación inglesa, le decía que aquellas manifestaciones de emoción eran un rescoldo de su ascendencia española. Dio una carrera y se plantó ante la barrera que separaba a los pasajeros de los visitantes. El guardia de seguridad le indicó que no podía pasar sin tarjeta de embarque, pero ella lo tranquilizó con una sonrisa. Edward ya había cogido una de las cubetas de plástico blanco y esperaba pacientemente antes de pasar por el arco de seguridad.

—Edward… —lo llamó desde la barrera.

Él la miró un poco sorprendido, pero pensó que no debía de haber comprendido alguna de sus instrucciones, así que se acercó hasta donde ella estaba.

—Edward —dijo ella sin poder acercarse—, te quiero.

Él parecía algo incómodo.

—Y yo a ti, cariño —contestó ligeramente contrariado. Era raro que entre ellos se dieran aquellas muestras de sensiblería—. Un mes. Solo un mes y todo será perfecto.

Aquella palabra le sonó a una promesa a la que debía aferrarse con todas sus fuerzas.

—Perfecto —susurró.

El guardia de seguridad le pidió a Edward que se diera prisa, pues quedaban muchos pasajeros por pasar. Él obedeció, aunque antes le dio una última instrucción.

—No olvides cuidar los tulipanes. Mándame una foto cuando broten —dijo volviéndose una vez más.

Ella sonrió, aunque sus ojos se empeñaban en anegarse de lágrimas.

—Márchate ya.

El guardia volvió a insistir con amabilidad en que debía aligerarse.

—Un mes —le gritó Edward a punto de perderse bajo el arco de seguridad—. Te veo en treinta días y entonces todo será perfecto.

9

El único sitio de aquella oficina donde podía estar medianamente a solas era en su despacho. A pesar de la pared de cristal y de que las puertas jamás se cerraban.

No había que ser muy lista para interpretar la desilusión de su jefa cuando rechazó el ascenso. Habían sido… ¿uno, dos segundos de silencio? El tiempo suficiente para que María viera en los ojos de aquella mujer la decepción, la incomprensión, la duda de si había elegido a la mujer adecuada. Inmediatamente después le había sonreído de aquella forma amable que hacía con todos y le había dicho que no pasaba nada. Estaba contenta con su trabajo. Ya habría otras ocasiones.

Aquella condescendencia fue peor que si la hubiera echado de su despacho y lanzado una jauría de perros rabiosos. Era como si dijera «bien, al fin y al cabo esta chica no es tan lista como parecía». Cualquiera de sus compañeras hubiera dado un brazo por trabajar en la sede de Estados Unidos y ella acababa de rechazarlo. Había sido difícil decidirse, pero esa misma mañana, cuando abrió los ojos, supo que debía hacerlo. Por un lado, lo deseaba tanto que casi le dolía físicamente, pero por otro sabía que si se marchaba a Nueva York de forma indefinida, ninguno de los planes que Edward y ella habían trazado pacientemente durante los últimos años saldría adelante. No tenía alternativa. No siempre uno debía hacer lo que deseaba, sino lo correcto. Y estaba segura de que aquella decisión era la correcta por el bien de los dos. Por el bien de su futuro matrimonio.

Se giró hacia la ventana, no quería que ninguna de sus compañeras viera en aquel momento que sus ojos estaban tan nublados como un cielo de tormenta, porque en el fondo de su corazón sabía que detrás de aquella decisión estaba Allen.

Sí, el maldito Allen.

Antes de que apareciera, aceptar el ascenso era una posibilidad. Algo viable que con mucha planificación y algunas discusiones con Edward podría salir adelante. Quizá volando hasta Londres cada dos semanas y su futuro marido haciendo lo mismo a Nueva York una vez al mes. Con el ascenso, la compensación económica era más que suficiente como para poder permitírselo. Sin embargo, desde que Allen había aparecido María era consciente de su propia debilidad. De pronto había comprendido que era más frágil de lo que imaginaba, una niña torpe y aburrida que era capaz de acostarse con un desconocido. Sí. Había sido una inconsciente dos años atrás, cuando decidió contratar los servicios de un prostituto para...

Durante la barbacoa, cuando habían bajado de nuevo Edward y ella al jardín ya no había rastro de Allen. Karen les dijo que le había pedido que se disculpara con los dos, pero que tenía trabajo y debía marcharse. «¿Un domingo?», recordaba que dijo su prometido, pero ella sabía a qué tipo de trabajo se refería, uno que no tenía más horario que la demanda de sus clientas. Durante los últimos días había pensado mucho sobre su vida y sobre cómo se estaba desarrollando. Y había recordado algo terrible y demoledor: que solo dos días antes de que Allen apareciera en su vida ella había soñado con él. Sí. Y unas semanas antes, y unos meses atrás. Porque aquel hombre había estado en su cabeza todo aquel tiempo, como una presencia persistente o un mal augurio. El mismo que presintió el día que Karen los invitó a su casa.

Esa noche de hacía apenas una semana, Allen le había vuelto a hacer el amor en sueños y ella de nuevo había buscado las caricias de Edward en la oscuridad de las sábanas. Mientras su prometido la montaba con su trote apremiante y soñoliento en busca de un desahogo fácil que le permitiera dormir de nuevo, María revivía lo que Allen había hecho con ella aquella lejana noche de hotel. Lo había contratado por medio de una agencia de citas. Había encontrado el número en la sección de contactos de un diario. Aún recordaba aquella tarde en la cafetería mientras apuraba un capuchino y daba un repaso a las últimas noticias del día. El anuncio era apenas un recuadro con una frase explosiva que ya no recordaba y un número de teléfono. Había mirado alrededor con pudor antes de anotar el número en la servilleta de papel. No había sabido muy bien qué hacer con él hasta que sus pasos la llevaron a una cabina telefónica —jamás lo hubiera hecho desde su móvil—, y casi sin meditarlo marcó aquel número. El resto formaba ya parte de sus pesadillas. Hacer el amor con Edward era un desahogo rápido. Aquella noche con Allen fue bajar al infierno para ascender a la gloria. La falta de pudor con que chupó la cara interna de sus muslos hasta terminar devorando su entrepierna. La delicadeza con que la penetró, primero suavemente para después encabritarse con una maestría que ella creía imposible. ¿Cuánto duró aquel cabalgamiento? Era incapaz de recordarlo. Su mente estaba turbia después del primer orgasmo, y él la trabajó con ahínco hasta provocarle tres más antes de…

Apartó aquellas ideas de la cabeza, que empezaban a trastornarla y miró por la ventana. Debía sacarlo de su vida. Debía sacarlo de su mente.

Respiró una vez más con la profundidad que su psicólogo le había enseñado y comenzó a relajarse. Otro día de sol. Ya hacía dos que Edward se había marchado —su escudo, su ancla— y lo echaba terriblemente de menos. La telefoneó nada más aterrizar, pero después fue ella quien hizo por hablar con él a última hora de la tarde. El primer día de trabajo había sido demoledor y estaba agotado.

Una vez más. Inhalar, exhalar, buscando su centro de gravedad. Lo mejor era apartar todas aquellas ideas de su cabeza por un rato y centrarse en lo que tenía que hacer. Aún no había presentado el balance del mes anterior y su jefa se lo pediría en cualquier momento, si es que después de haber rechazado el ascenso todavía le hablaba. Abrió el archivo de Excel con los resultados, se puso las gafas y decidió analizar todos aquellos gráficos intentando localizar los puntos fuertes y débiles de su estrategia de márquetin.

Cuando un buen rato después su móvil sonó, se sobresaltó. Era un número desconocido. Pensó si debía cogerlo. Quizá intentaran venderle algo. Se decidió a descolgar por el simple hecho de despejarse un poco. Estaba demasiado metida en los números.

—¿Dígame?

—*Estoy cerca de Leicester y he pensado que quizá te apetecería un café* —dijo una voz que le sonó extrañamente conocida.

—¿Disculpa? —se oía el ruido del tráfico y la música del carrillón suizo que en aquel momento marcaba las horas puntas.

—*Karen me dijo que trabajabas por aquí...*

Cuando reconoció la voz de Allen su corazón volvió a latir precipitado. Como había pasado cada una de las malditas veces que se habían reencontrado. Pero en esta ocasión fue otra cosa lo que la alarmó.

—¿Cómo has conseguido mi número?

Allen titubeó.

—*Le dije a Elissa que quería hablar contigo...*

Aquella respuesta fue peor de lo que esperaba y una sensación de vacío atenazó el estómago de María.

—¿Te has atrevido a hablarle a Elissa de mí?

Elissa sabía muy bien quién era Allen. A qué se dedicaba. De hecho sería la que en estos momentos le pagaba una buena suma para que calentara su cama. Habría hecho conjeturas y seguro que no tardaría en comprender para qué su chulo pedía el teléfono de la amiga tonta de su vecina.

—*Tranquila* —dijo él dándose cuenta de sus temores—, *le he dicho que durante la barbacoa me había olvidado las gafas de sol en tu casa y tenía que mandar a un mensajero a recogerlas* —y Elissa se lo había entregado sin darle importancia—. *En esta vieja profesión somos gente de recursos. No creo que haya sospechado nada de... lo nuestro.*

Aquella afirmación le pareció del todo inoportuna.

—No existe nada que pueda considerarse «lo nuestro» —repuso con una voz que si no sonara por teléfono lo habría taladrado como un dardo.

—*Te veo muy alterada* —Allen parecía no darse cuenta de la gravedad de todo aquello. Él era un vividor, un mujeriego, un gigoló que creía que todos los demás eran igual de irresponsables y desinhibidos que él—. *Tomar un café conmigo es la solución perfecta.*

Aquello empezaba a cansarla.

—¿Cómo voy a decirte que no quiero saber nada de ti? Nunca.

Le pareció oír la risa transparente de él y de nuevo sintió aquel cosquilleo extraño en la base de su columna vertebral.

—*Ya te dije que no puedes. No pararé hasta verte a solas.*

Una idea apareció de golpe en la cabeza de María, fue como un fogonazo. Quizá sí había una forma de quitarse a aquel tipo de encima. Quizá hasta ahora había dado los pasos al revés. Todo era cuestión de transmitir la impresión correcta. Se incorporó en la silla y una sonrisa extraña se formó en sus labios.

—Bien. Acepto —dijo de inmediato.

—*¿Aceptas?* —la voz de Allen sonó tan incrédula que no parecía la suya.

—Un café no —contestó María, un poco más segura de sí misma—. Una cena.

Aquello a Allen le parecía tan fantástico que no estaba seguro de estar oyendo bien.

—*Estás de broma, ¿verdad?*

—Yo no bromeo.

La voz de María sonó tan helada como un invierno en el Ártico.

—*De acuerdo* —dijo sin saber muy bien a qué se debía aquel cambio—. *Pasaré a recogerte a las…*

—De ninguna manera —le cortó ella—. No dejaré que nadie de mi entorno me vea con un… contigo. Nos encontraremos a las ocho, aquí, en la estatua de Shakespeare.

Oyó un suspiro al otro lado. No supo si era de cansancio o de impaciencia.

—*A las ocho* —confirmó él, y su voz le sonó tan profunda como la vez que le preguntó su nombre—. *No me retrasaré.*

María no se dejó intimidar. Tenía muy claro lo que iba a hacer esa noche, lo que iba a pasar, y era algo que aquel tipo no esperaba.

—Lo doy por sentado —dijo con la mayor impertinencia de que fue capaz—. Y espero que aproveches esta oportunidad, porque no te lo voy a poner fácil y, como bien has prometido, será la única que tengas.

10

La recepcionista del hotel había sido encantadora desde el primer instante. Más que eso. Después de registrarlo le había dado su número de teléfono personal y había insistido en que estaría disponible para lo que necesitara a cualquier hora del día o de la noche. Edward había oído decir que las parisinas siempre consiguen con un hombre aquello que se proponen, pero no esperaba experimentarlo tan pronto. Sonrió al recordarlo.

La habitación era perfecta. Cara, confortable y a un tiro de piedra del hospital. Con todo el ajetreo de la llegada aún no le había dado tiempo a deshacer la maleta, así que había llegado el momento. Se tomaría una copa del minibar y se daría una larga ducha. Después iría a dar una vuelta por el entorno, que tampoco conocía. Le daba seguridad tantear el terreno cuando empezaba una nueva experiencia. En cirugía hacía lo mismo, y por eso había alcanzado el éxito: nunca daba un paso sin conocer qué se cocía en las proximidades.

En unos minutos su ropa colgaba impecable del ropero. La había ordenado por colores. Las camisas del blanco al azul con todas sus tonalidades, los pantalones en dos grupos; los de vestir y los de diario. Las chaquetas de la más clara a la más oscura. No entendía a la gente desordenada o impuntual. El mundo tenía un orden predeterminado y las cosas solo funcionaban si se seguía a rajatabla. Suspiró y miró alrededor. Todo estaba perfecto. Prescindiría de la copa porque, si no, tendría dolor de cabeza al día siguiente. Con cuidado se descalzó y dejó los zapatos uno al lado del otro al pie de la cama. Se fue quitando el resto de la ropa, doblándola con cuidado para meterla después en la bolsa de plástico de la lavandería. Junto a la puerta, pegado a la pared, había un espejo de cuerpo entero y dedicó unos segundos a observarse. Nunca había sido un tipo atlético, pero estaba en forma. Eso y una alimentación sana hacían que no hubiera ni una gota de grasa en su figura. No es que fuera el cuerpo de un adolescente, pero sí el de un adulto llegado a la treintena bien formado y con las proporciones correctas. Tampoco era mal parecido. María lo llamaba «guapo», en español. Karen decía que era el hombre más irresistible de Londres. Él sabía que era un tipo atractivo y que tenía éxito con las mujeres. Lo notaba en la forma en que lo miraban y por cómo se giraban cuando él aparecía. Eso le producía una oculta satisfacción. No, él no era de esos que necesitaban un amor en cada puerto, pero tenía que reconocer que ver el deseo en los ojos de una mujer le provocaba cierto placer. Pensó en la recepcionista de ese hotel y vio en el espejo cómo su miembro reaccionaba al instante; aquel viejo amigo era un sinvergüenza. Sonrió para sí. Era una chica bonita. Muy bonita. Le había llamado la atención su perfume, una mezcla de sándalo e incienso tan inusual como turbadora. Después, toda ella. Debía ser hispana por aquella sugestiva melena oscura, la piel tostada y los cálidos ojos negros. Y solo tenía que marcar aquel número de teléfono… Decidió darse una ducha y dejar de pensar en ella. Se casaría en unos meses con la mujer de su vida. No era plan hacer locuras de colegial. Rió solo de pensarlo.

Se metió en la ducha y abrió el grifo de agua caliente. Esta salió con la temperatura y la presión perfecta; otro beneficio de haber pagado un poco más por aquella habitación. Mientras el líquido cálido desentumecía sus músculos, pensó en lo que le depararía la vida. Aquella era la última prueba. Una vez superada, regresaría a Londres y formalizaría su relación con María… Entonces llegaría el momento de reclamar su fortuna, de buscar una casa más grande y con jardín, de plantearse tener un par de retoños, a ser posible niño y niña, y a partir de ahí todo sería perfecto. María tendría que dejar el trabajo. No quería que sus hijos se criaran rodeados de desconocidos; quería que fuera su madre quien los levantara, los llevara al colegio y repasara a la vuelta la lección del día. Ella era su mayor pilar. Siempre estaba ahí cuando la necesitaba, siempre estaba a la altura de las circunstancias, siempre… Sin embargo, debía reconocer que en los últimos días se había comportado de manera extraña. Más nerviosa y distraída. ¿Fue un par de días antes cuando había olvidado calentar la leche antes de echarla en el café? Aquello era impensable en una mujer como ella. No estaba muy seguro de a qué podía deberse este retraimiento. Quizá porque él estaba demasiado atareado preparando aquel viaje y en el fondo ella no quería que se marchara. La escena en el aeropuerto… Ellos no eran así. Ellos no eran de los que se echaban a llorar en público ni montaban escenas de *reality show* delante de los demás. Tendrían que hablarlo a su regreso, dejar claras las pequeñas cosas que en resumidas cuentas eran las que conformaban una vida. Pero en el fondo quizá la quería por cosas como aquella, por sus retazos de espontaneidad, de frescura, de improvisación. Siempre dentro de un límite, claro.

Salió de la ducha y se secó con la esponjosa toalla. Sí, valía la pena pagar más por detalles como aquel: el grado justo de suavidad y resistencia. Quitó el vapor que enturbiaba el espejo y se miró de nuevo. Definitivamente era un tipo muy atractivo: cabello rubio, ojos verdes, rasgos perfectos. Se peinó hacia detrás, marcando una raya al lado. Su pelo ya haría lo que quisiera cuando se secara. Al día siguiente debía causar una buena impresión y estaba seguro de que así sería.

Oyó que llamaban a la puerta. Sería el servicio de lavandería. Había dado instrucciones de que retiraran su ropa sucia todos los días a las ocho en punto, así que se ató la toalla a la cintura y acudió a abrir. Al otro lado había una mujer despampanante, la misma que lo había registrado hacía un par de días en recepción. A pesar del discreto uniforme, todo en ella era sensualidad: desde el cabello oscuro y alborotado, hasta el color de sus labios rojos y apetitosos. Se había abierto un par de botones de la sobria blusa azul y a través del escote se veía el nacimiento de sus deliciosos senos y el perfil de un sujetador de encaje negro. Un triángulo perfecto y seductor. Miraba a Edward de arriba abajo, deteniéndose un poco más en su torso desnudo para volver a sus ojos.

—No sabía si el señor tendría suficientes —le dijo mientras le tendía un par de mullidas toallas blancas.

Edward tragó saliva y notó cómo empezaba a escocerle la entrepierna.

—Gracias —contestó un poco aturdido—. Creo que con estas será suficiente.

Como no la invitaba a pasar, la mujer fue un paso más allá.

—¿Quiere que le prepare la cama? —le dijo mientras intentaba transmitir una inocencia que todo su cuerpo desmentía.

De nuevo Edward tragó saliva. Y supo lo que tenía que hacer.

—No, gracias. Ha sido usted muy amable.

Cerró la puerta sin esperar su reacción. Era un hombre prometido, que amaba a su chica y se iba a casar en unos meses.

11

María hubiera esperado cualquier cosa menos aquello. Edward jamás habría intentado sorprenderla con algo así.

—Ya estamos aquí —había dicho Allen, pero a ella le fue imposible responder.

Él había llegado al sitio indicado a las ocho en punto. No sabía muy bien por qué, pero esperaba que intentara impresionarla embutido en un carísimo traje italiano de corte impecable y conduciendo un descapotable con motor de porcelana para llevarla a uno de los exclusivos restaurantes de moda en Islington. Eso es lo que hubiera hecho Edward y por supuesto lo que hubiera hecho cualquier chico que quisiera conquistar a una mujer como ella en su círculo habitual. Esa precisamente era la primera afrenta que María tenía preparada esa noche para Allen, para que comprendiera que no tenían nada que ver el uno con el otro. Así que María, previéndolo, se había puesto sus vaqueros más desgastados, las manoletinas de tela que utilizaba para los días de jardín y que ya necesitaban pasar por la lavadora, camiseta negra y un anorak con estampado de patitos. La imagen viva de alguien a quien echarían a patadas de un restaurante de cien libras el cubierto.

Sin embargo, Allen había llegado en metro. Llevaba unos vaqueros tan desgastados como los suyos, unas deportivas por calzado, camiseta negra y cazadora de piel de igual color para protegerse del fresco de la noche.

Al ver aparecer a aquel tipo inoportuno, vestido de esa manera, con aquellas ropas que le sentaban realmente bien, sintió un ramalazo de disgusto, aunque también de timidez.

—¿Preparada? —le había preguntado con una sonrisa.

—Preparada —le había contestado ella un poco molesta porque este primer golpe de efecto no hubiera salido como esperaba. Ya tendría tiempo de negarse a todo, de decir que no le gustaba el lugar que había escogido, ni el vino ni los platos que le sirvieran ni la conversación ni su compañía… Ese era el plan, que al final de la noche aquel tipo comprendiera que había tan poco en común entre ellos dos que de una vez por todas la dejara en paz.

—¿Te gusta la comida china? —había dicho él de nuevo señalando la bolsa de papel que llevaba en la mano y que evidenciaba un par de grandes manchas de aceite en su superficie.

Aquí María no pudo disimular su sorpresa. ¿Una cena por la que había rogado como un condenado y él elegía comida para llevar? ¿Y china? Desde luego debía reconocer que quizá se había formado una idea falsa de aquel individuo. Aun así, decidió que no debía mostrarse asombrada. No debía mostrar la menor debilidad.

—¿A dónde vamos? —fue la pregunta obvia pues evidentemente no irían a un restaurante, y se temía que terminarían en uno de los escalones de Trafalgar Square comiendo pato laqueado con las manos.

—Es una sorpresa —contestó él guiñándole un ojo—. Vamos.

Temió que intentara cogerla de la mano pero eso no sucedió. A aquella hora la calle estaba animada, sobre todo la plaza, pues había estreno en el Odeon. Empezaron a andar hasta atravesar la explanada y salir por Cranbourn hasta Charing Cross, pasando de largo la sala Hippodrome. María miró hacia atrás. Iban en dirección contraria a Trafalgar. ¿Había pensado en sentarla a cenar en la fuente del edificio Centre Point mientras miraban pasar a los turistas hacia el Soho? Prefirió no preguntar y adoptar un aire desconfiado que no delatara que estaba realmente alarmada ante aquella maniobra.

Él caminaba a su lado, callado pero atento a cualquier cambio en su semblante, apartándose cuando se cruzaban con algún peatón. María no pudo dejar de observar que en cada una de estas ocasiones la tomaba por la cintura para que ella también dejara paso. Aquel contacto le era incómodo… y excitante. La imagen de una lejana noche volvía a su cabeza una y otra vez pues los dedos de Allen habían estado posados en aquel mismo lugar, pero sin ropa de por medio. Tuvo que respirar profundamente para alejar unos pensamientos que le provocaban un sofoco perturbador.

—Aquí es —había dicho Allen cuando ya prácticamente habían recorrido toda la calle.

Ella miró a ambos lados. En su misma acera había una gran obra donde construían nuevas infraestructuras para el metro. En la otra estaban rehabilitando un par de viejos edificios que mostraban la fachada cubierta por andamios y lonas. Tráfico y gente que iba y venía. Ningún sitio donde ubicarse a degustar aquella cena tan… especial.

—¿Nos sentaremos en la acera? —preguntó ella sin poder disimular su sarcasmo—. Bien. Detrás de ti.

Él le sonrió y por primera vez tuvo que reconocer que cuando lo hacía su rostro se volvía cálido, incluso inocente, fresco y amigable.

—Perfecto —dijo Allen dirigiéndose a la acera contraria—. Sígueme.

Ella no lo dudó. Empezaba a estar intrigada y, por qué no, también divertida. El terror que se había convertido en ira y después en malestar empezaba a ceder, algo que no sabía si podía considerar bueno o malo. ¿Adónde diablos iban a ir a degustar el pato laqueado?

Se habían detenido delante de una de las altas fachadas protegidas por lonas de construcción. Allen esperó a que la calle estuviera despejada, aunque el tráfico era incesante, y entonces tiró de ella y ambos desaparecieron detrás de una de aquellas telas impermeabilizadas que cubrían los edificios en restauración. María se sobresaltó en un principio, pero al instante notó el cosquilleo de la aventura, algo muy parecido al amor… o a la indigestión. Miró hacia arriba. Sobre ellos toneladas de pilares de metal que se retorcían en una estructura perfecta para construir un andamiaje. La lona los separaba del exterior, y hasta el ruido del tráfico parecía amortiguado. Ahora eran invisibles. Habían desaparecido. Sintió cierta aprensión pues la última vez que habían estado a solas él se había atrevido a tocarle la mano. Sin embargo, Allen estaba ocupado estudiando el techo del andamiaje, bastante apartado de ella. María tenía unas ganas terribles de preguntarle qué diablos hacían allí, pero prefirió callarse y atenerse a las consecuencias. No iba a permitir que aquel tipo pensara que era una mujer impresionable.

—Yo iré primero —dijo Allen quitándose la chupa de cuero y atándosela a la cintura—. Tú ven detrás de mí, pisando donde yo pise, ¿de acuerdo?

Aquella no era la idea que tenía María de una cita romántica. Más bien se parecía a una escena de película de terror. Sin embargo, asintió mientras pensaba que quizá aquello empezaba a ir demasiado lejos y que la lección que esperaba darle esa noche a aquel tipo no estaba saliendo exactamente como esperaba.

Allen empezó a trepar por el andamio. Las vigas de metal laterales estaban atravesadas por otras más estrechas que formaban una escalera. En la parte más alta, en la plataforma horizontal que formaba el primer piso de andamiaje, había un hueco por donde desapareció.

María pensó por un momento que había llegado la hora de largarse. Simplemente tenía que atravesar aquella lona, salir de nuevo al mundo exterior y parar un taxi. Pero sabía que si lo hacía jamás podría quitarse a aquel tipo de encima. Ese era su plan, así que emprendió el ascenso. Era más fácil de lo que había creído, aunque los restos de hormigón que había pegados al metal le arañaron las palmas de las manos. Cuando llegó a la plataforma, Allen la esperaba en el lado opuesto y tras cerciorarse de que ella aparecía comenzó otro ascenso hasta la siguiente planta. María suspiró, aunque esta vez se había olvidado de encontrar su centro de gravedad como le recomendaba su psicólogo, simplemente lo hizo porque se sentía bien. Aquello tenía algo de transgresor que no le desagradaba.

Subió tras él al segundo piso, pero esta vez no había señales de Allen.

—Por aquí —dijo él apareciendo un momento a través de una de las ventanas sin cristales para desaparecer al instante.

¿Cómo se había atrevido a entrar en una propiedad privada? Aquello era allanamiento de morada. Podrían ir a la cárcel. Lo dudó un instante, pero estaba tan decididamente a escarmentarlo que dio un pequeño salto hacia el interior.

El edificio estaba a oscuras, mostrando su esqueleto. No había cristales ni paredes ni sistema eléctrico. Solo escombros y penumbra.

—Con cuidado —oyó la voz de Allen al fondo—. Espera unos segundos hasta que te acostumbres a la oscuridad.

¿Qué diablos estaban haciendo? Allí habría clavos oxidados, vidrios rotos, lascas de ladrillos tan puntiagudas como navajas… Apartó todo aquello de su mente y esperó hasta que las formas difusas del edificio se fueron definiendo en su retina. Solo entonces lo pudo ver al fondo, junto a lo que parecía la estructura desnuda de una escalera. Esta vez Allen la esperó.

—Ya estamos llegando —dijo en la oscuridad, aunque ella percibió su cálida sonrisa.

Subieron una planta, dos, tres. Él no intentó darle la mano y, aunque la habría rechazado, también lo habría agradecido, a pesar de que apartarla y darle una bofetada era otro de los matices de su plan para humillarlo. La escalera acababa ante una puerta metálica cerrada con un candado.

—¿Y ahora qué? —dijo ella algo enfadada porque terminara de aquella manera tan frustrante la aventura.

—Ahora viene lo bueno —respondió él.

Trasteó con el candado hasta abrirlo y empujó la puerta, apartándose para que ella accediera a la azotea del edificio. Antes de salir María lo miró a los ojos intentando descubrir qué le esperaba fuera. Por primera vez lo hizo sin pudor. Sin vergüenza. Solo con la intención de saber qué le deparaba la noche. Y le parecieron limpios y maravillosos. Azules a pesar de la penumbra. Allen parecía tan hermético como feliz.

María dio un paso hacia el exterior y se quedó atónita.

Justo en el centro de la amplia terraza había una mesa pequeña y frágil cubierta con un mantel de cuadros blancos y rojos e iluminada con una vela encajada en una vieja botella de vino. A ambos lados había dos sillas de madera muy simples con un pequeño cojín de suave lana rojiza. Sobre el mantel dos platos blancos y relucientes rodeados de cubiertos que despedían destellos dorados. También había dos copas de cristal transparente, y una botella de vino aún sin abrir. Y una rosa. Una única rosa roja brotando de un refulgente jarrón alargado y estrecho.

Todo eso y Londres, que brillaba a sus pies solo para ella con luz de neón, como un camino de baldosas amarillas.

12

—Espero que no estés disgustada por haberte traído hasta aquí —volvió a repetir Allen, pero ella no contestó.

Debido a la contaminación lumínica no se veían las estrellas, solo el resplandor de miles, millones de luces de edificios que llegaban hasta ellos como una nube incandescente que lo envolvía todo. Hacia el sur se veía el campanario de Saint Martin, y Nelson sobre su robusta columna, y el Big Ben, y la gran noria del milenio que se balanceaba suavemente como entonando una nana eterna. Más lejos refulgía la cúpula de Saint Paul, con los rascacielos de la City como telón de fondo, y mucho más lejos se adivinaba la mole diminuta de Canary Wharf inmersa en el corazón de los Docklands. Un *skyline* de luces centelleantes que parecía que se habían creado para ellos. Solo cuando supo que nada de aquello se le olvidaría jamás, María pudo dedicarle tiempo a la terraza. Era un trozo amplio de tejado circunvalado por un pretil donde, medio demolidas, aún estaban las estructuras de mantenimiento del edificio. Sin embargo, en torno a la mesa, todo era orden y pulcritud. Como si el tiempo hubiera dejado de pasar su mano perniciosa sobre unos pocos metros cuadrados de aquel terreno baldío.

—¿Cómo has…? —intentó preguntar María, pero apenas le salían las palabras.

—Esta es la única oportunidad que tengo de conocerte, ¿no? —dijo él, que la esperaba junto a la mesa—. No podía jugármela.

Allen le pidió que se sentara y sirvió el vino. El ruido del tráfico llegaba amortiguado por la lona que cubría la fachada, y adquiría la forma de un *rumrum* distante e incluso agradable.

—Por todo lo que siempre hemos soñado —brindó él, y ella chocó su copa casi hipnotizada, sin saber muy bien qué significaban aquellas palabras.

—¿Siempre haces esto? —fue lo único que se le ocurrió preguntar—. ¿Forma parte de tu trabajo?

Allen sonrió y sacó de la bolsa de papel tres recipientes de plástico blanco que depositó con cuidado uno junto a otro.

—Te aseguro que no —le dijo mientras servía el primero, unos tallarines con gambas que despedían un aroma dulce y a la vez salado—. Si hubiera montado algo así para una clienta, creo que habría salido corriendo.

María esbozó una sonrisa frágil, pues estaba segura de que si hubiera hecho algo así para una clienta… ésta se habría enamorado de él.

Probó la comida. No era muy amiga de la gastronomía china, pero le supo deliciosa. Comió en silencio, dando pequeños tragos a la copa de vino y mirando a Allen de vez en cuando. Él usaba los palillos para llevar los fideos a la boca en un malabarismo que ella no quiso probar. Cada vez que lo miraba él hacía lo mismo y sonreía.

—Allen —dijo ella dejando los cubiertos sobre el plato cuando reunió el valor de preguntarle. Su plan se había venido abajo—. ¿Nos hemos visto cuántas? ¿Cuatro veces? Una de ellas muy poco afortunada, por cierto, pero aún no sé qué quieres de mí —miró a su alrededor—. No tengo ni idea de por qué estoy aquí. No sé cómo puedo convencerte de que esto… —hizo un gesto que abarcaba no solo aquel espacio, sino aquel mundo—, todo esto no va a servirte para nada.

Allen parecía que no la escuchaba, pues destapó el segundo recipiente. Lo hizo con un cuidado más digno de Edward que de un hombre como él. Era pollo con arroz y verduras que seguro tendría algún nombre exótico que ella no conocía.

—No puedo contártelo —contestó él al fin, solo cuando los dos platos estuvieron servidos.

—¿Por qué? —preguntó María de inmediato, deteniendo el vuelo del tenedor antes de que llegara a su boca. Temía una respuesta así. Temía que aquello fuera aún más retorcido de lo que parecía.

Allen colocó los codos sobre la mesa, avanzó su cuerpo un poco en dirección a ella y la miró de forma enigmática antes de contestar.

—Porque te prometí que jamás te hablaría de aquella noche a menos que tú me lo pidieras.

María casi sonrió. Había pensado por un momento que iba a contarle algo inconfesable.

—Pues ahora —dijo en cierto modo divertida— te lo pido por favor.

Él volvió a mirarla con la frente fruncida y dio un nuevo bocado a un gran trozo de pollo.

—Antes déjame que yo te haga una pregunta. —Rellenó una vez más las dos copas de vino—. ¿Por qué lo hiciste?

—¿Por qué hice qué?

—Contratar mis servicios. —Un cartel luminoso, invisible desde donde estaban, tornasolaba la pared del fondo y María se dio cuenta de que apenas había podido dejar de mirar a Allen desde que llegaron—. No tienes el perfil de las mujeres que hacen esas cosas.

Ella pareció dudarlo antes de volver a preguntar.

—¿Y cuál es ese perfil?

—Es muy amplio, pero suele coincidir con mujeres a las que les falta algo importante en su vida, y tú pareces tenerlo todo.

Aquella respuesta fue como echar sal en una herida. *Tenerlo todo*. Sí, desde que ella y Edward decidieron construir una vida juntos habían desaparecido las escaseces, las estrecheces, pero también la seguridad en sí misma, la independencia, la libertad en cierto modo. Aun así se sentía una mala persona solo de pensarlo. Él le había dado todo lo que podía siquiera soñar a cambio de nada, y ella, a pesar de eso, no tenía suficiente.

—Quizá sí forme parte de ese perfil —repuso jugando con el tenedor sobre el plato.

Allen abrió el último recipiente. Eran manzanas asadas y el aroma dulce del almíbar envolvió la terraza.

—Empiezas a ponerte interesante —le dijo él sirviéndole una buena ración.

—Edward y yo… —El vino había tenido un efecto terapéutico sobre ella, abriendo poco a poco cada capa de protección hasta dejar su corazón expuesto. Su prometido habría dicho que el alcohol era el mejor cirujano cardiovascular, pues tenía facilidad para dejar un corazón al descubierto—. Bueno, teníamos algunos problemas.

—Espero que se resolvieran —dijo Allen, aunque la verdad era que deseaba que hubiera sido al contrario. Pero si se iban a casar en cuatro meses... Sirvió un poco más, solo un poco más del cálido líquido rojo, y dejó la botella en el suelo. No quería que María se emborrachara.

—Bueno, tú me ayudaste a saber que no era cosa mía.

—¿Puedo preguntar la naturaleza de esos problemas? —inquirió él con tacto no exento de humor.

Ella lo miró de nuevo fijamente. ¿Era una mirada de sorpresa, de diversión? Al final soltó una carcajada y puso los brazos en cruz, mirando aquel cielo negro y sin estrellas.

—Me parece increíble que esté aquí sentada hablando de estas cosas contigo.

—¿Por qué? —dijo él riendo a la vez.

—Porque es algo que no he contado ni a mi mejor amiga.

Allen la miraba de una forma que no recordaba haber visto antes, haber sentido antes sobre su piel. Había brillo en sus ojos. Sí, como si tuvieran luz propia. Y sus pupilas se movían sobre cada punto de su rostro como si quisieran atesorar aquel momento para que no se le olvidara jamás. Sentirse observada, devorada por un hombre así, le causaba a la vez turbación y expectación. Eso hacía que se sintiera culpable y la obligaba a un constante esfuerzo por apartarlo de su mente.

Allen hizo un gesto cómico y dejó la servilleta sobre la mesa.

—No tienes por qué decírmelo, que conste.

María recuperó la compostura. También puso la servilleta sobre la mesa y en esta ocasión lo observó con una mezcla de ansiedad y vergüenza; iba a confesarle algo que nunca pensó que diría en voz alta.

—Jamás había tenido un orgasmo con Edward.

Él oyó perfectamente estas palabras, pero su mente pareció no comprenderlas.

—¿He entendido bien?

—Solo he estado con Edward —dijo ella dubitativa—. Bueno, y contigo.

—Espero no tener falta de tacto —dijo él humedeciéndose los labios, que estaban salados por la comida y el vino, y notando que su entrepierna acababa de reaccionar al oír aquello—, pero yo conté tres aquella noche.

—Cuatro —le aclaró María para inmediatamente sentirse abochornada.

—Vaya —dijo él echándose para atrás en la silla—. Se me escapó uno.

María se apartó el cabello, que se empeñaba en caerle sobre los ojos, y Allen en aquel preciso instante llegó a la conclusión de que aquella era la chica más bonita que había visto en su vida. Sin aspavientos ni exageraciones. Todo le llevaba a ella y tendría que hacer un esfuerzo enorme para no besarla antes de que acabara la noche.

—Fingía cuando mis amigas hablaban de esto, ¿sabes? —continuó María esquivando su mirada—. Para ellas era… algo tan natural, tan cotidiano. Y, sin embargo, para mí el sexo con Edward era poco más que un rato de insatisfacción antes de dormir.

Allen comprendió que era un asunto muy serio y solo la punta del iceberg de algo más profundo. El detonante quizá de una serie de problemas que aquella mujer preciosa se negaba a ver.

—¿Se arregló después de aquella noche? —preguntó con cuidado.

«Después de aquella noche», repitió una voz dormida en la cabeza de María. ¿Cómo le explicaba a ese hombre que después simplemente él había empezado a poblar sus sueños? Que se descubría a solas pensando en lo que hizo con su cuerpo, pensando en sus manos sobre su piel, en su lengua sobre su sexo, en su miembro dentro de ella. Solo de recordarlo le hacía sentir sucia y ahora estaban allí, juntos, compartiendo la velada más romántica que nunca se había atrevido siquiera a soñar, y sintiéndose culpable porque fuera él y no Edward quien la había hecho realidad para ella.

—¿Y tú? —le preguntó María para evitar contestar—. ¿Por qué te dedicas a esto? Supongo que la prostitución no debe ser algo…

Él sonrió de nuevo. Su táctica no le había pasado desapercibida, pero decidió seguir las nuevas normas del juego que ella cambiaba a cada momento. Ambos estaban relajados y el mundo no existía. Solo aquella terraza y las luces de neón que llegaban de la calle

—Yo era estudiante de primero de carrera cuando atendí a mi primera clienta. Salió la oportunidad y la cogí. Fue una amiga de mi madre. Su marido estaba de viaje. Le ayudé con unos paquetes, una cosa llevó a la otra y cuando terminamos me dio veinte libras si no decía nada. Al final de ese curso pude comprarme un coche de segunda mano. —Sonrió—. En mi caso no había una familia desestructurada, ni un padre alcohólico, ni falta de recursos acuciantes. Simplemente mi vida era más fácil así y he de reconocer que siempre me ha gustado el sexo. —Apuró su copa de vino—. Y mucho.

María sintió un escalofrío, pues en aquellas últimas palabras… ¿había una insinuación?

—¿Y no te sentías… ultrajado? —le preguntó para apartar aquella corriente cálida que la envolvía y que había empezado a levantar una picazón extraña en lo más íntimo.

—Jamás —dijo él. Estaba recostado en la silla, con las manos tras la cabeza y María no pudo evitar contemplar sus bíceps, que se mostraban en su plenitud, y sus pectorales que se marcaban bajo la camiseta—. El sexo solo es sucio cuando no te lavas… —continuó Allen—, creo que eso es de Madonna. —Sonrió—. La verdad es que hacer feliz a una mujer me hacía sentir bien, muy bien. Hasta que te conocí.

María detuvo aquellos pensamientos sofocantes cuando las últimas palabras de Allen tomaron forma en su cabeza.

—Nos vimos una noche. Apenas una hora.

Él suspiró y volvió a inclinarse sobre la mesa, colocando sus codos sobre la superficie a cuadros. Estaba tan cerca que con solo adelantar su cuerpo hubiera podido tocarla.

—Yo tampoco —dijo él ladeando la cabeza y mirándola fijamente. Esta vez ella no se apartó, sino que intentó comprender qué había debajo de aquellas pupilas intensamente azules y fascinantes—. Cuando te vi por primera vez… Aquella noche me pareciste una chica preciosa, aunque he estado con mujeres muy, muy bonitas.

—No lo dudo —repuso ella algo molesta por la comparación.

—Sin embargo, cuando… desde que te vi, cuando hicimos el amor… —se detuvo y necesitó humedecerse de nuevo los labios para encontrar las palabras—. Jamás he sentido nada igual. Fue como si cada recodo de tu piel estuviera creado para encajar en cada uno de mis ángulos. Como si mi lengua hubiera estado toda la vida esperando tu sabor. Como si mi… soy un cursi, ¿verdad? —Ella no contestó—. Dentro de ti me sentí… ¿feliz?, ¿completo? Como nunca antes en mi vida. —Hizo una mueca, parecida a una sonrisa llena de amargura—. Fue algo realmente extraño, doloroso y hermoso a la vez.

María notaba cómo el corazón se había encabritado en su pecho. Cómo la sangre circulaba por sus venas retumbando en sus sienes. Quería oír aquello y a la vez lo temía.

—No sé qué decir —fue lo que dijeron sus labios.

—Al día siguiente dejé aquel trabajo —continuó Allen. Ahora parecía más distante, como si se hubiera producido un daño irreparable—. No lo dudé. Y ese mismo día empecé a buscarte. Necesitaba una respuesta.

María llegó a pensar que tenía fiebre porque todo en su cuerpo estaba ardiendo. No le había pasado nunca antes, pero de pronto tenía tal constancia de cada una de sus células, de cada sensación que su cuerpo producía, que sintió vértigo.

—Allen, yo... —intentó decir de nuevo, pero le faltaban las palabras.

Estaban inmóviles uno a cada lado de la mesa, conscientes de que si alguno de los dos se movía todo aquello podía venirse abajo.

—Llegué a pensar que habías sido un sueño —continuó él, ajeno a la tormenta que se estaba produciendo dentro de María—. Que nunca habías existido. Pero cuando te encontré en aquella cena... —Sus ojos se iluminaron—. ¡Dios! Casi me da un infarto, ¿sabes? No sabía qué decirte ni cómo actuar. Creo que me comporté como un necio. Solo sabía que tenía que descubrir qué había sucedido entre nosotros y por qué te habías convertido en alguien tan especial.

—Solo estuvimos juntos una hora —dijo ella de nuevo en voz muy baja, como un mantra, pues no lograba salir de su asombro.

—Y lo peor de todo es que sigo teniendo la misma duda. —Al ver que sus palabras la incomodaban intentó calmarla—. No te asustes. Sé que te casarás en unos meses, y Edward... es un tipo fantástico. No he venido a estropear lo vuestro. Solo necesitaba saber por qué eres... fuiste tan importante para mí. Como una especie de experimento. Como una forma de encontrar respuestas.

María intentó asimilar toda aquella información. Mientras su vida había transcurrido de forma anónima aquel hombre había estado... ¿buscándola?

—¿Has encontrado esta noche las respuestas que necesitabas? —le preguntó.

Allen sonrió y de nuevo se acarició el cabello.

—Creo que ahora estoy más confundido que antes. —A María le pareció percibir que se ruborizaba ligeramente—. De todas formas gracias por haberme dado la oportunidad de intentarlo.

Él lo había dicho, había abierto su corazón y las palabras eran inoportunas. Cuando se dejan libres, ya no podemos calcular las consecuencias que tendrán en quien las escucha. Y María había oído lo suficiente.

—Será mejor que lo dejemos por hoy... —dijo poniéndose en pie. Pero intentó no hacerle daño. Con aquella cena le había otorgado uno de los momentos más especiales que había recibido nunca y eso jamás podría olvidarlo—. Dejémoslo por hoy si te parece. Todo esto ha sido… maravilloso, pero creo que necesito pensar y estar a solas. Edward está de viaje y yo…

Él también se levantó y consiguió disimular todo lo que en aquel momento se retorcía en su pecho, como si una enredadera abriera paso entre sus huesos y sus órganos. Miró su reloj de muñeca.

—Antes —pidió él sin querer acercarse— déjame que te dé un último regalo.

No esperó una respuesta. Junto a la puerta había una mochila. Debía haberla llevado allí cuando hizo los preparativos para la cena. Allen la cogió y sacó de dentro una gran manta que extendió en el suelo.

—Es casi la hora, así que túmbate —le dijo señalándole el recuadro grisáceo que constituía aquella forma lanosa sobre la superficie de la azotea.

Ella dudó. Ya era todo demasiado extrañó como para…

—Te prometo que no haré nada —declaró él exhibiendo de nuevo su sonrisa deslumbrante—. No abusaré de ti si es lo que piensas. Ni siquiera te tocaré.

Accedió sin estar muy convencida, y se tumbó con cuidado de que su camiseta desastrada estuviera en su sitio. No supo por qué lo hizo, confiar en él. Quizá porque después de aquella velada no quería herirlo. Cuando él también se tendió a su lado, María se alarmó de nuevo, pero Allen consiguió tranquilizarla. Los separaba un palmo de vacío. Un hueco en la manta que era una frontera entre dos mundos y que él había prometido no franquear.

—No pasa nada. Confía en mí. No haré nada de lo que puedas arrepentirte —dijo con voz muy suave—. Y ahora cierra los ojos y no los abras hasta que yo te diga.

De nuevo le hizo caso, lo que le causó asombro a ella misma. Cerró los párpados y se centró en su respiración imaginando cómo el aire limpio y fresco entraba en sus pulmones para escapar llevándose consigo todos sus agobios.

Mientras tanto, Allen la miraba. No, no era una chica despampanante. En su rostro no había nada que no fuera bonito, pero en absoluto excepcional: labios ni finos ni gruesos, ojos ni grandes ni pequeños, pómulos que tampoco destacaban por ser elevados, una nariz cubierta de pecas que no podía pasar ni por excesiva ni por demasiado discreta... Y, sin embargo, aquella mujer lo volvía loco. Lo atraía como un imán, como si fuera una parte perdida de él mismo. Con cuidado de no soliviantarla se acercó ligeramente para olerla. Cerró los ojos y olfateo el aire a su alrededor. Era el mismo aroma que recordaba, algo ligero a flores. Una mezcla de naturaleza y pecado que le erizaba el vello de la nuca y hacía que su miembro lagrimeara de excitación. No, no era una chica despampanante, pero sí una mujer atractiva. La más especial, por alguna razón aún desconocida, con la que se había cruzado nunca. Había esperado, había rogado que después de dos años todo aquello hubiera desaparecido, que fuera parte de una idealización consolidada por el paso del tiempo. Pero desde que la había visto en casa de Karen no había podido dejar de pensar en ella, cada uno de los minutos que habían trascurrido desde ese instante...

A la hora en punto, los grandes edificios de Londres empezaron a apagar sus luces. A dejar su deslumbrante exhibición para la noche siguiente. Era tarde y había llegado el tiempo de descansar.

A su lado María respiraba con una paz que lo llenó a él de tranquilidad.

Cuando la última de aquellas grandes moles de piedra pulsó el interruptor, cuando la oscuridad alrededor de ellos fue total, Allen habló en voz muy baja.

—Abre los ojos.

Y cuando María lo hizo, tuvo que contener la respiración porque ante ella vio un nuevo cielo cuajado de estrellas. Solo para ella.

13

—Con ese escote corres el riego de que los barrenderos te arrojen ahí dentro la basura —dijo Karen apareciendo por el ángulo del espejo con su mirada más crítica.

Su vecina, Elissa, apenas sonrió. No la esperaba. De hecho era a la persona que menos le apetecía ver cuando salía de compras, aunque hacía años que sus críticas no le afectaban. Se giró de nuevo para verse mejor en la gran luna de cristal del probador. Aunque el vestido aún estaba en la percha, solo sobrepuesto sobre su cuerpo escultural, el espejo arrojaba una idea muy clara de cómo le sentaría. Era perfecto: rojo y bordado de *strass*, tan pegado como un guante y con un escote que apenas dejaba sitio a la imaginación. La dependienta se frotaba las manos y no dejaba de lanzarle halagos e indicaciones sobre cómo debía llevarlo. Si tenía comisión por aquella venta, esa chica iba a descorchar una botella de champán.

—Me lo quedo —le dijo Elissa entregándoselo sin apenas mirarla—. Y también el verde. Mándemelos a casa y apúntelos a mi cuenta.

A la chica se le iluminaron los ojos. Lo cogió como si se tratara de una reliquia sagrada y lo dejó con sumo cuidado sobre el mostrador junto al resto de prendas que se acababa de probar.

—¿Vas cerca? —le preguntó Elissa a Karen mientras se alisaba la ropa delante del espejo.

—Aquí al lado.

—Pues te acompaño un rato —le dijo enganchándose de su brazo—. Quiero visitar un par de tiendas más y necesito estar segura de que no aparecerás de nuevo como una vieja arpía.

Se dirigieron a la salida de la exclusiva *boutique* y la dependienta agradeció la visita con sonrisas, cumplidos y reverencias hasta que salieron por la puerta del establecimiento. Hacía un día agradable, aunque las nubes lo enturbiaban de vez en cuando.

—¿Qué haces tan temprano en la calle? —le preguntó a Karen cuando ambas caminaban en la dirección que ella misma había marcado.

—Roger solo tenía este hueco para darme color —contestó su amiga. Llevaba unas grandes gafas de sol, como si sus ojos pudieran fundirse al simple contacto con la luz—. No recuerdo desde cuándo no salía de casa antes de media mañana. Esta es la hora de los obreros, válgame Dios —Elissa saludó a un atractivo caballero que se cruzó con ellas inclinando la cabeza a su paso, pero a Karen no le pareció digno de corresponderle—. Te he visto desde el escaparate —le dijo de nuevo a su amiga— y me he encontrado en la necesidad de advertirte sobre esa compra. ¿Dónde diablos piensas ponerte algo así? Desde luego si apareces en mi casa con eso te cerraré la puerta en las narices.

Su amiga sonrió y se atusó el cabello. Estaba segura de que si se volvía aquel hombre desconocido seguiría allí, con los ojos encendidos y la entrepierna inflamada.

—Descuida que eso no sucederá —le dijo intentando ser lo más hiriente posible—. Tus fiestas son soporíferas, querida.

Sí, había dado donde más dolía. Una rara habilidad. Karen descompuso el rostro apenas un instante, pero al momento estaba de nuevo en guardia. Todo Londres sabía que sus fiestas eran de lo mejor... ¿o no?

—Pero siempre quieres venir —le atacó donde creía que podría pinchar en blando.

—Porque suele haber hombres guapos —repuso con indiferencia. La indiferencia y un sutil desprecio eran las mejores herramientas para tratar con aquella mujer.

Karen prefirió no seguir por ese camino. La frivolidad de Elissa la sacaba de quicio. Aún no sabía muy bien por qué la aceptaba. Bueno, sí lo sabía. Por sus relaciones, y porque cuando muriera su abuelo sería la flamante condesa de Ripon. Si necesitaba conocer a un nuevo político o a un marqués de moda, su vieja amiga era la persona indicada.

—Por cierto —terció un poco más adelante—, ¿quién era ese tipo?

—¿El caballero con el que nos hemos cruzado? —dijo Elissa, que aún no había conseguido sacárselo de la cabeza y aunque estaba segura de que aún estaría mirando cómo se alejaban.

—Desde luego que no —contestó Karen—. Me refería al hombre con el que viniste a la fiesta.

—¿Allen?

—Nos causó a todas una magnífica impresión.

Su amiga le quitó importancia con un gesto de la mano. No es que no quisiera decirle que era su gigoló, pero sabía que de una forma u otra lo utilizaría contra ella, así que mejor saber para qué necesitaba aquella información y la mejor manera era... no preguntando.

—Solo un viejo amigo —explicó con desgana.

—¿Te haces la misteriosa?

Perfecto. La tenía justo donde la necesitaba.

—Bueno —dijo con la misma indiferencia, celosa de su amistad—. Aún no sé por qué te interesas por él.

En ese momento la curiosidad de Karen era realmente viva.

—No lo había visto antes. ¿Lo conoces desde hace tiempo?

Elissa tardó en contestar. Disfrutaba con aquello. Pocas veces tenía la oportunidad de estar por encima de la vieja bruja. Hoy era una de esas.

—Podríamos decir que nos hemos visto de forma esporádica... —Sonrió de placer solo de recordar la forma en que se habían encontrado, y volvió a pensar en el tipo anónimo con el que acababan de cruzarse—, pero intensa.

Karen soltó un bufido de disgusto.

—¿Por qué lo haces todo tan misterioso?

A ella le sonó delicioso.

—Porque sé que no lo soportas.

Aquello duró solo un instante porque Karen cargó inmediatamente los cartuchos.

—¿Sabes que volví a encontrármelo en casa de Edward y María? —dijo con calculada inocencia—. En aquella barbacoa terrible de la que te hablé. Me cogió por sorpresa; ignoraba que estuviera invitado.

La noticia también cogió a Elissa por sorpresa. Karen lo vio en la confusión de sus ojos y sintió un innegable placer.

—¿A Allen? —preguntó su amiga un tanto incrédula—. Seguro que te has confundido.

La otra sonrió. Sí, aquellas pequeñas victorias eran las que endulzaban la vida, y la guerra estaba compuesta precisamente de ellas.

—Estuve hablando con él y aún no tengo alzhéimer —dijo para rematar su argumento.

A Elissa aquello le extrañó. No es que siguiera la agenda de Allen, pero si lo que decía Karen era verdad… ¿Por qué ella no se había enterado?

—¿Y qué diablos hacía allí? —preguntó con la misma disimulada indiferencia que había usado su amiga.

Desde luego habían quedado en tablas. Se encontraban en el mismo punto de partida.

—Esperaba que tú me lo dijeras —respondió Karen sin disimular su frustración.

De pronto Elissa solo tuvo que atar cabos; unir lo que le contaba Karen con aquella extraña llamada de Allen solicitándole el teléfono de María. No le había dado la menor importancia… hasta ahora. Se le ocurrió que quizá aquel encuentro en la *boutique* no era tan casual como parecía.

—¿Él no se marchaba fuera? —le preguntó—. ¿Edward?

«¿Y qué tiene que ver?», pensó su amiga. No era eso lo que estaba preguntando.

—Sí —contestó sin ganas—, durante todo un mes.

Y entonces Elissa lo comprendió todo. Su rostro se iluminó en una pícara sonrisa. Con pocas cosas disfrutaba más que con una victoria completa sobre Karen. Bueno, sí, el sexo con desconocidos. Se volvió un instante y comprobó que aquel tipo seguía allí plantado, sin dejar de mirarla y con aquel brillo lujurioso en los ojos que tanto la excitaba.

—¿Qué te está pasando por la cabeza? —le preguntó Karen, que acababa de comprender que había algo que ella no sabía.

Lo que pasaba por la cabeza de Elissa en aquel momento era el sexo. Una mañana de sexo antes de almorzar. Aquella pequeña anécdota con la señorita perfecta que se casaría en unos meses solo era un cartucho más que usaría en el futuro, cuando fuera necesario. Se habían detenido en medio de la calle, aunque nadie se atrevería a indicarles a aquellas dos elegantes damas que obstaculizaban el paso.

—Me pasa por la cabeza que quizá la mosquita muerta de tu amiga —dijo Elissa dándole con el dedo un ligero golpecito en el hombro— sea más lista de lo que pensaba.

Karen frunció la frente a pesar de que el bótox se lo impedía.

—¿A qué diablos te refieres?

El caballero del fondo se había dado cuenta de que la mujer escultural lo miraba de reojo. Ya sabía qué pasaría a continuación; había códigos sociales que unos pocos manejaban bien. Ella se acercaría como por casualidad, intercambiarían un par de frases de cortesía para después buscar un hotel en las inmediaciones. Si todo salía como esperaba, practicarían sexo de forma brutal sin apenas hablarse, solo pendientes de sacar cada uno el máximo partido y después, de la misma manera que se habían encontrado, se despedirían como dos desconocidos, por siempre jamás.

—Te dejo aquí —le dijo a Karen humedeciéndose los labios de placer anticipado—. Ya seguiremos hablando en otra ocasión. Le diré a Allen, si lo veo, que has preguntado por él.

Su amiga la vio alejarse por el mismo camino que habían seguido mientras su cabeza no dejaba de preguntarse qué diablos había querido decir.

14

Tenía que tomar la próxima salida a Cambridge así que puso el intermitente para cambiar de carril. No le gustaba conducir por la autopista y menos a aquella hora punta, pero le había prometido a Edward que iría a visitar a su madre y le había sido imposible escaparse antes del trabajo.

Había sido un día duro. Acababan de empezar una nueva campaña y cada vez que veía a su jefa no podía dejar de pensar que la había decepcionado, a pesar de que ella no había cambiado en nada su forma de tratarla.

También era un día extraño porque Allen no había salido de su cabeza ni un solo instante.

Aún recordaba el cielo estrellado de Londres. ¿Desde cuándo no lo veía? Entre las nubes y la contaminación lumínica se había convertido en algo parecido a una anécdota. Aún recordaba, cuando de pequeña sus padres la llevaban en verano a España, aquellos cielos enormes, celestes y limpios, y las noches cuajadas de astros donde la Vía Láctea se dejaba ver en todo su esplendor. Hacía años que no pensaba en aquellos días, en su infancia, en su vida antes de Edward. De hecho todo aquello le recordaba a su madre y no podía decirse que tuvieran una buena relación.

La noche anterior, después de no sabía cuánto tiempo contemplando las estrellas, Allen la acompañó a casa. Bajar de aquel edificio ruinoso fue más difícil que subir, sobre todo porque la mujer que descendía por los escalones de metal quizá no era la misma que había subido. Algo se había transformado en su interior allí arriba aunque no quería saber qué era exactamente.

Allen se había empeñado en que por nada del mundo la dejaría marchar sola a aquellas horas. El taxi los dejó en la puerta de su edificio. Durante el trayecto apenas hablaron. Porque no lo necesitaban o porque estaban seguros de que se arrepentirían de lo que saliera de sus bocas tras una noche como aquella. Ella temió que la besara, pues de ser así todo habría terminado entre los dos para siempre; pero él ni lo intentó.

Allen también insistió en pagar el taxi y en acompañarla hasta el mismo portal.

—¿Te puedo llamar en otra ocasión? —fue lo único que dijo cuando María ya se marchaba, con cautela, sabiendo que podía recibir un no.

Ella tardó en contestar. Le había prometido una sola cita. Sin embargo... Había planeado los acontecimientos de aquella noche de forma muy distinta. Pensaba haber sido tan insoportable, tan mezquina, que a Allen no le hubiera cabido duda de que de ninguna manera una mujer como aquella podría encajar en su vida. Pero ahora...

—Sí —había dicho—, me gustaría que lo hicieras.

No hubo nada más. Ella se marchó y lo dejó en la acera. Solo volvió la vista atrás cuando entró en el ascensor, y Allen seguía en el mismo sitio, con las piernas separadas y las manos en los bolsillo que solo sacó para hacerle un gesto de despedida.

Esa noche había soñado con él, pero ya no fue un sueño tórrido, sexual, sino que él permanecía allí parado, con las manos en los bolsillos, viéndola alejarse. Por la mañana el despertador había sonado con insistencia antes de que se levantara con dolor de cabeza. Cuando salió a la calle temió que Allen siguiera allí, pero cuando vio que no estaba sintió cierta desilusión. De hecho se había sorprendido mirando el móvil varias veces durante todo el día...

Y ahora estaba encerrada en su coche, rodeada de tráfico en hora punta y yendo a casa de su suegra.

Margaret era una mujer encantadora a pesar de que la vida no la había tratado con benevolencia. Provenía de una antigua familia acaudalada del norte de Inglaterra pero venida a menos. En su juventud, cuando ella y la madre de María se conocieron, vivían en la abundancia.

Se había casado tarde para su época y ya pasaba de largo los setenta. El padre de Edward había tenido suerte en los negocios y las relaciones de Margaret les habían permitido codearse con la mejor sociedad de Londres en aquellos tiempos. De ahí venía el círculo exclusivo en el que Edward siempre se había movido. Pero ese esplendor duró poco. Viuda desde muy joven había sacado adelante ella sola a Edward y a su hermana Aileen, que ahora residía en la India. Lo había hecho dando clases de matemáticas en la facultad y manteniendo a duras penas un estatus que ya no les pertenecía. Aún tenía posesiones y se decía que una buena fortuna heredada de tíos y parientes lejanos, pero ya no la asombraban las candilejas del mundo y vivía retirada en aquella modesta casa a poco más de una hora de Londres, en uno de los pueblecitos que rodeaban Cambridge, donde pasaba las tardes de sol tejiendo en el porche muñecos de trapo que nadie sabía a dónde iban a parar, pues el interior de la vivienda no podía ser más austero.

María la había avisado antes de venir, así que su futura suegra ya la esperaba con el té dispuesto y aquellas ricas galletas de almendra que ella misma preparaba.

—Vaya, vaya —dijo dándole un fuerte abrazo cuando María bajó del coche a la puerta de su casa—. Pensé que tú y yo no nos veríamos hasta tu despedida de soltera.

María correspondió con el mismo afecto. Quería a aquella mujer y en muchas ocasiones había sido más su amiga que su suegra. La conocía de toda la vida. De hecho, su madre había servido en aquella casa y en la de Londres desde antes de que ella naciera. La relación entre ambas mujeres era especial. De pequeña recordaba una tensión palpable entre las dos, como si las separara una línea de alta tensión, pero de eso hacía muchos años. En su adolescencia, ambas mujeres ya eran uña y carne a pesar de ser la señora y la criada. Sí, porque la hija de la criada se iba a casar en breve con el único hijo varón de aquella familia.

—Te tenemos abandonada —se excusó María, sintiéndose culpable por no conseguir convencerla de que se mudara a Londres, cerca de donde ellos vivían. Con Aileen no se podía contar.

—Eso nunca —dijo Margaret zanjando el asunto—. Sabes que soy celosa de mi independencia. —Ambas mujeres se sentaron y la anfitriona sirvió el té. Hacía una tarde agradable, con un sol que se dejaba ver a veces entre las nubes—. ¿Cómo está mi hijo? ¿Ya ha conquistado a esos gabachos?

María soltó una carcajada. Su madre siempre había dicho que Edward tenía la firmeza de Alejandro Magno, la determinación de Julio César y la cabezonería de Atila, el rey de los hunos.

—No seas malvada —le dijo—. Está disfrutando. Esperemos que quiera volver.

—Lo hará —le dio un ligero golpecito en la mano—. Nada podría separarlo de ti.

—Ni de ti —se lo agradeció ella.

El té se acabó pronto, declinando tanto como el sol. Estar con Margaret hacía que el tiempo volara. Siempre tenía algo interesante que contar, algo curioso que comentar. A María le encantaba y debía reconocer que se llevaba mejor con ella que con su propia madre.

—¿Has vuelto a probarte el vestido? —le preguntó su suegra en un momento de la conversación—. Hablé la semana pasada con tu madre y dice que han tenido que estrecharlo en dos ocasiones.

Su madre siempre la veía demasiado delgada, o demasiado despeinada, o demasiado lo que fuera. Pero no quería meter a la madre de Edward en aquellas pequeñas desavenencias familiares, aunque seguro que lo había sabido desde que era una niña.

—Creo que ahora está perfecto. —Margaret la miraba de un modo peculiar. María no sabía describirlo. Era como si hubiera encontrado un hilo suelto en una de sus muñecas de tela e intentara descubrir de dónde diablos había salido sin querer tocarla.

—Tengo preparada mi lista de invitados —dijo, profundizando en el tema de la boda—. Es corta, pero son los amigos de siempre, los pocos que van quedando. Yo pagaré sus cubiertos.

Era cabezota. Tanto como su hijo. Habían hablado de aquello una y otra vez. Cuando Aileen se había casado, había sucedido lo mismo y madre e hija tuvieron varias discusiones importantes por ese asunto.

—No insistas —Edward le había advertido que no debía permitirle ni siquiera la posibilidad de la duda—. No te vamos a dejar pagar nada. Puedes llevar a tantos como quieras.

Margaret suspiró y volvió a mirarla de aquella manera tan poco usual, con la cabeza ligeramente inclinada hacia detrás y los párpados un poco entornados.

—Tu madre también me ha dicho que la lista de bodas está casi agotada —dejó su taza vacía sobre la mesa. Lo cierto es que hacía rato que no quedaba nada dentro, pero parecía haberlo olvidado—. Tendríais que añadir algunos regalos más, para los rezagados.

No hubo respuesta. María tenía la mirada perdida en el vacío, con los ojos al frente, centrados en una de las columnas del porche, pero sin verla. Solo unos segundos más tarde, quizá debido al silencio que se había instalado entre las dos mujeres, María reaccionó.

—¿Perdón? —se disculpó, volviendo a la realidad—. Estaba en mi mundo.

Margaret se inclinó hacia ella y puso una mano sobre su frente. No, no tenía fiebre.

—Cariño —le dijo—, ¿estás bien?

María se apartó e intentó parecer animada.

—Solo un poco cansada —intentó apuntalar su argumento con algo sólido—. No duermo bien sin Edward.

Margaret pareció satisfecha con la respuesta y a su rostro volvió aquella sonrisa fuerte y segura que tanto le gustaba.

—Por supuesto —le dijo palmeándole de nuevo la mano—. ¿Por qué no te quedas a pasar la noche? Mañana puedes salir temprano.

No era una mala idea. Lo había hecho otras veces, siempre en compañía de Edward, pero hoy era incapaz. Su cabeza no paraba de dar vueltas y necesitaba estar sola, pensar, huir de situaciones como aquella que le obligaban a guardar la compostura… Y además podía llamar a Allen.

—Te lo agradezco —le contestó—, pero aún tengo cosas que hacer cuando llegue a casa: regar las plantas, dar de comer a las palomas… Ya sabes cómo es tu hijo de puntilloso en estos temas. —Y todas y cada una de aquellas alegaciones eran ciertas.

—Al diablo con Edward —respondió su madre—, piensa en ti misma, querida, nadie lo hará si tú no lo haces.

No estaba segura de si era un consejo muy atinado viniendo de donde venía.

—Bueno, no estoy acostumbrada a estar sin él —dijo más para sí que para su suegra. «Su ancla, su timón.»

Margaret la tomó de nuevo de la mano. Esta vez buscó sus ojos para estar segura de que la entendía.

—Te lo digo en serio —insistió, sin apartar la mirada—. Si no haces lo que quieres, nunca podrás hacer de verdad lo que debes.

María asintió como una autómata y comprendió que debía marcharse, que no podía permanecer allí ni un minuto más.

—Se ha hecho tarde, he de volver —dijo poniéndose en pie—. Te llamaré en unos días. Y hazlo tú si pasara algo, ¿de acuerdo?

Se dieron un abrazo y Margaret le dio un plato con el resto de las galletas.

—Bueno, nos vemos pronto, en tu despedida de soltera. Y ahora descansa y olvídate de esas macetas —le dijo cuando ya abandonaba su casa.

María se volvió para despedirse antes de entrar en el coche y se encontró con aquella misma expresión en el rostro de Margaret que no supo descifrar.

15

Edward empezó a extraer el catéter muy lentamente. Una gota de sudor resbaló por su frente, aunque la enfermera la secó con una gasa antes de que pudiera ser molesta. A su alrededor notaba cómo sus compañeros mantenían la respiración. Un solo error y su paciente sufriría daños irreparables. Justo al otro lado de la mesa de operaciones, Marcel, jefe del departamento de neurocirugía de aquel hospital, seguía atentamente todos sus movimientos, presto a intervenir ante el menor contratiempo. En el graderío superior, a varios metros sobre sus cabezas, el resto de médicos y residentes no perdían detalle de su operación.

Conteniendo la respiración retiró el último tramo, suave y enérgico a la vez. Si se desviaba a la derecha o a la izquierda… El catéter al fin salió limpiamente, dejando la minúscula arteria abierta a su paso. Por un momento todo se detuvo, pero al instante un aplauso, primero suave y después más firme, llenó el quirófano.

—Excelente trabajo —dijo Marcel asintiendo con la cabeza—. Usted y yo deberíamos hablar.

Edward lo agradeció con una sonrisa. Había hecho aquella operación un par de veces, pero los imprevistos siempre aparecían y un error hubiera dado al traste con su presentación ante el mundo médico de París.

Marcel indicó al equipo auxiliar con un ligero movimiento de la cabeza que podían empezar a suturar. Ya había pasado el peligro. Ya solo quedaba cerrar y vigilar la recuperación del paciente, pues todo indicaba que la operación había terminado con éxito.

—¿Salimos? —sugirió su jefe dirigiéndose únicamente a Edward.

Los dos abandonaron la sala de operaciones entre las felicitaciones del equipo y un ligero alboroto tras los minutos de tensión que acababan de pasar. Una vez fuera se quitaron los gorros, las mascarillas y los guantes, que arrojaron a una gran cuba, dejándose solo los pijamas.

—Ha hecho usted un trabajo muy cuidado —le dijo Marcel mientras se enjabonaba las manos hasta los codos.

—Se lo agradezco —respondió un Edward muy satisfecho—. Proviniendo de usted tiene doble valor.

Otro médico entró, saludó brevemente, arrojó la mascarilla a la cuba, pero salió por la otra puerta. Cuando estuvieron de nuevo a solas, Marcel continuó.

—¿Qué le parece París?

Era una ciudad a la que se amaba tanto como se odiaba, así que prefirió cerciorarse antes de contestar.

—¿Es usted de aquí?

El otro lo miró de reojo con una sonrisa burlona en los labios.

—Nací en el Marais.

—Me parece una ciudad perfecta —dijo Edward al instante, arrepintiéndose enseguida por haber parecido demasiado complaciente—. Más ordenada que mi alocado Londres.

El otro asintió satisfecho.

—Supongo que un joven con sus cualidades estará muy solicitado en los hospitales británicos —comentó Marcel, mientras insistía en limpiar cada recoveco de su piel, frotando enérgicamente.

—No puedo quejarme.

De nuevo un minuto de silencio donde Edward se sintió incómodo.

—¿Tiene familia? —lo salvó Marcel con más preguntas.

—En breve —aquellos días ni siquiera había tenido tiempo de llamar a María—. Me caso en septiembre y tener hijos entra en nuestros planes.

—Vaya —le dio la impresión de que le parecía una noticia tan fabulosa como desagradable—. ¿Y ha pensado que sea pronto? Lo de los pequeños.

¿A qué venía todo aquello? No había esperado oír preguntas sobre su vida en una conversación con Marcel, sino alabanzas sobre el excelente trabajo que acababa de llevar a cabo.

—Todo se andará —respondió de forma esquiva.

Se hizo otra vez un incómodo silencio. Marcel parecía examinarlo mientras se secaba las manos con varias toallas de papel de forma tan escrupulosa como se las había lavado.

—Hay una vacante en neurocirugía —expuso al cabo de un rato como por casualidad—, de incorporación inmediata, en mi departamento. Buen sueldo. Buen seguro. Y la mejor proyección.

Aquello sí que le interesaba. Lo miró intentando no aparentar la ansiedad que acababa de embargarle, pero estaba seguro de que sus labios le delataban.

—Entiendo que habrá muchas solicitudes —dijo fingiendo indiferencia.

—Necesitamos a alguien joven —Marcel parecía no haberle escuchado—, brillante, sin miedo al trabajo y al riesgo.

¿Se estaba refiriendo a él? ¿Le estaba ofreciendo aquel puesto? Si era así, la cosa era mucho mejor de lo que había esperado. A Marcel le quedaba poco para su jubilación. Si se esforzaba, si trabajaba duro, podría sustituirle. Unos años y volvería a Londres siendo la eminencia que siempre había sabido que llegaría a ser. Y eso aún siendo joven.

—¿Cree que puedo cumplir ese perfil? —preguntó con una inocencia que no sentía.

Marcel pareció valorarlo. No se lo iba a poner fácil. Tenía fama de hijo de puta y ahora iba comprendiendo por qué. Acababa de ponerle la zanahoria delante de la boca mientras la acercaba y retiraba a su gusto.

—Es posible que lo cumpla —dijo con indolencia—. Quien quisiera ese puesto tendría que vivir aquí, en París. Por supuesto. No sé cómo lo vería su prometida.

¿María? Ella solo quería lo mejor para los dos y aquello era sin duda lo mejor que les podría suceder. Al principio pondría algún impedimento, pero él la convencería. Ya era hora de que dejara aquel trabajo que la tenía demasiadas horas apartada de él.

—No sería un inconveniente —repuso al instante.

—Apenas se verían —apuntilló Marcel—. Los horarios en el hospital son miserables. Y le tocarían los más intempestivos.

—Nos apañaríamos —volvió a decir antes de que terminara. París era la ciudad de la luz, ya encontraría María algo que hacer mientras él trabajaba. Y si no, que se fuera de compras. Eso siempre convencía a cualquiera.

Pero Marcel aún no había acabado de plantear sus objeciones.

—Conozco a muchos hombres que han tirado su matrimonio por la borda por algo así. —Se detuvo para mirarlo detenidamente—. ¿Estaría usted dispuesto también a eso?

Sí, él conocía casos así. ¿Valía la pena arriesgarse? María lo era todo para él. Estaba enamorado de ella desde... desde siempre. Pero su amor era tan fuerte. Tan inamovible. Él le había prometido una vida perfecta y aquel primer sacrificio era necesario para lograrla.

—A nosotros no nos pasaría —dijo convencido—. María no pondrá reparos si es por el bien de los dos. Sabrá adaptarse a lo que necesitemos.

Aquí el rostro de Marcel sí se crispó ligeramente. Fue un solo instante, como si acabara de tener una revelación. Como si acabara de comprender que aquel muchacho ambicioso y sin límites podría encajar en sus planes.

—¿Por el bien de los dos o por el bien de usted? —afirmó más que preguntó, mientras arrojaba las toallas a la cuba con una sonrisa helada en los labios.

Edward tragó saliva. Quizá había sonado demasiado anhelante.

—Estoy seguro de que si hablo con María lo entenderá.

Marcel asintió satisfecho. Tenía ojo para las personas. Casi nunca se equivocaba. Aquel muchacho llegaría lejos. Quizá no como él sospechaba. Quizá dejando algunas cosas importantes en el camino, pero llegaría a donde quisiera. Como él mismo.

—Aun no me he decidido por usted —dijo a modo de conclusión—, pero me parece un buen candidato. —Edward suspiró aliviado intentando que su jefe no se diera cuenta—. Ya hablaremos más adelante. Ahora disfrute de las delicias que le ofrece esta ciudad.

16

María volvió a jugar con el aro de plata y nácar que ceñía su dedo. Últimamente lo hacía a menudo. Se descubría observando aquel anillo perdido y encontrado como si fuera un talismán. Suspiró y volvió a concentrarse en su trabajo.

—Te esperan en recepción —le dijo al cabo de un buen rato una de sus compañeras entrando en su despacho.

—¿Quién? —preguntó María extrañada, pues no había quedado con nadie y Allen no había vuelto a dar señales de vida desde la noche de la cena. ¿Sería Karen? No era la primera vez que se acercaba sin avisar para ir de compras.

—Ni idea, pero si no lo quieres déjamelo a mí —dijo la chica, y salió guiñándole un ojo.

No le cupieron dudas de que era Allen. Tuvo que contenerse para no sonreír, porque de alguna manera aquel acontecimiento sin importancia la hacía feliz. Pero a la vez receló al pensar qué dirían sus compañeras, que conocían a Edward desde hacía años y la mayoría irían a su boda dentro de cuatro meses. Y por último la embargó una ligera sensación de rabia, pues aunque le costaba reconocerlo llevaba dos días pendiente del teléfono y de que él diera señales de vida. Sin saber por qué se quitó el anillo y lo guardó en el bolso. Aunque un cúmulo de emociones la embargaba, su primera preocupación fue saber si estaba presentable.

Para ir al baño debía pasar por recepción, así que no tuvo más remedio que arreglarse usando como espejo el reflejo de la ventana. Como ya suponía, estaba horrible después de todo el día entre aquellas cuatro paredes. Ni siquiera había salido a almorzar, se había comido un sándwich delante del ordenador. Se soltó el pelo y se lo ahuecó con las manos. Así estaba un poco mejor. Después se pintó los labios y se pellizcó las mejillas. Ya de pie echó un vistazo a su aspecto en general. No se había equivocado con aquel vestido sin mangas azul petróleo con cremalleras. Le sentaba bien y hacía juego con su abrigo verde musgo. Se colocó el bolso en el hombro y fue a su encuentro. Sentía una confusión de dicha y desazón; una combinación rara y peligrosa que no le gustaba. Y es que deseaba tanto verlo como temía que así fuera.

—Pásalo bien —le dijo la chica de hacía unos instantes lanzándole de nuevo un guiño cuando pasó a su lado. Desde su mesa había estado siguiendo su acicalamiento sin perderse detalle.

Ella sonrió, aunque le costó un esfuerzo, y de nuevo la atacó su inseguridad. ¿A qué estaba jugando? ¿Qué estaba haciendo? Aquel era su trabajo. ¿Cómo diablos se atrevía a aparecer por allí? Habría cuchicheos. Lo sabía. Y podrían llegar a oídos de Edward... ¿Pero en qué diablos estaba pensando? Ella no había hecho nada malo. Simplemente un conocido había ido a recogerla. Nada más. Al diablo con todos.

Solo tuvo que abandonar el pasillo principal y girar en el último recodo. Allen estaba de espaldas a ella, contemplando las vistas de Leicester Square desde la ventana. Llevaba vaqueros, zapatos marrones de cordones y una chaqueta azul marino. Por el cuello asomaba el filo de una camisa que debía ser celeste. Al verlo, aquella sensación de vértigo se acrecentó, sobre todo porque llevaba las manos a la espalda y sostenía un ramo de flores blancas como una señal de paz. Dio gracias a Dios de que su compañera de recepción ya se hubiera marchado, porque de lo contrario los imparables cuchicheos hubieran dado paso a rumores, que era lo segundo en el orden de acontecimientos para destruir la reputación de una persona.

—Así que eras tú —dijo sintiéndose ridícula por comentar algo tan obvio.

Él se volvió y por un instante permaneció callado, como si quisiera que el tiempo se dilatara, y le diera permiso para contemplarla un poco más. Allí parada. Preciosa y expectante. Con aquel brillo en los ojos que encerraba vergüenza, temor y esperanza.

—Pensaba que me ibas a llamar en vez de… —dijo ella a modo de saludo.

Allen se encogió de hombros como si hubiera sido pillado en una falta imperdonable.

—Pasaba por aquí y se me ocurrió que sería mejor subir. —Tragó saliva y dijo, nervioso—: Estás muy guapa.

La miraba de arriba abajo, para volver de nuevo a sus ojos. Ella se sintió alagada e incómoda, pues tenía la impresión de que aquellas pupilas eran capaces de atravesar su ropa. Señaló con un gesto torpe el ramo de flores.

—Quizá este no sea el sitio más adecuado…

Él pareció no entenderla, hasta que al fin reparó en lo que llevaba entre las manos: dos docenas de flores de las que era incapaz de recordar su nombre, a pesar de que el simpático dependiente se lo había repetido tres veces, y que expelían un aroma delicioso.

—Disculpa… —dijo como si de pronto no supiera qué hacer con ellas—. Las vi en una tienda y pensé que te gustarían.

María se sintió culpable por haberlo recriminado, pero es que odiaba no controlar la situación y quien los viera allí, en aquella escena, podría llegar a pensar algo que no era.

—Gracias —las cogió. El aroma era sorprendente—. Las dejaré en este jarrón así podremos disfrutarlo todas.

Volcó un poco de agua de la jarra y colocó el ramo sobre la mesa de recepción. Después se apartó para ver el resultado. Allen permanecía de pie junto a la ventana, sin poder dejar de observarla. Esa tarde estaba especialmente bonita. No sabía si era el color del vestido que realzaba el rubio ceniciento de su pelo, o el color más intenso de sus labios, el caso es que hasta sentía cierta timidez estando a su lado.

—¿Tienes planes para esta noche? —preguntó mientras ella daba el último toque a aquel ramo nevado.

—No. —Se volvió y lo encontró con los ojos clavados en ella, como si estuvieran atrapados por los suyos—. Pensaba irme a casa.

Hubiera sido el momento perfecto para echarle en cara que durante dos días no había dado señales de vida y que ahora aparecía sin anunciarse. Sin embargo, decidió no hacerlo. No darle importancia. Dejarse llevar, algo que no hacía desde antes de la «Era Edward».

—Pues ya tienes planes —dijo él frotándose las manos—, si no te preocupa demasiado que vayamos en metro, claro. Solo tenemos que hacer un transbordo.

No preguntó a dónde iban. Intuía que donde Allen la llevara le iba a gustar.

Cogieron el metro en Leicester, la parada más cercana. Llovía, aunque nada que durara demasiado. Edward había insistido en que alquilara una plaza de garaje en el centro y fuera al trabajo en coche, pero en eso María no había transigido. Para empezar porque era una locura con el tráfico, los atascos y los impuestos, y para terminar porque siempre había utilizado el transporte público y no iba a dejar de hacerlo por sus aprensiones. A esa hora de la tarde de un jueves eran más los que llegaban al centro que los que se marchaban por lo que encontraron asiento con facilidad.

Durante el trayecto charlaron de su trabajo. Allen parecía muy interesado en saber exactamente a qué se dedicaba. Ella le contó los entresijos del márquetin en el mundo de la cosmética aunque cada dos por tres le preguntaba si lo aburría con sus detalles a lo que él la animaba a seguir. Y parecía interesado. De verdad. Al menos las preguntas que hacía daban la impresión de que no era solo por cortesía. Edward no se preocupaba demasiado por su trabajo. A veces tenía la sensación de que lo consideraba un mero pasatiempo mientras él conseguía una plaza de flamante cirujano jefe para que ella se retirara y se dedicara a cuidar su casa, lo que la ponía enferma.

Antes de que se diera cuenta habían llegado a Euston donde tenían que hacer transbordo hasta Kings Cross.

—Pero ¿a dónde vamos? —preguntó consciente de que el tiempo había volado a su alrededor y no tenía ni idea de qué había interesante en esa zona, aparte de Regent Park. ¿Le había preparado un picnic en el parque? Hacía frío esa tarde y amenazaba más lluvia.

—Una parada más —dijo él cogiéndola de la mano para cambiar de andén.

Pensó en zafarse. Alguien podía verlos, a pesar de que había tantos pasajeros que apenas podía andar. Pero se sintió tan reconfortada, tan segura con su contacto que se dejó llevar. Su tacto era cálido, como lo recordaba. Aquella mano grande casi hacía desaparecer la suya, abarcándola en su totalidad. La apretaba suavemente, aunque con firmeza, como si nunca fuera a soltarla. María recordó de nuevo las sensaciones que aquellos dedos habían provocado en su cuerpo. Sensaciones que antes ni siquiera imaginaba que pudiera llegar a sentir. Él iba por delante, abriendo paso en aquella marabunta que bajaba al andén en dirección contraria. Sonreía a unos, pedía permiso a otros, y se apartaba para que los demás pasaran, siempre protegiendo a María con su cuerpo. Edward, en una situación así, estaría refunfuñando y quejándose por no haberle permitido coger un taxi. Y María se sintió bien. Muy bien. Como hacía años que no recordaba. Libre y a la vez protegida. Segura pero aventurera. Por algo tan simple como coger el metro en hora punta en una dirección desconocida e imprevista. Como si hubiera apartado una enorme tela apulgarada que la cubría como un sudario, invisible, pero pesada, y al fin pudiera sentir el mundo a su alrededor.

El nuevo andén estaba solitario y Allen le soltó la mano, lanzándole una tímida sonrisa de disculpa.

—Si nos hubiéramos perdido entre tanta gente… Aquí no hay cobertura.

No continuó porque el tren llegaba en ese momento. Apenas les dio tiempo a decir nada más. Una única parada y ya estaban en la superficie.

—¿Aún no me vas a decir a dónde me llevas? —preguntó María al salir de la enorme estación en dirección a Euston Road.

Él simuló dudarlo, como si tuviera que desvelar un secreto que contuviera la supervivencia de la especie humana. Se hizo el interesante, mirando a ambos lados con precaución. Después se inclinó hacia ella y le susurró al oído:

—Vamos a ver una exposición nocturna. Llevo tiempo queriendo visitarla y la clausuran la semana que viene.

Aquel teatro la hizo reír. Una carcajada ligera y limpia que a Allen le sonó de maravilla.

—No imaginaba que te gustaran esas cosas —murmuró ella caminando a su lado, uno junto al otro, esperándose si el otro se rezagaba.

—¿Porque vivía a costa de las mujeres? —preguntó él sin cambiar su expresión apacible y risueña—. Los gigolós también tenemos gusto por la cultura.

María se sintió fatal. No había pensado en que podía ofenderlo. Que quizá aquel pasado de hombre que se acostaba con mujeres por dinero fuera para él tan incómodo como su experiencia como clienta lo había sido para ella.

—No quería decir eso —dijo ruborizándose, a la espera de que su comentario no hubiera estropeado la tarde.

Él la miró extrañado. En su mundo la gente decía lo que pensaba y no sucedía nada si detrás no había una oscura intención de hacer daño.

—No te preocupes —comentó Allen acentuando su sonrisa, intentando alejar aquella sombra opaca que había cubierto el rostro de María—. No me molesta que digas lo que piensas.

Pero ella no lo veía tan fácil. Edward siempre le decía que era demasiado directa. Que debía guardarse sus impresiones para cuando se las preguntaran. Ante una metedura de pata como aquella, su prometido, cortésmente, no le hubiera dirigido la palabra en toda la noche y, al día siguiente, todo habría seguido tenso hasta que ella le hubiera pedido disculpas.

—A veces soy una estúpida —se disculpó ella sin dejar de culparse.

Él se detuvo, lo que hizo que María hiciera lo mismo. La tomó por los hombros asegurándose de que iba a entenderlo bien.

—Vamos a ver —se humedeció los labios hasta encontrar las palabras—. Cuando estés conmigo, dime lo que piensas. Lo que se te ocurra. Y si no estoy de acuerdo, lo discutiremos, llegaremos a un acuerdo y no pasará nada, ¿vale? O nos dejaremos de hablar. O tendremos la mayor bronca del siglo. Pero dímelo siempre porque no hay nada peor que tener que fingir. ¿De acuerdo? Si algo me ofende, te lo diré, no te quepa duda, pero hoy no ha sido el caso. —Sonrió—. No sé si te has dado cuenta, pero me gusta la gente que dice lo que piensa.

Ella asintió, pero no dijo nada. Continuaron avanzando por Euston Road, en un silencio que ya no era incómodo, sino meditativo, hasta que él se detuvo. María miró alrededor.

—¿La Biblioteca Británica? —dijo sorprendida cuando llegaron al gran marco cuadrangular de entrada.

17

Se volvió a quitar la corbata. María era quien siempre se la anudaba: dos pases de dedos aquí y allá y quedaba perfecta. Debía de haberlo previsto y las habría traído con los nudos ya atados. ¿Y si no se la ponía? Se miró en el espejo: traje gris, camisa blanca... ¿Y botón desabrochado? Descartó la idea al instante; demasiado informal.

El teléfono sonó y Edward accionó el manos libres antes de ponerse de nuevo a la tarea.

—Karen —dijo leyendo el nombre que aparecía en la pantalla—, no me coges en un buen momento. ¿Todo bien?

Ella no se lo tomó a mal. Aquel chico siempre estaba demasiado ocupado como para pensar en otra cosa que no fuera su carrera.

—*Para ti nunca hay buenos momentos* —repuso sin darle importancia—. *¿Cómo te va en el continente?*

—Uf, creo que bien —acababa de empezar de nuevo con el nudo. Parecía que esta vez los cruces encajaban—. Aún estoy adaptándome. ¿Cómo es que me llamas? Siempre hablas con María.

—*Es imposible contactar con ella y necesito saber si al final los manteles serán blancos o color champán.*

La verdad era que ni siquiera había intentado llamarla, pero aquella excusa era tan buena como otra cualquiera para hablar con Edward. Su cabeza no dejaba de dar vueltas y una idea bastante oscura estaba empezando a tomar forma.

—Da igual —dijo él sin saber qué responder ¿Qué sabía de manteles, de preparaciones de bodas, de menús?—. Cualquiera de los dos estará bien.

Ella soltó un pequeño lamento como si acabara de escuchar un anatema.

—*No digas estupideces* —lo reprendió—. *Si elegimos manteles blancos, habrá que decorar las mesas con dalias en tonos pálidos, usar plata en los candelabros y prescindir de la vajilla de Limoges. Si optamos por el color champán, tendremos que decantarnos por las rosas blancas, las arañas doradas y algo más tipo Ralph Laurent. Es una decisión crucial.*

Evidentemente, Edward no tenía ni idea. Y al parecer era una decisión con graves consecuencias. En el último cruce había vuelto a equivocarse y uno de los dos cabos de la corbata era demasiado corto. Con un bufido de desesperación lo deshizo de nuevo para empezar otra vez.

—¿Por qué no se lo preguntas a María? —¿Dónde diablos estaría su prometida? Era ella quien debía encargarse de aquellas cosas, pensó—. Yo seguro que me equivoco al elegir. Sabes que soy torpe para esas cosas.

Bien, pensó Karen. Había llegado el momento de soltar la primera carga de profundidad. Debía ser discreta a la vez que incisiva. Una frase que quedara en su subconsciente, que sembrara la duda, pero que no supusiera una hecatombe.

—*Tu prometida está desaparecida, querido.* —Quedó satisfecha con el resultado—. *¿Blanco o champán?*

Él pareció no haberse dado cuenta de aquella insinuación. Quizá porque estaba demasiado pendiente del resultado de su trabajo. ¿Cómo era posible que aquellos dedos fueran capaces de usar un bisturí con precisión milimétrica y ahora parecieran torpes morcillas cuando intentaba atarse una simple corbata?

—Blanco quizá —dijo a la vez que buscaba un argumento que hiciera que Karen desistiera de una vez—. No me gusta el dorado.

Al otro lado se hizo un ligero silencio. Sopesando la respuesta. Él casi tuvo ganas de reír cuando se dio cuenta de que estaba conteniendo la respiración.

—*Los pondremos color champán* —concluyó Karen—. *El blanco es aburrido* —en cierto modo Edward sabía que aquella conversación terminaría así. Ella siempre hacía lo que le venía en gana—. *¿Volverás pronto?* —preguntó Karen con voz inocente.

—Pero si acabo de llegar —le respondió él, en cierto modo satisfecho de que le echaran de menos—. Dame unas semanas.

Karen asintió e hizo un par de comentarios sobre el tiempo.

—*¿Qué tal acabasteis la barbacoa?* —terció al fin—. *Me pareció de lo más antropológica.*

Aquella definición era bastante correcta. Entre sus amigos de toda la vida, los colegas del hospital y los compañeros de trabajo de María, se había reunido una fauna cuanto menos curiosa.

—Demasiada cerveza —contestó, sin perder la atención de la última vuelta de su corbata que parecía la definitiva—, pero muy bien.

—*Pensaba que iba a ser algo íntimo* —insistió Karen—. *Solo los amigos* —soltó una ligera carcajada para que la frase tomara dimensión—. *No me hubiera extrañado ver aparecer a un antiguo novio de María.*

Edward por su parte no sabía a qué se refería. Allí no había nadie extraño y que él supiera María no había tenido a nadie antes de él. Al menos que le hubiera contado. La verdad era que nunca se lo había preguntado.

Karen estaba tan metida en sus vidas que conocía a todas y cada una de las personas que había allí. Con sus compañeros del hospital había estado de cena en más de una ocasión y, con los de María, que le gustaban menos porque parecían más alternativos, habían pasado el último Fin de Año juntos.

—Que yo recuerde todos eran conocidos —repuso Edward arrancándose de nuevo la corbata pues al final el nudo había quedado por detrás—. Y no, María solo ha tenido un novio y es el tipo con el que se va a casar, o sea, yo. —Sonrió al recordar que en breve tendría un anillo de bodas en el dedo que intentaba otra vez atar la maldita prenda—. Terminamos cantando canciones de la tele de cuando éramos niños.

Karen había conseguido llevarlo al punto justo para soltar la otra carga de profundidad.

—*¿Y ese Allen?* —preguntó de la manera más inocente posible—. *¿Ya lo has admitido en tu círculo?*

¿Allen? Al parecer la *mujer policía* ya le había cogido manía a un nuevo conocido. Le pasaba a menudo. Tenía que dar el visto bueno a todos los que les rodeaban.

—Es un tipo simpático —lo defendió sin querer parecer excesivo—. Me gusta.

—*A María creo que también* —soltó con la mayor naturalidad—. *Los vi hablando un par de veces.*

Él no pareció ver nada raro, pero Karen sabía que la información permanecería en su cerebro, al acecho, como un alacrán que ha detectado a su presa.

—Sabes que mi chica es la mejor anfitriona del mundo —contestó él bastante molesto porque entre la corbata y aquella inoportuna conversación terminaría llegando tarde—. Si lo vio desplazado, seguro que hizo por integrarlo.

—*Sí, eso me pareció* —dijo con indiferencia—. *Se esforzó mucho.*

—Tengo que dejarte —la apremió Edward tirando la corbata sobre la cama y cogiendo otra menos adecuada, pero es que debía haber un error en la confección de aquella prenda, no existía otra explicación—. Aún tengo que terminar de vestirme y llego tarde. ¿No te importa?

—*Por supuesto que no, querido* —dijo al instante—. *Vuelve pronto. Londres es aburrido sin ti.*

Karen sabía que se estaba sobrepasando. Que su amiga María jamás flirtearía con un tipo como Allen en ausencia de su prometido, pero Elissa había insinuado… Y ella jamás permitiría que le estropearan la boda con todo lo que había trabajado.

—Volveré —contestó Edward—, no lo dudes.

18

María permaneció delante de la vitrina, leyendo una vez más aquellas palabras escritas en papel y traducidas sobre un marco muy simple al pie del documento original.

> *Yo solo puedo vivir completamente contigo, y si no, no quiero nada. Sí, estoy resuelto a vagar por ahí, lo más lejos de ti, hasta que pueda volar a tus brazos y decir que estoy realmente en casa contigo, y pueda mandar mi alma arropada en ti a la tierra de los espíritus.*

Era una carta de amor escrita de puño y letra hacía más de doscientos años por Beethoven a una mujer desconocida a quien llamaba su Amada Inmortal. Y era solo una de tantas. En aquella gran sala había cartas de Flaubert, de Hemingway, de John Keats, de Victor Hugo, de Goethe, de Napoleón, de Charlotte Brontë, de Édith Piaf... Allen la había llevado a una exposición temporal que recogía las más fascinantes cartas de amor de todos los tiempos, escritas por los grandes personajes de la historia y también por gente anónima que había sabido expresar sus sentimientos sobre el papel. Durante la última hora había leído palabras, frases concatenadas que destilaban amor. Un amor suave y calmado a veces, o turbulento como una tempestad en ocasiones. Amores que nada tenían que ver con la imagen precisa que de aquellos personajes históricos se había formado María a lo largo de su vida. De Karl Marx leyó algo tan íntimo que incluso sintió cierto pudor.

Amor mío —escribía el filósofo a su esposa—. *En cuanto nos separa un espacio, me convenzo enseguida de que el tiempo es para mi amor como el sol y la lluvia para una planta: lo hace crecer. Apenas te alejas, mi amor por ti se me presenta tal y como es en realidad: gigantesco; en él se concentran toda mi energía espiritual y toda la fuerza de mis sentidos... Sonreirás, mi amor, y te preguntarás que por qué he caído en la retórica. Pero si yo pudiera apretar contra mi corazón el tuyo, puro y delicado, guardaría silencio y no dejaría escapar ni una sola palabra.*

Después de leer aquello, la fuerza trasformadora del amor le pareció algo tangible, presente en cada acto, íntimo y a la vez esplendoroso. Habían paseado arriba y abajo. Deteniéndose aquí y allá. Comentando a veces las cartas más intensas y otras leyéndolas en silencio. A María le llamó la atención una escrita por el analítico James Joyce, donde el amor abría las puertas de par en par entrando sin avisar.

Tú eres mi amor. Me tienes completamente en tu poder. Sé y siento que si en el futuro escribo algo bueno y noble debo hacerlo solo oyendo las puertas de tu corazón. Me gustaría que mi vida transcurriera a tu lado, hasta que nos convirtamos en un mismo ser que morirá cuando llegue el momento.

Cuando llegó Frida Kahlo, aquella corriente dulce se prendió en un fuego capaz de arrasarlo todo, como una llama eterna. Había allí palabras que eran un torrente de amor y sensualidad.

Nada comparable a tus manos ni nada igual al oro-verde de tus ojos. Mi cuerpo se llena de ti por días y días. Eres el espejo de la noche. La luz violeta del relámpago. La humedad de la tierra. El hueco de tus axilas es mi refugio. Toda mi alegría es sentir brotar la vida de tu fuente-flor que la mía guarda para llenar todos los caminos de mis nervios, que son los tuyos. Tu palabra recorre todo el espacio y llega a mis células, que son mis astros, y va a las tuyas, que son mi luz.

En Balzac, el amor era un caudal que arrastraba incluso a quien lo leía.

Estoy abrumado por el amor, sintiendo amor en cada poro, viviendo solo por amor, y viendo cómo me consumen los sufrimientos, atrapado en mil hilos de telaraña.

Pero sobre todo le impactó una carta datada en 1586 y que los arqueólogos habían encontrado cerca del corazón de una momia incorrupta, en el mismo lugar donde la había depositado su joven esposa cuatrocientos años atrás.

¿Recuerdas cómo tu corazón moraba en mí y cómo yo habitaba en el tuyo? Cada vez que nos acostábamos juntos siempre te decía: «Amor, ¿habrá alguien que se quiera como nosotros? ¿Realmente como nosotros?». Es que no puedo vivir sin ti.

El amor a raudales, el amor destilado desde corazones que ya habían dejado de latir, distantes en el tiempo pero todos con un rasgo común; algo incontrolable, irrefrenable, que aparecía cuando menos se esperaba y ante el cual ningún arma era efectiva. El amor como un asalto, como algo inesperado que acontecía de la manera más sorprendente y de quien nadie estaba a salvo. Como una niebla espesa y deslumbrante que se colaba por debajo de las puertas, por el interior de las murallas, por el corazón de la bestia.

Allen había recorrido la exposición a su lado, la mayor parte de las veces mudo, atento a sus expresiones, a su rubor, a su asombro. Otras veces haciéndole ver detalles que a ella se le escapaban, matices precisos que contradecían la imagen estereotipada que tenía de tal o cual personaje. Ella también lo miraba de vez en cuando y él le sonreía.

—¿Cómo crees que terminaron todas estas pasiones? —le preguntó María mientras iban de una sala a otra.

—Mucho de este amor solo acabó con la muerte —respondió él. Las manos en los bolsillos, la mirada clavada en ella mientras los ojos de María se perdían en el reflejo invisible de las vitrinas—. Algún otro apenas llegó a materializarse a causa de las costumbres de una época que no lo permitía: mujeres casadas que amaban a otro, hombres acaudalados que se enamoraban de la doncella, distintas religiones. Pero si de algo estoy seguro, es de que este amor dejó un rastro profundo en sus protagonistas.

María no había podido impedir personalizar cada una de aquellas cartas. Era como si las hubiera escrito ella misma, o las hubiera recibido en el correo de la mañana, enviadas por un amante anónimo y desesperado. ¿Había sentido ella aquel amor? ¿Una fuerza tan poderosa, creadora y demoledora a la vez como para cambiarlo todo?

—Quizá esa fuerza de amor descontrolado los llevó a la desgracia. A esos hombres y mujeres.

—El amor siempre es descontrolado. Llega cuando menos te lo esperas y siempre te asalta, casi como un bandido —Allen se humedeció los labios—. Dolor, sí. Amar a veces implica sufrir, pero la auténtica desgracia es no haber amado.

«No haber amado» retumbó en la cabeza de María. No era su caso. Ella amaba a Edward, ¿verdad? ¿Estaba segura? Porque la pasión destilada por estas plumas antiguas le hacían preguntarse si de verdad había siquiera vislumbrado el verdadero amor. El que no pedía permiso para entrar aunque atrancaran puertas y ventanas. El que incendiaba el agua y humedecía el fuego. El que causaba tanto dolor como un innegable placer más allá de lo físico. La pasión destilada hacia un ser ajeno, pero que forma parte de uno mismo de tal manera que es inseparable.

—¿Tú has amado? —le preguntó a Allen de improviso.

—Sí —contestó él de inmediato. Sin apartar sus ojos azules del verde líquido de los de ella—. ¿Y tú?

La pregunta le causó más turbación de lo que esperaba, pues entroncaba con los mismos pensamientos que acababa de tener hacía unos instantes. Sonrió de forma forzada, intentando dar a entender que una ocurrencia así era inoportuna.

—Me caso en cuatro meses.

Pero él fue implacable.

—No era esa mi pregunta.

Allen se había detenido en mitad de una de las salas y la observaba fijamente. Ella le mantuvo la mirada, aunque sus piernas volvían a flaquear.

—Sí —dijo intentando parecer segura, cosa que le costaba un esfuerzo sin límite—, amo a Edward, si eso responde a tu curiosidad.

Él encogió los hombros y sonrió, aunque sus ojos estaban nublados.

—Es un buen tipo, un tipo con suerte. Ya te lo he dicho alguna vez.

—Y yo soy una mujer con suerte teniéndolo a él —remató para que no quedaran dudas.

Continuaron avanzando por la sala. Él ahora parecía malhumorado. ¿Esperaba que ella se deshiciera en sus brazos después de haber leído todas aquellas cartas de amor? ¿Esa era su estrategia trayéndola allí? ¿Algo tan pueril? Pues estaba equivocado... O al menos eso creía.

—¿Te llevó a un restaurante caro para darte ese anillo de compromiso? —preguntó Allen al cabo de un rato, señalando con la barbilla el solitario, hermoso y discreto, que desde entonces lucía en su dedo corazón.

—¿Cómo lo sabes? —contestó un poco sorprendida, acariciando el anillo. El otro, el de plata, se lo había quitado discretamente justo antes de ir a su encuentro. Aunque aún no sabía por qué.

—Lo he supuesto —contestó él con una sonrisa socarrona.

Aquella suficiencia la enervó. Sabía perfectamente lo que quería darle a entender.

—Sé lo que estás insinuando, pero te equivocas. Edward es muy romántico —le dijo intentando controlar el mal humor que la invadía—. No necesita impresionarme con algo original como una cena en la azotea de un edificio abandonado.

—¿De verdad? —la cortó con sorna—. ¿Y esa noche te hizo el amor hasta que amaneció? Porque es el siguiente paso en el guión.

—Estaba cansado, había trabaja… —De pronto se dio cuenta de que estaba cayendo en su juego—. ¿Y a ti qué te importa mi vida íntima?

—Simple curiosidad —dijo él quitándole importancia.

Los derroteros de aquella conversación no le estaban gustando a María. Sí, era cierto. Edward no era un hombre romántico. Lo más parecido al romanticismo que podía pedírsele era lo que aparecía en el manual «Seduce a tu chica en diez pasos», que por supuesto seguía al pie de la letra cuando notaba que ella estaba tirante desde hacía una temporada. No había imaginación. No había sorpresa. No había chispas. Pero era el hombre que había elegido para casarse. Y lo quería, ¡diantres! Claro que lo quería. ¿Acaso Allen, con su rostro deslumbrante, su cuerpo perfecto y sus dotes de prestidigitador para conseguir que una mujer se derritiera podía decir que había sabido mantener el cariño de alguien a su lado durante quince años? No, y la prueba era que allí estaba, solo, y quizá mendigando amor.

—¿Me vas a decir que tú has escrito cartas como esas? —aguijoneó, presa de aquel malestar que le provocaba ver cómo amaban los otros—. ¿Has sentido lo que ha provocado cada una de esas palabras?

—Las he escrito, sí… —contestó después de echarle una larga mirada cargada de turbación—. Pero nunca las he mandado. No sabía a dónde hacerlo.

En aquel momento, una mujer de mediana edad que pasaba por su lado acompañada de un hombre bajito y calvo se detuvo un momento mientras su acólito seguía adelante.

—Vaya —le dijo a Allen en voz baja, ignorándola a ella, mientras depositaba una mano enguantada en su antebrazo—, hace tiempo que no nos vemos —había algo insinuante en aquella voz ronca y ondulada, como un gato—. Deberíamos retomar nuestra amistad.

María se dio cuenta de que Allen se sentía incómodo. No apartó la mano de aquella mujer, pero sí bajó el brazo para hacerla desistir del contacto.

—Claro. Supongo que sí —respondió él en tono amable, aunque esquivo.

No hacía falta ser una adivina. Se acababa de dar cuenta de qué sucedía. Aquella mujer era una antigua clienta de Allen. Sin duda. La tensión erótica que había entre los dos se podía palpar. Oler. Se sintió incómoda. Aquella señora debía de haber pensado de ella que era la nueva clienta del atractivo gigoló. ¿No le había dicho él que ya no se dedicaba a aquellos asuntos? ¿Que desde que la conoció...? Por momentos empezó a sentirse mal. ¿Qué le importaba a ella si seguía prostituyéndose con mujeres ricas o no? La calefacción estaba demasiado fuerte y allí dentro hacía calor.

—Será mejor que nos marchemos —dijo por encima de aquella sensualidad pastosa que desprendía la mujer del abrigo rojo—. Se hace tarde.

Él le pidió disculpas a la intrusa y se apartó lo suficiente como para que entendiera que no había nada más que hablar.

—Te acompañaré a casa —le dijo cuando de nuevo estuvieron a solas.

—No es necesario —contestó ella en un tono más áspero de lo que hubiera deseado.

—Insisto —volvió a decir él, pues de ninguna manera pensaba dejarla marchar sola.

Fuera caía un aguacero incómodo. No tardaron en parar un taxi. Allen intentó iniciar alguna conversación que ella frustró con un sí aquí y un no allá. María no sabía por qué se sentía mal, pero así era. Las cartas, Allen... aquella mujer. ¿A cambio de dinero le había hecho lo mismo que le hizo a ella en aquella lejana noche? ¿Con la misma intimidad? ¿Su lengua había hurgado en los mismos recovecos, con la misma insistencia? ¿Su aliento también había quemado la piel de aquella dama, en un suspiro largo, agónico, mientras se derramaba en su interior? ¿También le había preguntado su nombre la primera vez antes de marcharse? En aquellas cavilaciones el taxi llegó a su casa. Le pidió a Allen que no bajara, aún llovía y no quería que de nuevo algún vecino cotilla lo viera acompañándola cuando su prometido estaba de viaje, pero él no era fácil de doblegar. Pagó la carrera y como la noche anterior la acompañó hasta el portal.

Anduvieron los pocos metros en silencio, uno al lado del otro. Ella enervada. Él pensativo.

—Perdona si esta noche he dicho algo que te haya molestado —dijo Allen de improviso cuando ella ya estaba a punto de marcharse.

María lo miró a los ojos. Debía reconocer que eran de un azul indescriptible, profundo, hermoso y tierno. Una sensación de desolación comenzó a embargarla. No sabía qué hacía allí, con él, cuando su vida ya estaba trazada, su destino firmado..., un destino donde un hombre así no tenía cabida.

—Es que te empeñas en demostrarme que lo mío con Edward... —intentó decir, porque en el fondo, muy en el fondo, quería pensar que ese era el problema que impedía que durmiera desde que había vuelto a aparecer.

—No lo hago —dijo él intentando defenderse, intentando que ella comprendiera que...—. Simplemente te muestro el mundo desde otra perspectiva. Intento encontrar una respuesta. —Temió que se alejara—. Pero si he metido la pata, de verdad lo siento.

Verlo así, necesitando su comprensión, le hizo sentirse aún peor. Él era un hombre magnífico, deslumbrante. Había visto cómo las mujeres se volvían a su paso. Cómo lo miraban. Cómo la envidiaban por el simple hecho de caminar a su lado. Y ella era una chica de lo más corriente. Algo sucedía allí que no encajaba en el orden perfecto del universo.

—No pasa nada —dijo María para aliviar su culpa. En aquellos momentos ambos estaban empapados, pero debía reconocer que él se había esforzado porque aquellos breves encuentros funcionaran—. Solo que a veces...

—No tienes que darme explicaciones. Soy un necio —había algo en sus ojos que lo hacía diferente. Un fuego interior. Ya lo había visto antes, pero en aquella ocasión él estaba dentro de ella y suspiraba junto a su boca—. ¿Hacemos las paces?

María lo miró con ternura. Entre ella y Edward aquellas disputas se solucionaban con un par de días esquivándose y volviendo a la normalidad el tercero. Nunca hablando ni pidiendo disculpas; para su prometido eso era algo pueril, pues nunca discutían por cosas importantes y solo era cuestión de aliviar tiranteces. A pesar de que aquel parón le costaría un resfriado, no pudo evitar sonreír.

—¿Y qué harás para que te perdone? —dijo María con humor, intentando quitar la tensión que había entre ambos desde la aparición de aquella mujer.

Y no pudo reaccionar porque Allen la besó.

Anduvo el único paso que los separaba y se enfrentó a sus labios en un beso cálido y húmedo, tanto como la lluvia que caía a su alrededor y los empapaba. Ardiente y lleno de premura. Como un último beso. Como un primer beso. Sí, porque ella sintió su turbación, su urgencia y su agonía. Su ansia y su deseo como si la devoraran. Algo muy distinto a aquella noche lejana donde todo empezó como un minueto perfectamente programado. Ahora era algo irracional, algo que él no podía evitar. Que le llevaba irremediablemente a sus labios, a su cuerpo. Como una necesidad primitiva. Allen sintió primero el calor de unos labios contra los suyos. Después, tras tantear el rechazo, su lengua fue abriéndose paso con cuidado, feliz de ser acogida. Por último sus manos apretaron las caderas de María contra su cuerpo. Traspasando su ropa. Buscando su desnudez a través de la tela. Y ella lo deseaba tanto. Lo había deseado tanto todo aquel tiempo, desde que lo viera en casa de Karen. Lo deseó cuando montó aquella cena donde le regaló las estrellas. Lo deseó en la biblioteca mientras la miraba a hurtadillas para ver cómo reaccionaba ante el amor de los demás. Lo deseó con locura en cada uno de sus sueños. Por eso, desde el primer contacto María supo que estaba perdida. El sabor de Allen que tantas veces había rememorado estaba allí, impregnado en su saliva, en el gusto ácido de sus labios, en el tacto suave y duro a la vez de su boca. Por un momento se dejó hacer. Y deseó que no parara. Que fuera un beso eterno, que la arrebatara y fuera nada más que un comienzo. Que aquello simplemente fuera el preludio de... Por otro lado, era imposible, aunque lo anhelara tanto como él. Porque todo se perdería, se tiraría por la borda como si su vida no hubiera valido para nada... «Mi timón. Mi ancla», pensó. ¡Estaba traicionando a Edward! ¿Qué diablos hacía? Como pudo, consiguió dominarse, aunque su corazón palpitara a tal velocidad que podría escapar de su pecho. Apartó a Allen, empujándolo con la mano. Él se resistió al principio. Incapaz de detenerse. La ansiaba de una forma rabiosa, dolorosa, como si le fuera su vida en ello. Pero María fue firme en su decisión y él cedió a aquel empuje suave y constante. Ella jadeaba tanto como él cuando se separaron. Sin aliento. Allen permanecía mirándola, empapado por la lluvia y por la lujuria, ansioso de sus labios y de sus ojos. Las pupilas dilatadas por la excitación y la entrepierna dura de tanto desearla. Sabía que si empezaba no podría parar y hacerlo era un esfuerzo para el que tenía que contar con todas sus fuerzas.

Pero la voz de María sonó glacial.

—Márchate.

Allen se limpió con los dedos la humedad hinchada de los labios. Le dolía la rigidez que acometía contra la tela dentro de los pantalones. Como pudo, controló la respiración, la excitación que prendía cada poro de su cuerpo.

—Lo siento —dijo con voz queda.

Ella consiguió reponerse. Luchar contra sí misma. Contra el deseo devorador que la llevaba, la empujaba hacia aquel hombre. Había allí tanta avidez como temor.

—Tengo una vida —dijo María, tan firme que notó las lágrimas de rabia brotando de sus ojos. Rabia contra él, contra ella, contra el mundo—. Tengo a alguien a quien quiero y que me quiere. Alguien que será mi marido en unos meses.

Allen dio un paso atrás, consciente de que lo había echado todo a perder.

—No volverá a suceder —dijo intentando contenerse, porque si no fuera así caería de nuevo sobre ella y la besaría hasta que amaneciera. Aunque se precipitaran sobre él mil tormentas infernales.

—No —dijo María justo antes de desaparecer por la puerta—, no volverá a ocurrir porque no pienso volver a verte nunca más.

19

Cuando entró en casa, el dolor en el pecho era insoportable. María había mantenido el tipo en el ascensor a pesar de que no había nadie, incluso cuando trasteó con la cerradura, que como siempre se resistió a sus esfuerzos. Las llaves cayeron al suelo, las cogió y volvieron a caer. Pero una vez al amparo de su intimidad, cuando cerró la puerta tras de sí, no pudo aguantar más y su pecho se rompió en sollozos. Era la única forma de que tanta angustia abandonara su cuerpo. Cayó de rodillas, sin poder contener el llanto que se desató como una tempestad. Desmadejada. Rota.

Todo era culpa suya. Ella le había dado pie a Allen, aliento para que hiciera algo como aquello. Había sido un beso, se repetía una y otra vez, solo un beso y había podido contenerlo. Pero también sabía que había traspasado la barrera que ella misma se había impuesto, porque al fin había comprendido que tenerlo cerca solo podía terminar de aquella manera. Hoy había sido él. Mañana podía ser ella misma. Porque lo deseaba y no podía negarlo. Tenía tanta necesidad de su piel, de su cuerpo. Estaba segura de que Allen había sido consciente de esa necesidad, que había notado cómo su piel se incendiaba con su tacto. ¿Cómo iba a verlo a partir de entonces si ya estaban las cartas boca arriba?

Se sentía mal, muy mal. Y confusa. Quería pensar en Edward. Lo necesitaba. Hubiera dado cualquier cosa por que estuviera allí en aquel momento. Él le habría quitado importancia; «cosas de niños —habría dicho—, un beso de niños», y se hubiera puesto a preparar uno de sus platos con queso azul enviado directamente de Francia.

Su cabeza era un torbellino. Por un lado, ya sabía que Allen no le era indiferente, no era una anécdota que contar en el futuro cuando ya no hubiera peligro de que todo se desmoronara si su aventura salía a la luz. No era solo el gigoló que se acostó con ella por dinero. Era un hombre dulce, tierno, encantador. Franco hasta el extremo. Que había empezado a dinamitar su mundo perfecto con solo dos charlas a la luz de la luna...

Y Edward.

Edward era lo que siempre había querido en su vida. Seguridad y confianza. Alguien que la quería y que hacía su vida más cómoda. Nadie la conocía como él. Nadie sabía como él lo que necesitaba... ¿O ya no era así?

Entonces sonó el teléfono. Su bolso estaba tirado a su lado. Temió que fuera Allen. Que estuviera aún allí abajo. Que quisiera hablar con ella o pedirle de nuevo disculpas. Si era así, no podía cogerlo, porque sabía que si hablaba con él esa noche terminaría en su cama, entre sus brazos. Separarse de sus labios allí abajo ya había sido un esfuerzo sobrehumano... Aun así rebuscó en su bolso hasta que lo tuvo vibrando en la mano, y cuando leyó quién era, su turbación fue aún más intensa.

Edward.

Ahora.

En aquel preciso momento.

Pensó si debía cogerlo o simplemente arrojarlo muy lejos. Pero ¿qué explicación le daría si no lo hacía? La conocía tan bien. Conocía tan bien cada tono modulado por su voz. Desbloqueó la pantalla y habló antes de que él lo hiciera, segura de que sabría leer la angustia en sus palabras.

—Cariño —fue lo único que salió de su garganta. Lo dijo sonriendo a través de las lágrimas para que toda aquella contrariedad no fluyera hacia el otro lado.

—*Bombón* —se oía mucho ruido de fondo. Y música. Su voz apenas podía entenderse sobre aquel estrépito—. *Karen me ha dicho que no logra localizarte. ¿Cómo estás? ¿Me echas de menos?*

—Mucho —sostenía tan fuerte el aparato que sus nudillos se pusieron blancos. No recordaba ninguna llamada perdida de su amiga a pesar de que últimamente había estado muy pendiente del teléfono, esperando que Allen la llamara—. ¿Vendrás pronto? —le rogó—. ¿No puedes escaparte este fin de semana? Pasado mañana y volver el domingo…

—*Claro que no* —dijo él entre risas. Alguien dijo algo a su lado. Una voz de hombre—. *Tengo mucho que estudiar. Puede que haya aquí algo grande, pero aún no quiero contarte nada. ¿Viste a mi madre?*

Si supiera cuánto lo necesitaba. Si supiera en qué situación la había dejado. Si supiera que acababa de besar a un hombre justo en la puerta de su casa, del hogar que habían construido juntos, y que solo un sentido muy diluido del deber había evitado que no estuviera ahora haciendo el amor con él en su dormitorio, o revolcándose sobre el sofá.

—Sí —dijo intentando controlar los sollozos que le subían por la garganta—. Te manda recuerdos.

Él pareció no percatarse de su angustia. Quizá el ruido de fondo evitaba que captara los matices de su voz.

—*¿Han salido los tulipanes?* —preguntó Edward.

Aquella pregunta tan fuera de lugar casi la hizo sonreír.

—No he tenido tiempo de bajar al jardín.

Hasta le pareció oír su contrariedad.

—*Hazlo mañana y mándame una foto por whatsApp.* —Ahora la voz de otro hombre pareció apremiarlo para que dejara el teléfono—. *Aquí todo marcha bien. La gente es agradable, a pesar de ser franchutes.* —De pronto Edward recordó algo nuevo—. *No estarás olvidando dar de comer a las palomas, ¿verdad?*

A María aquello empezaba a parecerle una broma del destino. Una forma de carcajearse de su situación. De hacerle más complicada cualquier decisión.

—Están gordas como cerdos —repuso en un tono más desabrido de lo que esperaba—. Edward, habíamos acordado que me llamarías todos los días —se quejó sin poder evitarlo, a pesar de que sabía que le molestaría. Él no quería que ella lo hiciera; podía estar en clase o en el quirófano y no podría atenderla—, y hoy es la segunda vez que hablamos desde que te fuiste, y una de las dos te he llamado yo...

—*Cariño, he de dejarte* —se excusó él antes de que pudiera terminar. Como siempre que algo no era de su agrado—. *Vamos a una cena con el responsable de neurocirugía. Un tipo interesante. Voy a intentar sentarme a su lado* —le lanzó un beso desde la distancia que sonó como un crujido de estática a través del auricular—. *Si no te llamo mañana hazlo tú. O mejor hablamos pasado, tengo un día de perros.*

Ya estaba todo dicho. No había mucho más. Ahora se daba cuenta de que en sus conversaciones nunca había mucho más: los tulipanes, las palomas, los vecinos.

—De acuerdo —dijo María tragándose de nuevo las lágrimas—. Te quiero.

—*Cariño, no te oigo bien* —el ruido de la música y el sonido de los gritos se habían acrecentado al otro lado, como si acabaran de pinchar a un grupo de moda—. *Estoy en un bar. No te olvides de regar mis macetas. Y llama a mi madre.*

Edward colgó. Y María permaneció allí sentada, con el teléfono en la mano, inmóvil, rodeada de silencio.

20

Después de una noche de pesadilla lo último que a María le apetecía era asistir a su propia despedida de soltera, pero si la cancelaba, Karen removería cielo y tierra hasta encontrar la explicación.

Su amiga llevaba meses preparándola, justo desde que anunciaron su compromiso en una fiesta en casa de Margaret, donde todas aquellas amigas que ahora se sentaban a la mesa brindaron por la feliz pareja. Desde aquel día la fecha de la despedida había cambiado en seis ocasiones. Unas porque el clima no era propicio; otras porque estaban demasiado cerca de la boda; otras porque a Karen le había salido un compromiso ineludible. Al final se había fijado para aquel día: una fecha perfecta ubicada en medio del mes que Edward estaba en París y con suficiente distancia del evento, para evitar que el novio enamorado anduviera hurgando a su alrededor.

Y María se sentía muy confusa. Y aún peor por no poder disfrutar de su propia despedida de soltera, pero es que su cabeza era un torbellino que iba de Allen a Edward para volver de nuevo a Allen… Y eso a pocos meses de su boda. Cualquier novia sería feliz en su despedida de soltera. ¿Por qué ella no? Debía reconocerlo de una vez por todas. ¡No estaba segura! Quizá no lo había estado nunca, o al menos desde hacía mucho tiempo, pero desde que Allen la había besado la noche anterior todo era aún más confuso.

Karen se había erigido como organizadora sin que nadie se lo pidiera y ninguna de sus amigas se había atrevido a disputarle el puesto. Había confeccionado un programa detallado que debía cumplirse al pie de la letra. Solo había catorce invitadas. Más personas —según ella— harían inviable cualquier jornada decente. Allí estaban sus cuatro amigas más íntimas, incluyendo a Karen, otras cuatro compañeras de trabajo, las dos inseparables de Edward durante la universidad, la jefa del servicio de su prometido, que él mismo le había pedido que invitara, aunque apenas se conocían, una amiga de Aileen (su futura cuñada), y Margaret, que por nada del mundo se perdería algo así. En conjunto, un grupo heterogéneo, de intereses muy variados, que no iba a tener más remedio que someterse a la voluntad de Karen e intentar entenderse.

Su amiga había sido inflexible en varias cosas. La primera María se la agradeció, pues Karen de ninguna manera iba a consentir que atravesara Londres ataviada de forma ridícula. Un sencillo vestido blanco era suficiente. Había elegido uno estrecho, con cuello barco y mangas francesas, y se había dejado el cabello suelto. Estaba muy guapa, a pesar de que el llanto había dejado su huella en forma de párpados ligeramente hinchados, que ella había achacado a dormir en demasía. La segunda norma prohibía cualquier objeto sexual; nada de pajitas ni sombreros ni tartas en forma de pene. Más de una pensó que así nadie iba a asegurar que fuera una jornada divertida, pero la diversión no era lo que le importaba a Karen, sino la corrección. Y la tercera y última norma era que nada de atracciones ni acontecimientos vulgares, como era costumbre en ese tipo de celebraciones. Así que la mitad de las invitadas se sintió decepcionada por no tener, por ejemplo, una aventura en el zoo, y la otra mitad por no pernoctar en un bar de carretera lleno de moteros. Pero como Karen se hacía cargo de todos los gastos —su recurso habitual para salirse con la suya—, nadie protestó. Solo sabían que esa noche dormirían en Bath para amanecer con una sesión de masajes.

Habían almorzado en Clos Maggiore, considerado por muchos el restaurante más romántico de la ciudad. María no tenía ni idea de cómo había conseguido mesa, pues se decía que había que esperar meses para una reserva, y esta había sido una elección de última hora después de que Karen leyera, hacía solo dos días, una crítica gastronómica negativa sobre el restaurante de su club, donde iba a celebrarse el evento. Era un sitio encantador, pero más adecuado para una velada romántica en pareja que para una reunión de catorce mujeres solas que únicamente deseaban divertirse (al menos trece de ellas). Así que el almuerzo había sido, cuanto menos, extraño. En aquel ambiente sofisticado de Covent Garden, la mayoría se sintió fuera de lugar, excepto Margaret, que tenía el mismo don que su hijo para parecer a gusto en cualquier parte. Esto lo aprovechó Karen para llevar la voz cantante exigiendo aquí y allá a los camareros franceses, y saludando a los conocidos que ocupaban las mesas cercanas. María intentó mantener el tipo sin demasiado éxito al principio. Aún le quedaban muchas horas hasta poder volver a casa al mediodía del día siguiente. No le apetecía conversar, aunque se lo impuso como obligación. Tampoco reír, a pesar de que las chicas se esforzaron por contar anécdotas divertidas y picantes. Así que decidió que aquel vino francés y carísimo podría ayudarla a desinhibirse.

—Deja algo para las demás —le dijo Margaret con una sonrisa divertida cuando María llenó su copa por cuarta vez. Nunca antes la había visto beber de aquella manera—. ¿Esta va a ser una de esas despedidas donde la novia se marcha a la mitad y las amigas le cuentan lo que se perdió al día siguiente?

—Camarero, por favor. Otras dos botellas —fue lo que le contestó, levantando la mano y dirigiéndose a uno que en aquel momento no estaba.

Al principio parecía que las amigas de Edward no congeniaban muy bien con las suyas, y eso se traducía en una tensión cordial entre ambos bandos, simplemente para salvar la situación. Margaret se había dado cuenta y ejercía de anfitriona, sacando temas de conversación que interesaran a unas y otras, y dando pie a que intercambiaran pareceres, lo que poco a poco las fue relajando hasta convertirlas en amigas de toda la vida.

—Adiós a una vida de sexo divino —dijo en algún momento una de las chicas levantando su copa—. A partir de ahora tú y Edward os conformaréis con el polvo del sábado, si hay suerte.

—Qué poco acertado —susurró Karen por lo bajo.

—Porque debe ser bueno en la cama, ¿verdad? —inquirió otra de sus amigas con verdadera curiosidad.

María sonrió, pero lo último que le apetecía era hablar de aquello.

—La madre del novio pide que cambiemos el tema de la conversación —dijo Margaret levantando también su copa con una gran sonrisa en la cara—. Lo último que me apetece es conocer esas intimidades de mi hijo.

Dos horas después abandonaban el restaurante como un grupo compacto y bien avenido, con una homenajeada a la cabeza que había comido poco y bebido mucho, por lo que estaba más que achispada. Margaret estaba cansada y había pensado dejarlas tras el almuerzo, pues aún debía coger un tren a Cambridge para volver a casa, pero decidió quedarse hasta la siguiente parada al ver lo animadas que estaban.

Un pequeño autobús las esperaba en la esquina de Bedford (el mismo que llevaría a Bath a las que aguantaran el programa completo del evento), y Karen hizo el recuento para que ninguna se perdiera la siguiente atracción: tomar el té en la Orangery de Kensington. De camino al parque hasta cantaron a voz en grito una letra de Pharrell Williams a las órdenes de una María que se mantenía en pie con dificultad.

—¿La has visto así antes? —le preguntó Karen bastante preocupada a Margaret, pues empezaba a dudar que la novia pasara la siguiente prueba: comportarse con elegancia en uno de los más sofisticados locales de Londres.

—Nunca —dijo la futura suegra quitándole importancia—, pero ya era hora de que en algún momento perdiera los papeles.

A Karen aquella explicación no terminaba de satisfacerla.

—Sé que tú volverás al pueblo en una hora —para ella cualquier núcleo urbano con menos de un millón de habitantes lo era—, pero si se emborracha... El resto ya hemos acordado que la dejaremos a salvo en casa y seguiremos nosotras haciéndole los honores —dijo intentando que las demás no la oyeran mientras María empezaba a entonar una bachata—. Espero que no te moleste. Llevo meses organizando todo esto.

—Tal y como está, se dará la misma cuenta si la dejáis en tierra como si pasa toda la noche dormida en un asiento de autobús. —Margaret reía a mandíbula batiente ante las ocurrencias de su nuera. Jamás antes la había visto comportarse con espontaneidad—. Se está divirtiendo y eso es lo que cuenta. Tampoco creo que consiga salir del autobús sin trastabillar. Mañana le podrás hacer un relato pormenorizado de lo que se perdió.

En el exclusivo salón de té resguardado entre los jardines de Hyde Park, junto al palacio de Kensington, les habían reservado una mesa en el espléndido interior de paredes y manteles blancos abarrotados de flores frescas.

—Al menos espero que aquí se comporte —volvió a repetir Karen mientras repartía los asientos y dejaba a la novia a buen recaudo entre su futura suegra y ella misma.

María pidió champán para todas, lo que provocó la algarabía de sus compañeras y un nuevo rictus de disgusto en el rostro de su amiga, que había pensado en un té con pastas. Aquí la conversación fue más animada. Hablaron discretamente de hombres, de sexo, de amor y de lujuria, y a cada anécdota María brindaba hasta dejar la copa vacía. Poco a poco las mesas de alrededor se fueron desocupando, y si la verdadera anfitriona no hubiera sido Karen, conocida de la casa, seguramente les habrían pedido muy amablemente que abandonaran el local.

En un momento dado, una de sus amigas siseó para que se callaran.

—Shhhhh —dijo acompañando el silbido con un aspaviento de manos muy poco discreto—. Mirad con disimulo, pero ¿ese que acaba de entrar no es el *buenorro* que vino a tu fiesta?

Todas se volvieron a la vez en el gesto más importuno posible y Allen, por supuesto, se dio cuenta.

María se quedó tan atónita que pensó que aquello era una alucinación. Era a la última persona que esperaba ver aquella tarde. Él acababa de entrar acompañando a una mujer hermosa y elegante, ya madura, de abundante cabello oscuro recogido en la nuca con un pasador. Debía haber dejado atrás la cincuentena, pero se mantenía radiante, con un aire de distinción, de sofisticación, que no pasaba desapercibido. Allen iba vestido mucho más formal a como la tenía acostumbrada. Con traje negro, de pantalones estrechos y chaqueta ajustada, camisa blanca y corbata también negra. Aquel atuendo hacía que sus ojos azules resaltaran. Y no eran ellas las únicas que se habían quedado extasiadas mirándolo, sino que otras mujeres, en otras mesas, también estaban embriagadas con aquel galán de cine que acababa de hacer acto de presencia. Les habían dado una de las mejores mesas, con vista a los jardines. La mujer ya se había sentado tras él acercarle la silla y leía la carta de tés, pero Allen permanecía de pie, mirando hacia donde ellas estaban. Por su parte, Karen se había percatado de que aquel hombre no apartaba los ojos de María y de que su amiga se había quedado mortalmente pálida.

—Será mejor que nos vayamos —dijo sin poder articular muy bien las palabras. Esperaba que no la hubiera visto. Que no hubiera reconocido a ninguna de ellas—. No me encuentro bien.

—¿Ves? —se quejó Karen mirando a Margaret—. Sabía que bebiendo así no llegaría ni a media tarde. Jamás antes la había visto repetir una cerveza —chasqueó la lengua—. Me hubiera encantado que nos acompañara a cenar a Mono, pero será mejor que nos vayamos.

La aludida no le prestó atención, sino que le dio un ligero golpecito a su nuera en la mano. María se había puesto tan lívida que parecía que la sangre había escapado de sus venas. También se la veía tan incómoda como indispuesta.

—Vámonos, cielo —le dijo Margaret—. Es solo una borrachera. Mucha agua y un buen sueño y se te pasará. Ha sido una buena despedida de soltera. Mañana te levantarás con dolor de cabeza, pero ha merecido la pena.

El resto de las chicas (menos Margaret, que si no se marchaba enseguida perdería el tren) ya habían acordado que seguirían sin ella. Karen tenía prisa por irse y no iba a permitir una escena con aquel individuo que no dejaba de mirarlas. Además, era una norma inquebrantable en el grupo de amigas: «Quien bebe demasiado, aunque sea la novia, se queda sin el postre». En este caso conocían cómo era María y sabían que, de no seguir con la fiesta, se sentiría culpable al día siguiente por haberles aguado la celebración. No era la primera ni la última novia que se retiraba antes de tiempo.

Empezaban a recoger sus bolsos cuando su voz sonó.

—Hola —saludó Allen, que había dejado acomodada a su acompañante y ahora estaba allí, de pie junto a la mesa. Se dirigía a Karen, pero sus ojos estaban clavados en María—. Nos volvemos a ver.

—Por supuesto —dijo Karen tendiéndole la mano con frialdad—. Eres el amigo de Elissa. ¿Cómo estás?

Él se la estrechó, aunque inmediatamente dirigió la atención a una María que se tambaleaba en su asiento.

—¿Se encuentra bien? —preguntó con la frente fruncida.

—Me encuentro muy bien —contestó directamente María con media lengua.

—Pues no lo parece —comentó, divertido, al darse cuenta de cuál era su mal.

A su alrededor todas las chicas habían vuelto a sentarse, menos Karen, a quien la última persona a la que le apetecía ver allí era a aquel tipo.

—Quizá porque alguien está consiguiendo que me vuelva loca —volvió a decir María, incapaz de hilvanar correctamente las palabras.

—Vaya —dijo, con una sonrisa—, debe tratarse de una mala persona.

—No le prestes atención —salió Karen en su ayuda, dirigiéndose a Allen—. El *éclair* de cerezas ha debido sentarle mal.

Tiró de ella para intentar levantarla. Debía sacarla de allí antes de que hiciera más el ridículo, si eso era posible, y antes de que dijera algo inapropiado delante de aquel individuo y de su suegra. Pero María no estaba dispuesta a ponérselo fácil.

—Lo es —volvió a la carga arrastrando las palabras—. Una mala persona. Me regaló las estrellas, ¿sabéis? Una buena persona jamás le regalaría las estrellas a una mujer que está a punto de casarse con el hombre de su vida.

Todas se volvieron hacia ella. ¿De qué hablaba? ¿El alcohol había empezado a disolverle el cerebro? Allen seguía allí plantado, sin dejar de observarla. Estaba preciosa. Arrebatadoramente bonita. Incluso con el cabello despeinado, las manchas de vino en el vestido y los ojos nublados, seguía siendo bonita. Aquella mujer ejercía sobre él un embrujo que no era capaz de explicar.

—¿Por qué no? —preguntó Allen sin poder evitarlo, a pesar de que temía que si la alentaba podía decir alguna indiscreción.

—Porque solo Edward tiene derecho a hacerlo —respondió mientras lo señalaba con el dedo, pero la mano cayó al instante sobre el mantel—. A amarme como amaban todos esos hombres y mujeres famosos. Como amaba Frida Kahlo.

Nadie entendía de qué diablos estaba hablando. Nadie menos Allen… y quizá Karen, que empezaba a sospechar.

—Deberías dejar de hacer el ridículo —la amenazó su amiga, intentando que se callara.

Allen comprendió que había sido un error acercarse. Desde el otro extremo del salón de té su acompañante los observaba por encima de las gafas que se había puesto para leer la carta. Nada más verla le había sido imposible no ir a su encuentro. También habría sido un error no intentar arreglar el estropicio de la noche anterior. No intentar conseguir, aunque fuera en un lenguaje encriptado, una nueva oportunidad.

—Será mejor que os deje —dijo antes de volverse—. Unas horas de sueño y mañana estará perfecta.

Las demás asintieron, lamentando que aquel macizo se quitara de en medio. Era todo un espectáculo de hombre. Ya habían acordado que la llevarían a casa en el bus y ellas terminarían en su honor una noche que aún prometía. Karen lo agradeció.

—¿Esa es tu nueva clienta? —preguntó de sopetón María intentando otra vez señalarlo con el dedo, aunque sin acertar.

Allen se dio la vuelta sin saber si debía contestar.

—Es una vieja conocida —dijo al fin.

Ella soltó una carcajada inarticulada.

—Vaya —intentó beber de su copa, pero estaba vacía—, parece que has retomado viejos hábitos.

—María —la reprendió Karen en voz baja—, por favor.

—No te preocupes, no pasa nada —se apresuró él a aclarar antes de intentar marcharse de nuevo—. Pasadlo bien.

Ahora sí que estaban todas atentas. ¿Es que acaso aquellos dos se conocían de algo más que una cena y una barbacoa familiar? Margaret se había puesto seria y Karen estaba a punto de gritar de indignación. Muchos de los clientes del salón no perdían detalle de los acontecimientos, e incluso algunos camareros se habían acercado discretamente para no perderse nada.

—Esta es mi despedida de soltera —dijo María en voz alta deshaciéndose de la mano de Karen que intentaba sacarla de allí—. Me caso en septiembre. Con el hombre más maravilloso del mundo.

—Por supuesto —repuso Allen sin apenas volverse.

—¿Te he dicho que Edward besa de maravilla?

—María —volvió a indignarse su amiga—, te estas poniendo en evidencia.

—Quinientas libras —dijo ella en voz aún más alta para que todos la oyeran—. Eso me costó.

A su alrededor nadie entendía nada.

—¿De qué está hablando? —preguntó una de las compañeras de trabajo de Edward.

Margaret se había recostado en la silla y permanecía atenta, como una espectadora que asiste a una función y solo al final empieza a entender el argumento.

—¿Alguien me presta quinientas libras? —gritaba en aquel momento su nuera.

Karen por fin había conseguido ponerla de pie. Y el resto de las chicas recogían sus cosas. No. La velada no terminaba como había esperado. Y todo por culpa de aquel tipo. Ahora lo importante era que María no siguiera haciendo el ridículo. Que no continuara echándose mierda encima delante de toda aquella gente.

—Te vamos a llevar a casa y te vas a meter en la cama —le dijo Karen a su amiga arrastrándola como podía hacia la puerta—. Mañana hablaremos de todo esto.

—¿Necesitáis ayuda? —preguntó Allen volviendo sobre sus pasos, pues veía cómo María forcejeaba para regresar a la mesa y cómo las demás la controlaban con dificultad.

—Creo que podremos arreglárnosla —contestó poco convencida una de ellas.

María logró soltarse y fue de nuevo hasta donde él estaba. Tambaleante. Aquello le iba a suponer al día siguiente un buen dolor de cabeza. Eso y una explicación a su suegra.

—Y he lamentado cada penique de esas quinientas libras —le dijo a Allen señalándolo con aquel dedo inestable—. He pagado con lágrimas por cada uno. Por cada uno de ellos.

—Si al menos pudiéramos meterla en el autobús... —decía otra de las chicas.

Allen se dio cuenta de que tenía que apartar a María de aquel grupo. Si seguía diciendo aquellas cosas no tardaría en exponer ante sus amigas de qué lo conocía a él y cuál había sido su verdadera relación. Por él le daba igual, pero sabía que María, al día siguiente, cuando estuviera serena, se arrepentiría de cada una de aquellas palabras.

—Si os parece, nosotros podemos llevarla a casa —señaló hacia su mesa, donde su acompañante no perdía detalle de lo que allí sucedía—. A mi amiga y a mí no nos supondrá ningún contratiempo. Vamos de paso y sé dónde vive. Estuve en la barbacoa que organizó Edward. Vosotras... Bueno, yo tengo más fuerza para manejarla y Anna tiene experiencia con hijas que se pasan con las copas. Tengo el coche aquí al lado y nos aseguraremos de que entre en el apartamento. Nos viene de camino y vosotras tendríais que atravesar todo Londres...

—De ninguna manera —le cortó Karen indignada. ¿Cómo se atrevía? ¿Cómo podía ser tan insolente?

—Mi amiga quería volver a casa —respondió él—. He sido yo quien ha insistido en tomar un té, así que agradecerá que nos marchemos. —Bajó un poco la cabeza, en un gesto que no admitía réplica—. Insisto.

Margaret no intervino. Estaba quizá algo seria, pero no había perdido la compostura. En cierto modo, era la responsable más directa de María. Y no podía olvidar que Allen era hombre, y muy atractivo, aunque en aquella casta misión fuera acompañado por aquella dama que se sentaba al fondo.

—No sé si es conveniente... —dijo Karen, dando pie a que la madre de Edward se pronunciara para impedir que un desconocido se llevara a su nuera.

Hubo unos instantes de silencio. María estaba en las últimas y apenas se sostenía en pie.

—No veo por qué no —la voz de Margaret sonó amable—. María necesita descansar y a esta hora es casi imposible encontrar un taxi... Si a usted le coge de camino y de verdad no es una molestia...

Allen la miró fijamente. No sabía quién era aquella mujer elegante, pero evidentemente era un referente moral para las demás. Por su parte, Karen parecía indignada, fuera de sí, pero no se atrevió a decir nada, a echar más leña al fuego.

—No nos supondrá ningún contratiempo, quédese tranquila —contestó agradeciendo la confianza.

Todas se miraron, aunque la indecisión se despejaba por momentos.

—No lo hablemos más —dijo Allen dando por terminada aquella conversación—. El autobús os espera.

21

El dolor era lacerante e impreciso. Como si un pájaro carpintero se empeñara en anidar en su cabeza buscando aquí y allá el punto más frágil para empezar su trabajo. La boca le sabía a rayos y tenía tanta sed como si llevara una semana perdida en un bote en alta mar.

—Parece que ya se está despertando —oyó una voz desconocida de mujer. Estaba segura de que nunca antes la había oído. ¿Quién era? ¿Dónde estaban?—. Ha sido una noche larga. Los hombres nunca terminaréis de asombrarme. Creo que es hora de que me marche. Ambos tendréis cosas de qué hablar.

—Gracias por acompañarme. Ha sido una noche larga —esa voz profunda sí la reconoció. Al instante. Era Allen. ¿Estaban en casa de Allen?

Abrió los ojos, pero tuvo que cerrarlos otra vez. La luz blanca del día que entraba por la ventana le hería como puntas de alfileres. Tras un nuevo esfuerzo consiguió abrirlos, aunque la luminosidad hacía que la cabeza le doliera aún más. Pudo enfocar la vista y reconoció las sábanas, y la pintura de la pared. También la cómoda que había pertenecido a la abuela de Edward. Estaba en su cama, en su dormitorio… ¡Y Allen estaba allí con otra mujer!

—Llámame si surge cualquier cosa —oyó de nuevo la voz femenina. Era agradable, algo ronca, pero educada y cálida, con esa pronunciación que solo daba el haberse criado en ciertas zonas de Mayfair.

—No te preocupes. Ya has hecho bastante —contestó Allen. Debía de estar muy próximo porque la voz sonó cercana. Quizá en la silla que Edward y ella usaban para descalzarse, junto a la cama.

Oyó el sonido de un beso en la mejilla y pasos en dirección a la puerta, y solo cuando ésta se abrió y se cerró de nuevo se atrevió a incorporarse y mirar alrededor. Fue más difícil de lo que había pensado porque parecía que su cerebro se había soltado de sus anclajes y con cada movimiento daba bandazos por el interior de su cráneo, golpeándose contra las paredes de hueso.

—Me duele la cabeza —dijo llevándose las manos a las sienes.

Allen se levantó de la silla para sentarse en la cama junto a ella. No llevaba chaqueta ni corbata. Y la camisa blanca de la noche anterior estaba arrugada y desabotonada hasta la mitad del pecho. A través del hueco se veía la forma compacta y sólida de sus pectorales cubiertos de un vello fino y suave, según creía recordar, porque en el pasado ella había ensortijado sus dedos allí. Debía haber pasado la noche medio recostado en aquella silla. ¿Y la mujer? Quizá en el sofá del salón.

—Dentro de un par de horas podrás tomarte otro ibuprofeno.

María abrió de nuevo los ojos y solo entonces se dio cuenta de que estaba desnuda y el esbozo de la sábana quedaba a la altura de su cintura. Miró debajo de la ropa de cama. Completamente desnuda. Al menos él había tenido la decencia de mirarla a los ojos mientras hablaban en vez de a… ¡Aunque llevaría horas retorciéndose en la cama y con el pecho al aire! La cabeza le provocó una nueva punzada cuando se cubrió hasta el cuello en un movimiento violento e instintivo. Notó cómo por encima del dolor se reflejaba la vergüenza.

—¿Quién me ha…?

Él le quitó importancia con un gesto, como si verla desnuda, como si desnudarla fuera algo que hacía a diario.

—Lo hemos hecho entre Anna y yo.

Aquello la alarmó aún más.

—¿Tú?

De nuevo Allen le quitó importancia, algo muy lejos de la realidad, pues llevaba una noche de pesadilla teniendo al alcance de la mano aquel cuerpo delicioso y desnudo sin poder tocarlo. Cada vez que ella se giraba, sus pechos jugaban con las sábanas o se estrujaban contra el colchón. No eran ni grandes ni pequeños, aunque sí pesados y contundentes. Con areolas oscuras y cálidas para la blancura de su piel y pezones de los que apenas había podido apartar la vista. Una noche incómoda, sí, señor, sin poder siquiera cruzar las piernas sin lesionarse.

—No he visto nada que no haya contemplado en otra ocasión —dijo para que no advirtiera su turbación—. Nada que no haya tocado o chupado antes. Pero puedo asegurarte que te he vuelto a tapar cada vez que te has mostrado demasiado provocativa.

Ella se apretó cuanto pudo contra el cabecero, aunque intentó aparentar que le era indiferente. Pero lo cierto era que se sentía completamente indefensa, cubierta solo por una sábana, mientras él parecía dominar la situación.

Allen llenó uno de los vasos que había sobre su mesita de noche.

—Bebe un poco. —María volvió a recordar que tenía una sed terrible—. Te sentará bien.

Obedeció y le pidió que lo llenara de nuevo. Solo entonces se atrevió a preguntar algo que no estaba muy segura de querer saber.

—¿Qué ha pasado? —se sentía estúpida porque detrás de tanta confusión se estaba preguntando qué aspecto tendría.

Él fue escueto. No le hubiera gustado que tras una borrachera alguien le contara paso a paso lo que había hecho.

—Bebiste más de la cuenta.

Eso era evidente. Las imágenes le llegaban como fogonazos. El champán. La tarta. Allen. Aquella mujer de cabello negro, la misma que acababa de marcharse de su casa... De lo que estaba segura era de que había metido la pata. Hasta el fondo.

—¿Y mis amigas? —preguntó intentando encontrar una línea temporal a aquella consecución de barbaridades que iba arrojando su cabeza.

—En este momento deben de estar preguntándose cómo te habrás levantado. —Miró su reloj de muñeca—. Son las diez de la mañana.

Por la luz que entraba por la ventana debía de ser así, pero ¿a qué hora se había acostado?

—¿Cuánto he dormido?

—Tras vomitar varias veces, insultarme y volver a vomitar… —dijo aparentando estar ofendido—. Creo que unas doce horas. Por eso tuvimos que quitarte toda la ropa. Nunca había visto a nadie arrojar de esa manera, y aun así te quedaban fuerzas para ponerme verde. Anna ha puesto una lavadora. No ha querido marcharse hasta estar segura de que estabas bien.

No lo oyó porque una idea terrible se estaba formando en su cabeza.

—¿Y mi suegra?

Vaya, ese sí que era un asunto delicado. Se debía de estar refiriendo a la dama elegante que había presenciado todo el espectáculo.

—Creo que tendrás que hablar con ella cuando te sientas mejor.

No estaba muy seguro de qué había entendido la madre de Edward, pero que él no era un desconocido seguro que sí.

Nuevas imágenes llegaban a la cabeza de María con cada punzada de dolor. ¿Qué habría pensado Margaret? Ahora recordaba que le había pedido explicaciones a Allen sobre esa mujer… ¡Dios! ¡Aquello era un desastre! Una idea bastante peregrina acababa de formarse en su lóbulo temporal. Esa mujer que había provocado su ataque de furia, que le había quitado la ropa, que la había lavado mientras vomitaba... ¿Era otra de las clientas de Allen?

—¿Quién era ella? —preguntó.

Él chasqueó la lengua y llenó otro vaso de agua que ella no trató de coger.

—Demasiadas preguntas a la vez.

Aquella respuesta esquiva hizo que se enfadara. La había metido en la cama ayudado por su amante, por la mujer que le habría pagado quinientas libras para que le hiciera todo aquello que le hizo a ella.

—¿No me vas a decir quién era esa mujer? —volvió a preguntar.

—Tendrías que estar agradecida por que se ha quedado aquí toda la noche y no ha permitido que tú y yo nos quedáramos a solas para que pudiera cumplir con tu cuerpo todas mis fantasías. —Al ver que ni el sentido del humor ni ninguna de aquellas respuestas la satisfacía, claudicó—. Anna es mi agente —dijo de mala gana—. Ayer celebrábamos que había firmado un nuevo contrato con varios ceros y mira cómo hemos terminado.

No entendía lo que le decía.

—¿Tu agente? ¿Agente de qué?

Él sonrió y dejó el vaso sobre la mesa. Después le ajustó las sábanas, aunque ella estaba aferrada al embozo como si en ello le fuera la vida.

—Desde que dejé... el trabajo que me permitió conocerte, escribo. Escribo novelas.

Aquello la dejó completamente fuera de juego. ¿Novelas? ¿Él? Desde luego era un tipo sorprendente; seguro que tenía suficiente experiencia como para escribir novelas que, además, tendrían más de memorias que de ficción.

—¿Eróticas? —preguntó sin darse cuenta.

—¡Vaya! —exclamó Allen tras una amplia sonrisa—. No hay manera de conseguir que cambies la opinión que tienes de mí. —En aquel momento necesitó de todo su autocontrol para no arrancar aquella sábana y poner en práctica la idea que tenía precisamente para una novela erótica—. Escribo novelas de misterio.

Ella arrugó la frente. Su mente aún estaba espesa y dolorida.

—Nunca he visto tu nombre en una novela.

Él cruzó los brazos sobre el pecho. Aquello se ponía interesante.

—Quizá has visto el de Alfred Rosenthal —dijo imitando el gesto típico de una foto de solapa—. Es el seudónimo bajo el que escribo. Allen Smith no le parecía muy comercial a Anna.

Sí, era una sorpresa. Cuando le había dicho que ya no se prostituía, pensó que se dedicaría a la Bolsa, a inversiones, a cualquier cosa menos a escribir. Con lo que cobraba a sus clientas, seguro que ya tendría un patrimonio. Sin embargo, al oír aquel nombre... ¡Ella había leído su última novela! Alfred Rosenthal era una nueva promesa de la literatura y poco a poco había ido abriéndose paso en el tumultuoso mundo del libro. Recordaba que el último libro trataba de asesinos en serie y había un atractivo detective privado que le recordaba poderosamente a él.

—Vaya —dijo intentando moderar su entusiasmo—. Estuviste en la lista de superventas el año pasado. Pero no había foto en la contraportada, te habría reconocido.

Se sintió ridícula diciendo aquello mientras estaba desnuda, cubierta apenas por una sábana y el hombre que la había librado de morir de una borrachera no apartaba los ojos de ella.

Allen no quiso darle mayor importancia. No era por lo que estaba allí. No era por sus novelas, por su dinero, por lo que quería que ella le aceptara.

—¿Cómo te encuentras? —le preguntó.

—Como si un camión cargado de bombonas de butano me hubiera pasado por encima.

Él soltó una carcajada que a ella le hizo sonreír. Durante unos segundos se miraron fijamente. Allen tenía que ejercer un control cada vez mayor sobre sí mismo para no hacerle el amor. No solo la deseaba, sino que quería acurrucarse junto a ella y olvidarse de todo.

—María —dijo llenando sus pulmones de aire—, me gustaría que habláramos de lo del otro día.

Ella reaccionó al instante.

—Fue un error.

—Lo sé —repuso él temiendo que fuera imposible avanzar—, y te prometo, te prometo que no volveré a tocarte. —Sin darse cuenta había levantado las manos en un gesto de paz—. Pero deja que te lo explique.

Ella lo pensó antes de contestar. No era una petición baladí. Si le daba permiso para seguir hablando, sabía que la convencería, porque temía que lo que él iba a proponer era precisamente lo que ella más deseaba oír.

—Adelante —dijo con voz queda.

—Yo… —o ahora o nunca, tuviera las consecuencias que tuviera—. Desde que te conocí… Bueno, te has convertido en alguien importante —no sabía cómo proseguir—. ¡Diablos! No puedo dejar de pensar en ti. Sé que es algo extraño. Que un tipo casi desconocido aparezca después de dos años y te diga estas cosas. Podrías pensar que estoy loco, pero no es eso. Yo mismo necesito saber qué sucede. Por qué estás siempre ahí. Por qué me es imposible mirar a otras mujeres —suspiró de nuevo—.Te has convertido en algo molesto... y tengo que saber el porqué.

Sí, allí estaba el discurso que no quería oír. Buscó en su mente a Edward, pero no lo encontró. Lo había necesitado tanto estos días pasados que ahora parecía algo lejano y doloroso.

—Allen, ya no sé cómo decírtelo. Sabes que estoy prometida y que amo a Edward. Es el hombre con el que quiero casarme. Con el que siempre he querido terminar mis días dentro de muchos, muchos años. —Suspiró—. No puedo convertirme en la cobaya de un experimento que ni tú mismo sabes cómo va a terminar. ¿Y si... y si al final a ti no te interesa el resultado, pero a mí...?

Ella no terminó la frase y él no desistió.

—Cuando te besé presentí que a ti tampoco te era indiferente.

«Lo presintió.» Por un instante, solo por un instante, se sintió desamparada, además de desnuda.

—No sigas por ese camino.

—Creo que quizá tú también puedes estar tan confundida como yo, María —no se atrevía a acercarse aunque era lo que más deseaba—. Hazlo por mí. Libérame de esto que siento. Hazlo por Edward. No sería justo que te casaras con un hombre si has empezado a tener dudas sobre otro.

Ella lo encajó mal. Quizá porque Allen había retratado perfectamente lo que sucedía.

—Eso que dices es presuntuoso por tu parte.

—Dame una última oportunidad, María —le rogó—. Seguramente tú llegarás a la conclusión de que te soy indiferente. Será lo más probable, porque lo tuyo con Edward, como siempre dices, es demasiado intenso. Pero a mí me liberarás. Te prometo, te juro que esta vez no volverás a saber de este tipo patético que te ruega junto a tu cama. Para ti será un juego sin riesgos y a mí me ayudarás a salir de donde diablos esté metido.

—Allen yo no… — ¿Por qué negarse a aquella súplica si era aquello algo que ella misma necesitaba averiguar?

—Solo una oportunidad —insistió él—. Por mí, por ti y por Edward.

Ella también hizo una larga inspiración. Estaba jugando con algo tan peligroso que su vida podía desmoronarse como un castillo de arena.

—¿Qué propones?

Intentó disimularlo, pero la alegría de Allen le salía por cada poro de su piel.

—Que pasemos este fin de semana juntos…

Ella lo cortó al instante.

—Eso no me parece…

—Habitaciones separadas, por supuesto —aclaró antes de que se echara de nuevo atrás—, y tranquila que ni intentaré tocarte, ni besarte, ni… Todo será de lo más formal. No podemos seguir viéndonos unas pocas horas cada dos días. Necesito tiempo para saber por qué provocas en mí esta necesidad de estar a tu lado.

Era demasiado. Demasiado complicado.

—Aún tengo que dar muchas explicaciones sobre lo de ayer.

—Hazlo —insistió él—, y después nos iremos. Mañana mismo, y el lunes tú y yo tendremos al fin las cosas claras.

Aquello era excesivo. Los preparativos de la boda estaban en marcha, la tarta encargada, Aileen había comprado los billetes desde la India, sus damas de honor tenían listos sus trajes… ¿Y ahora le entraban a ella las dudas? ¿Sería aquello el famoso ataque de pánico que atenazaba a algunas novias antes de la boda? No podía descubrir a aquellas alturas que no deseaba casarse con Edward.

—No puedo hacerlo —dijo sin fuerzas—. Lo siento pero no puedo irme con un desconocido un fin de semana a probar si amo a otro hombre. No puedes pedirme esto.

Allen tragó saliva, desesperado.

—No soy ningún desconocido. Sabes más de mí que muchos de mis amigos y yo sé más de tu cuerpo que muchos de tus novios. Si no lo haces, si no lo hacemos, nada nos garantiza que podamos desprendernos de todo esto.

Aquello la hizo sonreír con tristeza, porque lo que decía era cierto, y Allen supo que había vencido su resistencia. Se sintió feliz. Como un niño. Como nunca antes.

—Déjame pensarlo —dijo ella, a pesar de todo.

—Te recogeré mañana a las nueve —Allen se puso de pie y empezó a abotonarse la camisa—. Lleva solo una maleta pequeña.

Verlo así, feliz, intentando marcharse antes de que ella cambiara de idea, también aligeró el dolor de su cabeza e hizo que un cosquilleo extraño le recorriera el cuerpo.

—Eres un auténtico pelmazo, ¿lo sabes? —sonrió con cuidado de no alentarlo demasiado.

—Ahora descansa. —Quería besarla, pero sabía que debía marcharse sin más—. Y bebe mucha agua. Mañana a las nueve.

22

María se despertó de nuevo. Ahora con el olor de los huevos fritos que chisporroteaban en la sartén y solo entonces se dio cuenta del hambre que tenía. Miró el reloj. Eran pasadas las siete y veinte de la tarde. Fuera ya empezaba a anochecer. ¿Había dormido todo ese tiempo? Quien fuera era conocido; había pinchado música suave y se oía trajín en la cocina. No se alarmó. Evidentemente, era alguien de su entorno más inmediato; de lo contrario se hubiera mantenido sigiloso. Por un momento pensó que quizá Edward había regresado y sintió una mezcla de alivio y desolación… ¿O era de nuevo Allen? Desterró esta idea absurda, pues no tenía llave de su casa.

Saltó de la cama notando que ya apenas le dolía la cabeza, se cepilló los dientes y se puso una bata de seda. Tenía que ducharse, su cuerpo lo necesitaba tanto como su alma, pero primero necesitaba saber qué sucedía en su cocina.

—No he querido despertarte —dijo su amiga Karen cuando ella entró en el salón.

Había preparado una bandeja con fruta cortada y beicon frito a la que ahora sumaba los huevos. Al lado un Bloody Mary con una rama de apio.

—Ni siquiera te he oído entrar —María se desperezó, le dio un beso a su amiga que le mostró la mejilla, y tomó otro vaso de agua. ¿Karen estaba un poco tirante o era cosa suya?

—Necesitabas dormir. Y quizá charlar —dijo Karen mientras se deshacía del delantal y dejaba los utensilios utilizados en el lavavajillas—. Ahora siéntate aquí y cómete todo esto, verás cómo mañana estarás como nueva.

No tuvo que rogárselo. Desde el almuerzo del día anterior apenas había probado bocado y hoy no lo había hecho en todo el día, así que empezó a dar buena cuenta de aquella cena: primero el beicon para continuar con los huevos. Esa noche permanecería en vela después de tantas horas de sueño. Karen la miraba de forma extraña, como si la estudiara.

—¿Cómo terminasteis? —preguntó María en una pausa, entre bocado y bocado.

—Hemos vuelto después de comer en Sotto —María sabía que se trataba de uno de los restaurantes de Bath por los que Karen sentía devoción—. Apenas me ha dado tiempo a cambiarme y he venido a verte. Es lo que hacen las buenas amigas, ¿no?

Lo dudó un instante antes de hacer la siguiente pregunta. No tanto porque tuviera miedo de la reacción de Karen, que la miraba con aquel aire de suficiencia que adoptaba cuando algo no había salido exactamente como lo planeó, sino porque no quería oír la respuesta.

—¿Has hablado con Margaret?

La sonrisa ligera de su amiga no se inmutó. Como si le hubiera preguntado si hoy llovería o si se había anunciado la presencia de la reina en Ascot.

—He hablado con tu suegra a primera hora de la mañana —hizo una pausa bien meditada—, y si lo que preguntas es qué me he encontrado, he de decirte que a la misma mujer encantadora de siempre. Creo que no se dio cuenta de nada —apoyó el codo en la mesa y dos de sus dedos debajo de la barbilla—. Pero supongo que no querrás disimular conmigo, ¿verdad?

María acababa de dar cuenta de la fruta y se sentía repuesta del todo. Era como si la mujer de aquella mañana y la de ese instante fueran dos personas diferentes. Sí, era el momento de contarlo todo.

—No sé por dónde empezar.

A su amiga le pareció evidente. Estaba preparada para oírlo de sus labios.

—Hazlo por el principio. Siempre es lo mejor —se reclinó de nuevo en la silla para descansar la espalda. Las piernas perfectamente cruzadas, una sobre otra, para que su cuerpo adquiriera la forma adecuada—. Atando cabos me he dado cuenta de que tú ya conocías a Allen… —Hizo una pausa para que lo que tenía que decir no sonara demasiado brusco—. De forma íntima… De antes; antes de la cena de despedida que di en mi casa para Edward.

Una manera elegante de decir que no había que ser una lumbrera para darse cuenta de que ambos ya se habían revolcado entre las sábanas como animales antes de que ella se lo presentara; sí señor.

—Podría decirse que éramos viejos conocidos —dijo María sin querer ahondar demasiado en explicaciones.

Aunque ya lo había supuesto, la constatación de los hechos pareció asombrar a Karen, que la miraba con la cabeza ligeramente ladeada y los labios fruncidos. Había estado preguntando aquí y allá, y la respuesta más lógica era que ese tal Allen y María fueran antiguos novios y que aquel tipo hubiera vuelto a aparecer en el momento más inoportuno. Lo que no terminaba de entender era cómo María se estaba dejando seducir. Soltó el aire contenido en sus pulmones en una exhalación que sonó a un quejido, esbozando después una sonrisa que contradecía a sus ojos fríos, helados.

—Nunca me habías dicho que habías tenido otro novio antes de Edward. De hecho… —pero por la expresión de María se acababa de dar cuenta de que no era eso exactamente—. Ya —dijo, y de nuevo hizo una pausa—, no fue antes de Edward.

A María no le era fácil contar todo aquello. Estaba viendo cómo su amiga se convertía en un juez implacable a cada palabra. Había supuesto que Karen no toleraría nada de aquello, pero aun así la había subestimado; su capacidad de intransigencia era muy superior a lo que sospechaba. Sin embargo, no quiso mentirle. Si no se lo contaba a ella, que era su persona más cercana… ¿a quién?

—Fue hace dos años —el Bloody Mary le ayudó a aclarar la garganta—. Cuando Edward se fue unos días al norte para solucionar asuntos de su madre y tú tenías una boda en Kent.

María tenía la impresión de que su imagen se iba desmoronando a pasos agigantados en el cuadro perfecto que su amiga tenía de ella. Acababa de dejar de ser la mujer complaciente, la amiga solícita, la novia obediente. La que no daba problemas y podía ser llevada a cualquier parte.

—Un lío de un fin de semana —dijo Karen, como si por el hecho de haber engañado a su prometido durante un espacio corto de tiempo pudiera llegar a considerarse una falta menor.

—De una hora —le aclaró ella, porque no quería reconstruirse con mentiras—. Pagué por una hora de sus servicios.

Aquello sí que fue un auténtico mazazo para su amiga. Parecía que le faltaba el aire en los pulmones. Ahora sí que era inaceptable. El factor cauterizador del tiempo acababa de desaparecer. A pesar de su ofuscación, lo primero que le vino a la cabeza fue que tendría que hablar muy seriamente con Elissa para que no volviera a presentarse en su casa con malas compañías. Apartó aquella idea de la cabeza y se llevó una mano al pecho antes de contestar.

—¿Me estás diciendo que ese hombre… —le costaba encontrar la palabra correcta—, que ese Allen es un… gigoló?

—Así lo conocí, sí —confesó sin pudor.

Se hizo el silencio entre ambas mujeres. En cierto modo, María ya había adivinado hacía tiempo que en cuanto dejara de ser la mujer que todos querían que fuera no podría contar, por ejemplo, con su amiga Karen. Ahora se preguntaba por qué lo había consentido. Por qué había tenido esa necesidad de satisfacer a todos a costa de ella misma.

—¿Y por qué no me lo has dicho antes? —dijo Karen sin terminar de entenderlo, buscando una explicación que lo hiciera posible—. Yo te hubiera ayudado a quitártelo de encima… ¿Te está chantajeando?

María suspiró porque se daba cuenta de que aquella conversación también marcaba un antes y un después entre ellas dos.

—Karen, no quiero quitármelo de encima —adelantó la mano para tocar la de su amiga, pero ésta la apartó sin darse cuenta, como si pudiera pegarse todo aquello—. Pero necesito descubrir qué está pasando, qué ha sucedido en mi corazón como para haberme puesto en ridículo delante de ti y de mi suegra sin el menor pudor. ¿Quién soy ahora?

Karen la miraba asombrada, como si aquella María fuera otra persona que hubiera ocupado el cuerpo de su amiga.

—No lo estarás diciendo en serio, ¿verdad?

—Pocas veces he hablado más en serio.

María la siguió con la mirada cuando esta se levantó de la silla y anduvo por el salón. Casi podía oír cómo discurrían sus pensamientos al compás de sus tacones sobre el entarimado de madera. Cómo se desmoronaba el ideal que se había compuesto de ella hasta convertirse en una mancha de lodo.

—¿Y Edward? —preguntó finalmente volviéndose hacia su antigua amiga—. Sois el uno para el otro. Si se entera de que hace dos años..., de que ahora, delante de sus narices... —Cruzó los brazos sobre el pecho—. No puedo aprobarlo. Entiéndelo.

Si supiera cuánto había pensado en Edward. Que su vida entera la había diseñado para que él fuera feliz, modelándose día a día a imagen y semejanza de la mujer que él siempre había soñado, aunque eso supusiera encerrarse a ella misma en un lugar recóndito donde apenas le quedaba aire para respirar. Si supiera que su beneplácito, el de Karen, le importaba en aquel momento un bledo.

—No lo hagas —dijo María con una voz tan clara que casi le asustó—. No lo apruebes —quizá por primera vez en muchos años quería ser ella misma la que juzgara sus propios actos y no dejarse llevar por las impresiones de los demás—. Lo único que te pido es que no le digas nada a Edward. Hablaré con él el lunes. Contarle todo esto es una responsabilidad que debo asumir yo

Ahora Karen parecía no comprender nada de nuevo. Le había sido infiel a aquel hombre perfecto con un tipo que cobraba por metérsela a señoras maduras... ¿Qué más daba una día u otro?

—¿Por qué el lunes? —preguntó con la cabeza muy alta, marcando la distancia.

María acababa de comprender que todos estos años había estado sola. La que había creído su mejor amiga estaba allí delante, juzgándola, cuando lo que debía de hacer una amiga del alma era consolarla e intentar entender qué estaba sucediendo. ¿Tan bien se había camuflado bajo la apariencia de la mujer perfecta como para no haber sido capaz de encontrar, siquiera, a una buena amiga?

—Nos vamos juntos de fin de semana —dijo María con voz fría—. Allen y yo. No lo entenderías. Es algo que tengo que hacer y no, no voy a acostarme con él. El lunes espero tener una respuesta de qué diablos quiero hacer con el resto de mi vida. Y si no es así, será el otro lunes, o el siguiente, o cuando diablos tenga que suceder.

El rictus que adoptó Karen le erizó el suave vello de sus brazos. Era de suficiencia, desprecio, incomprensión.

—Todo esto es una locura y lo sabes —sentenció a cierta distancia, como si aquello pudiera contagiarse—. Un tipo así nunca podrá hacerte feliz y tú no tienes suficiente dinero como para pagarle. Esos hombres solo quieren a las mujeres por su cuenta bancaria. Lo sabes muy en el fondo, dentro de ese corazón que cada vez se revela más oscuro. Cuando se dé cuenta de que todo el dinero viene de Edward, de que tus padres....

—No tengo por qué darte más explicaciones, pero Allen ya no... Dejó de verse con mujeres hace tiempo —dijo por encima de todo aquello. De todos los razonamientos que Karen se empeñaba en arrojarle a la cara.

—¿Te lo ha dicho él? —María se dio cuenta de que había estado enajenada ante la verdadera naturaleza de aquella mujer. ¿Tan cegada estaba por la vida cómoda que le ofrecía Edward?—. ¿Y qué te iba a contar ese tipo? —continuó Karen con desprecio—. ¿Cómo te iba a seducir sin mentirte? Claro que sigue siendo un maldito gigoló. Eso no se deja así como así —intentó controlar la indignación que la embargaba—. María, siempre me has parecido una mujer inteligente y ésta es la cosa más estúpida que vas a hacer en tu vida. Te sacará el poco dinero que tienes y te dejará. Siempre es así con este tipo de hombres, y eso también lo sabes. Y entonces…, ¿qué harás? No creo que Edward vaya a perdonarte. No creo que se vaya a quedar con las sobras.

No. No estaba preparada para recibir todo aquello. Aún no era lo suficientemente fuerte.

—Confío en él. Sé que no me mentiría —dijo intentando mantener la seguridad en la voz que empezaba a flaquearle—. ¿Por qué no quieres entenderme? No puedo dirigirme a un altar para decirle sí a Edward teniendo estas dudas en el corazón. Allen y yo únicamente hablaremos. Intentaremos encontrar una explicación a todo esto. Y el lunes puede que todo vuelva a ser como siempre ha sido.

—Eres una ingenua —soltó Karen con un rictus de asco tan evidente que María se estremeció—. Claro que te seducirá, claro que habrá sexo, y del bueno, claro que caerás en sus garras. Y Edward también es mi amigo. No me pidas que le mienta.

No había nada más que hablar. Todas las palabras habían sido dichas. Ahora solo quedaba que Karen tuviera un poco de piedad y no llamara a Edward en cuanto saliera de allí. Si él aparecía, no sería capaz de irse con Allen, y quizá su vida fuera gris, oscura para siempre. Brillando solo en los ojos de los demás.

—No te lo pido —fue lo que dijo, poniéndose de pie para que Karen entendiera que habían terminado—. Yo seré quien se lo diga a Edward tanto si es para rogarle perdón y arrojarme a sus pies, como si es para dejarlo para siempre. Así que déjame que lo haga yo. Creo que eso puedo exigírtelo, al menos por los años que hemos sido amigas.

Karen seguía manteniendo aquel gesto arrogante, suficiente, muy alejado de lo que una amiga destrozada y confundida necesitaba. Por un momento, solo por un momento, le pareció ver un lejano brillo de piedad. Pero duró tan poco que se preguntó si no había sido una mera jugada de su cerebro.

—Tengo que irme —anunció mientras cogía el bolso y se dirigía a la puerta—. Aunque ahora te parezca una vieja arpía, todo lo que te he dicho ha sido por tu bien. —Antes de salir añadió—: No sé si podré ocultarle toda esta basura a Edward... Y lo de que hemos sido amigas... Eso ya no existe.

María asintió. Solo en ocasiones podemos ver la verdadera naturaleza de los que nos rodean, y esa era una de aquellas.

—Haz lo que creas oportuno —dijo antes de que Karen desapareciera—, y ahora debo hacer la maleta.

23

Karen sabía que a esa hora de la mañana encontraría a Margaret paseando a su perro por los alrededores del museo Fitzwilliam. Se lo había comentado en alguna conversación y ella nunca olvidaba detalles de ese tipo. Aquel desagradable incidente con María la tarde anterior la había obligado a madrugar más de lo que recordaba. Para llegar a tiempo había tenido que pedir que la despertaran a las seis de la mañana y soportar la cara de sorpresa de su chófer cuando le había anunciado que saldrían temprano a hacer una visita. Pero cuando vio a Margaret aparecer por una de las arboledas en ropa deportiva, supo que había merecido la pena el esfuerzo.

—Karen —exclamó sorprendida la suegra de María al verla llegar—. Jamás esperé verte por aquí y menos a estas horas… —Su rostro alegre y relajado se crispó cuando comprendió que aquel encuentro no podía ser casual—. ¿Ha sucedido algo? ¿Mi nuera está bien?

—Tranquila —se apresuró a decir ella. No quería que a aquella vieja le diera un patatús—. Todo está perfecto, pero no podía dejar de ver cómo te encontrabas tú después del desagradable incidente de anteayer.

Al instante Margaret supo que la visita no iba a ser agradable. Nunca le había gustado aquella mujer. Demasiado superficial. Demasiado controladora. No entendía cómo su hijo, y sobre todo María, la consideraban su mejor amiga.

—¿Yo? —le contestó Margaret frunciendo el ceño—. Estoy perfectamente. ¿Por qué debería encontrarme mal? Apenas bebí.

Karen, con su mirada más inocente, negó con la cabeza. Margaret se había cruzado con otras personas así: lobos con piel de cordero con una capacidad innata para encontrar los puntos débiles de los demás y regodearse destruyéndolos.

—Me refería —dijo Karen en voz baja— al comportamiento de María.

Margaret estaba rígida. Mantenía muy cerca la correa de su setter irlandés. El perro parecía notar la tensión y no apartaba la mirada de la otra mujer.

—Mi nuera es perfectamente capaz de cuidar de sí misma —le contestó sin importarle si Karen se sentía ofendida—. Aun así te lo agradezco. —Debía alejar a aquella arpía lo antes posible—. Voy con un poco de prisa. Gracias por venir.

Intentó avanzar, quitársela de en medio, pero Karen se interpuso en su camino.

—Verás, no quiero ser demasiado impertinente, pero… —y sabía que lo sería—. ¿Estás segura de que todo marcha bien entre tu hijo y María?

Ahí estaba. Sabía muy bien para qué había venido. No era tonta. Ella había estado en la despedida de soltera y lo había presenciado todo.

—No es a nosotras a quienes toca solucionar eso —repuso.

Karen estaba sorprendida. Cuando habían hablado por teléfono la mañana anterior, le había extrañado que Margaret no quisiera hablar sobre el tema, a pesar de que ella había sugerido en más de una ocasión la feliz coincidencia de encontrarse con Allen durante el té. Sin embargo, entonces solo tenía una vaga idea de lo que estaba sucediendo. Ahora lo sabía. Lo sabía por boca de María, y aquella vieja estúpida seguía sin querer verlo. Decidió ser más clara.

—Parece que María y ese hombre, Allen, se conocen de antes. Puedo confirmártelo.

Margaret tuvo que respirar hondo para no soltar un improperio. No quería saber. No necesitaba saber. La vida era responsabilidad de cada uno; una lección que se había encargado de imprimirle este mundo con sangre en el pecho hacía ya mucho tiempo.

—Karen, eres amiga de mi hijo —dijo con toda la paciencia de que era capaz—. Ellos te aprecian. Si los años me han enseñado algo, es a respetar las decisiones de cada uno y a no meterme en la vida de los demás —esbozó una sonrisa crispada—. Te recomiendo que hagas lo mismo. Vas a ser más feliz. Si tienen problemas son ellos los que deben solucionarlo no nosotras. Y ahora, si me disculpas…

Intentó alejarse de nuevo, pero Karen le cortó el paso otra vez.

—¿Aunque tu nuera vaya en este momento camino de no sé dónde con aquel tipo a pasar un fin de semana romántico mientras tu hijo sigue en la inopia?

Ya estaba dicho. Ella era más sutil, pero aquella mujer exasperante lograba sacar lo peor de sí misma. Margaret se había quedado mirándola, analizando cada rasgo de su rostro, intentando comprobar si era verdad o solo una carga de veneno de aquella víbora.

—¿Es eso cierto? —preguntó al cabo de un tiempo que se hizo demasiado largo.

Karen asintió.

—Me lo ha confesado ella misma. Ayer, mientras me preocupaba por cómo estaba.

La noticia la había trastornado. Edward y su hija eran todo lo que tenía en aquel mundo. Y sabía cómo amaba a María. Desde siempre, con un cariño tierno e infinito. Sintió rabia y dolor. Aun así consiguió que aquellos sentimientos no se reflejaran en su rostro.

—Conozco a María desde que era una niña —dijo con cuidado, midiendo las palabras—. Y confío en ella —en esta última frase se detuvo un instante—. Si lo que me estás diciendo es verdad, si durante dos días… —prefirió no verbalizar lo que su nuera y aquel tipo pudieran hacer ese fin de semana en ausencia de su hijo—. Confío en ella —repitió—. Seguro que es por el bien de ambos. De Edward y de ella. Sé que hace lo que cree correcto.

La desilusión y la inquina se reflejaron en el rostro de Karen. No había esperado aquello. Una madre en condiciones habría montado en cólera, habría llamado en aquel mismo momento a Edward para que lo pusiera todo en orden y telefoneara a María hasta que entrara en razón. Pero aquella no lo era. Todo el mundo sabía que había desatendido a sus hijos después de lo del accidente.

—Eres demasiado confiada —dijo Karen con desprecio.

Margaret, por un instante, sonrió satisfecha a pesar del dolor. No, no iba a darle el gusto a aquella arpía. Si los problemas entre su hijo y su prometida habían alcanzado aquella dimensión, eran ellos quienes debían solucionarlos.

—No voy a ser yo quien llame a Edward para decirle que su prometida lo engaña con otro —dijo sin apartar la mirada de sus ojos—. Si es cierto lo que me has contado, voy a dejar que lo haga ella misma. María. Es algo que le debo. Es algo en lo que creo.

A Karen le entraron ganas de abofetearla. Era una vieja sentimental e imbécil. Tendría que hablar con Edward de su madre. Un joven con su proyección no podía dejarse ver a menudo con una madre así.

—¿Aunque la boda tenga que suspenderse? —apuntilló, intentando encontrar un argumento que la hiciera reaccionar.

Margaret la apartó a un lado con la mano.

—Aunque el planeta tenga que desintegrarse, confío en las personas y confío en María —repuso con firmeza volviéndose un instante—. Si es algo que ella necesita hacer antes de casarse, tiene mi bendición. —Viendo que la otra intentaba seguirla, apuntilló—. Y ahora quiero desayunar sola y no deseo atragantarme.

24

«Al menos hace un día espléndido», pensó María mientras disfrutaba con la cálida brisa que acariciaba los invisibles vellos rubios de su antebrazo apoyado en la ventanilla del coche. Ya habían recorrido muchas millas y una sensación olvidada de paz aligeraba el peso de su alma que corría tan liviana como aquel vehículo. En el CD, Diana Krall llenaba el habitáculo de notas jazzísticas y de una voz de terciopelo desgarrado. Había amanecido sin nubes y el sol brillaba despejando las brumas del día anterior. Todo presagiaba que sería un fin de semana exultante y que al menos el clima se había confabulado para que ellos dos tuvieran un descanso y pudieran hablar.

Allen había sido puntual. De hecho, ya la esperaba apoyado en el capó de su Bentley cuando ella bajó.

—Temía que no aparecieras —le dijo mientras la miraba con un brillo muy especial en los ojos.

—Pues ya ves, aquí estoy —había contestado ella girándose levemente para que él no notara que se había sonrojado.

—Entonces, adelante —dio una ligera palmada al aire y volvió a observarla—. Por cierto… estás preciosa.

Y lo estaba. Se había puesto un vestido suelto y ligero de color rosa intenso, casi rojo. Cuando lo había visto en el escaparate de una tienda se había enamorado de él. Tenía el color de la vida y también el aire de una existencia sin ataduras; la espalda descubierta, y la tela, ligeramente arrugada, le transmitía sensación de libertad, de cadenas rotas. Desde entonces reposaba en su armario aún con la etiqueta. No sabía por qué no se lo había puesto nunca. Quizá porque desencajaba con la imagen controlada de sí misma que inconscientemente quería dar a los demás.

—Tú también estás bien —comentó ella, ruborizándose otra vez, pero tampoco mentía. Chinos beige y camisa de manga corta celeste que llevaba por fuera, lo que le daba un aspecto informal y arrebatador. Olía a colonia fresca, una mezcla de madera y flores de lavanda.

Tras unos primeros instantes de indecisión, quizá de pudor, Allen metió su maleta detrás y le abrió la puerta del copiloto para que entrara.

—Gracias —contestó ella, acomodándose en un asiento confortable que le recogía la espalda. Se sentía bien y mal al mismo tiempo. Estaba segura de lo que hacía y a la vez se sentía culpable por llevarlo a cabo. Su maldita inseguridad, su incapacidad para tomar una decisión fuera de su ámbito laboral, que jamás la abandonaba. Ahora le asaltaban más que antes imágenes sobre su boda. En los últimos meses apenas había pensado en ella, pues Karen se ocupaba de todo. Sin embargo, ahora veía a Edward impecable con el frac esperándola frente al altar, veía a su madre vestida de azul mirándola desde la primera fila con una mezcla de orgullo y aprensión, se veía a sí misma avanzando por el pasillo central mientras aquella duda terrible la asaltaba a cada paso...

—Pensé que sería buena idea —dijo él cuando al fin tomó asiento frente al volante, y le ofreció a María una bolsa de papel marrón—. Con poca leche y doble de azúcar.

Dentro había un gran vaso de café humeante y un cruasán tostado untado con mantequilla. María se lo agradeció con una sonrisa. Era exactamente lo que necesitaba. Parecía que se lo hubiera consultado antes de salir.

—Gracias.

El coche arrancó con el rugido de su potente motor y las millas volaron. Al principio había más vacío entre ambos de lo que le hubiera gustado a María. Silencios largos y densos que no sabía cómo resolver. Lo miraba de reojo, pero él conducía satisfecho, con la vista atenta a la carretera, con el destino de todo aquello claro en su mente. Poco a poco, se dio cuenta de que no era necesario forzar una conversación. De que con Allen no era preciso hacer aquel tipo de cosas. Descubrir aquello fue como si desinflara un globo, y al fin se relajó. Disfrutó del desayuno mientras el Bentley de Allen salía de Londres, dejando la ciudad atrás. María solo sabía que se dirigían al oeste, pues el sol proyectaba su sombra delante de ellos, pero no preguntó; le daba igual el destino. Quizá Bristol, quizá Southampton. No le importaba, con tal de que la enorme ciudad quedara atrás y con ella sus fantasmas.

—¿Eres de Londres? —le preguntó él de improviso en algún punto del camino.

—Sí, aunque mis padres vinieron de España hace unos cuarenta años.

Él se giró un momento para mirarla boquiabierto.

—Vaya —dijo sorprendido y divertido a la vez—, tengo yo más pinta de latino que tú.

Y era verdad, con el pelo oscuro, casi negro, y la piel que se tostaba al mínimo atisbo de sol. Solo los ojos azules podían desentonar.

—Y del sur además —le aclaró ella recostada en el asiento, recordando los días cuando era niña y viajar a Andalucía era algo exótico, maravilloso, un recuerdo repleto de personas que la querían—. Vinieron a buscar trabajo y se quedaron. Después nací yo.

—¿No tienes hermanos? —Cuando hablaba se giraba un momento, le buscaba los ojos, y cuando estaba seguro de que ella lo miraba, sonreía para volver la atención al tráfico.

—No —siempre lo había echado de menos. Chico o chica—. Trabajaban mucho. No tenían tiempo de criar a más niños y mi padre murió muy joven.

—Lo siento —dijo Allen con sinceridad. Él tenía la suerte de conservar a sus padres y no quería ni pensar en cómo hubiera sido la vida sin ellos.

A María le costaba hablar de todo aquello. Era como si lo hubiera guardado en una preciosa caja de espejos, muy cerca de su corazón, como un tesoro que solo podía visualizar ella misma, en compañía de su soledad.

—No sé si sabías que los dos trabajaban para los padres de Edward —dijo sin que él le preguntara. A Allen no le agradó que su rival apareciera en la conversación. Se había propuesto esquivarlo durante ese fin de semana, pero se daba cuenta de que iba a ser más difícil de lo que esperaba—. Mi madre se encargaba de la casa y mi padre gestionaba las tierras que su familia tenía al norte: la finca, el ganado, los cultivos. Lo veíamos poco porque siempre estaba de viaje.

Sí, pensó Allen. Edward era importante para ella y lo iba a ser siempre. No podría actuar como si nunca hubiera existido.

El coche comía millas al límite de la velocidad permitida, siempre buscando dónde se ponía el sol.

—Así que conoces a Edward desde niña.

—Casi desde que nací —recordarlo le arrancó una sonrisa—. Entonces su familia aún vivía en Londres. En una casa enorme, y nosotros habitábamos la zona de servicio. Más adelante las cosas se pusieron mal para todos. El padre de Edward tuvo un accidente de tráfico. Lo acompañaba mi padre. Ambos murieron.

Cuando la miró, esta vez había una sombra ligera en sus ojos. La sintió como suya. El viento jugaba con su pelo ceniza, que rozaba sus labios. Ella lo apartaba, pero insistía en jugar con su boca. Allen tuvo que dejar de observarla.

—¿Qué edad tenías entonces?

—Era muy pequeña. No había cumplido los siete —sonrió—. Casi no me acuerdo de él. Pero las cosas empezaron a irnos mal a todos. La madre de Edward tuvo que vender parte de las tierras, la casa de campo, y necesitó empezar a trabajar para pagar algunas deudas. Mi madre no la dejó en la estacada, aunque Margaret apenas podía pagarle. Tiene un enorme sentido del deber, ¿sabes? Fue una época rara y dolorosa. Entre ellas dos… A veces pensaba que solo había odio y otras, un amor intenso. Habían perdido juntas a sus compañeros y en aquellos momentos solo se tenían la una a la otra.

Aunque sabía que Edward era un duro competidor hasta aquel momento no se había dado cuenta de hasta cuánto.

—Así que sois novios… desde niños.

—No —dijo ella como si acabara de decir una barbaridad—. Cuando vendieron la casa nosotras nos mudamos al este de la ciudad y Margaret y sus hijos a Cambridge. Un tío suyo le consiguió a Margaret un puesto en la universidad con el que salir adelante. Pero mi madre hacía todos los días una hora de tren a la ida y otra a la vuelta para realizar su trabajo y algunas veces yo la ayudaba, o me quedaba estudiando mientras ella terminaba.

María muy pocas veces se acordaba de aquella época donde pasaba tantas horas en el tren que sus amigos eran los revisores y los mendigos que hacían la ronda a esa hora. Fue una época de su vida donde todo podía cambiar de un día a otro. Una época feliz y desdichada a la vez. Nunca le había preguntado a su madre por aquella fidelidad; para Margaret hubiera sido más fácil buscar a alguien del pueblo que la ayudara, y para su madre más sencillo buscar un nuevo trabajo en la ciudad. Sin embargo, nada de eso sucedió.

—Una de aquellas veces —prosiguió—, el niño rubio y taciturno que me espiaba desde el salón se atrevió a hablarme por fin. Estaba muy nervioso, las mejillas encendidas. Más tarde supe que incluso lo había ensayado. Me pidió que fuéramos novios —recordar a Edward era como volver al lugar donde había nacido. Un espacio seguro—. Yo le dije que sí como si hubiera contestado cuando me preguntaban la hora. Tenía once años. Pero él se lo tomó muy en serio. Aún hoy en día cuenta que empezamos a salir en aquel momento y celebra nuestro aniversario en esa fecha —sonrió sin darse cuenta—. Pero en verdad fue en unas vacaciones de la universidad. Cuando yo volvía de España. Bebimos, tonteamos y terminamos juntos.

—¿En la cama? —dijo él a posta, para alejar de allí cualquier recuerdo demasiado romántico vinculado a Edward.

—No te voy a dar todos los detalles —dijo más en broma que escandalizada.

—Vaya —chasqueó la lengua.

Ella lo miró como si acabara de volver de un país lejano. Y ahora iba en busca de sí misma, arrastrando millas, al lado del hombre del que su ex mejor amiga le había advertido que nunca podría fiarse.

—A partir de ahí no sé muy bien qué pasó —dijo apartando aquel asunto—, pero he llegado a este punto casi sin darme cuenta.

El coche siguió circulando, cada vez más al oeste. ¿Cuánto tiempo llevarían? ¿Tres? ¿Cuatro horas? Habían parado a descansar, apenas estirar las piernas y tomar un sándwich, pero el tiempo parecía contraído, como si hubieran atravesado una barrera espacial.

—Se parece en algo a la historia de Cenicienta —comentó Allen mucho tiempo después. Había estado meditando sobre todo aquello. Había visto a una niña preciosa y rubia acompañando a su madre en el tren mientras hacía los deberes de estación en estación. Había percibido la complicidad de dos mujeres que habían perdido a sus maridos juntas y solo se tenían la una a la otra. Había visto a dos niños tan distintos que solo los unía la desgracia y la soledad.

—Mi madre es una buena mujer —dijo María sin atisbar la profundidad de aquella afirmación—, pero nunca ha aceptado que Edward y yo… —Se detuvo un instante. Aquello no se lo había confiado jamás a nadie—. Piensa que más vale ser cabeza de ratón que cola de león. Que siempre seré la hija de la criada y que llegará un momento en que tendré que pagarlo.

Cenicienta y el príncipe. Porque Edward la salvó de aquella compleja relación que marcaba su madre.

—¿Y Margaret?

—Ella y mi madre se respetan. Se quieren. Creo que darían la vida la una por la otra. Tienen un vínculo extraño. Como una obligación que ni el tiempo ha diluido. Sin embargo, jamás han salido juntas, jamás han tomado un café juntas, jamás han traspasado la barrera que ambas se han impuesto: señora y criada. —Se seguían tratando con un respeto antiguo, aunque sabía que ambas se contaban cosas que jamás conocería el resto del mundo—. Sin embargo, Margaret ha sido como una segunda madre. Y nos animó a Edward y a mí desde el principio. Decía que su hijo estaba enamorado de mí desde la primera vez que me vio, y entonces ambos teníamos pañales. Como ves, es todo muy complicado.

Sí, tenía un duro rival. Lo intuyó el día que estuvieron juntos en un hotel, hacía ya dos años, por la forma tímida en que se había marchado. Lo supo el día que se reencontraron y vio a Edward ponerle la mano en la cintura. Y no le cupo la menor duda al ver cómo María hablaba de él y mostraba toda una vida, minuto a minuto, que contar.

—Y ahora llego yo para complicarlo todo —dijo más para sí que para ella, intentando disculparse.

María se lo quedó mirando un instante antes de hablar. Un gigoló, un hombre que cobraba por hacerle el amor a las mujeres, y ella estaba poniendo su vida en sus manos.

—¿Sabes que pensaba eso mismo hasta ayer?

Le resultó extraña aquella forma de definirlo.

—¿Ya no lo piensas?

María aún se tomó unos minutos para definir lo que quería decir.

—Sigo creyendo que eres un problema. —Sonrió—. Un gran problema, pero puede que me hayas ayudado a ver mi vida con un poco de perspectiva, y era algo que me hacía falta. Sí, puede que me hayas ayudado más de lo que crees.

Allen la miró a los ojos de nuevo. Eran más transparentes, más sorprendentes que otras veces.

—Así que soy una especie de catalejo —dijo para apartar aquellas ganas irresistibles de besarla que ahora sentía.

—Así es —contestó María segura de sí misma—. Eres un telescopio —pero se ruborizó al instante porque su mente acababa de crear un símil.

Allen prefirió no seguir. Le era difícil, muy difícil resistirse.

En ese momento sonó un teléfono móvil. Allen miró la guantera, pero el suyo permanecía silencioso. María al fin rebuscó en su bolso.

Era Edward.

Permaneció un instante contemplando la pantalla sin atreverse a descolgarlo. Allen debía haberse dado cuenta, pero no dijo nada. De nuevo ella sintió aquella angustia, aquella opresión sobre el pecho. Nunca, jamás había desatendido una llamada de Edward. Incluso en alguna ocasión había salido empapada y tiritando de la ducha porque sabía que era él quien la requería. Ya estaban cerca de su destino. Varias horas de viaje que se les habían pasado en un instante. De pronto el viento cambió y el cielo comenzó a vestirse de gris. María lo tuvo claro, como una revelación. Pulsó durante unos segundos el botón de encendido y el teléfono móvil se apagó con un ligero clic. Después lo arrojó al fondo de su bolso donde iba a pasar desapercibido durante los próximos dos días.

—Vaya, empieza a nublarse —dijo Alllen mirando hacia al cielo. No quería pensar en lo que acababa de suceder—. Esperemos que sea pasajero.

Ella hizo lo mismo. Respiró hondo, recuperando sus fuerzas. No era tanto el color ceniciento del cielo como el viento húmedo, lo que presagiaba lluvia.

—Seguro que sí. Pasará enseguida —comentó, mientras sacaba una mano por la ventanilla y jugaba con los remolinos de aire electrificado.

Aun así el coche comía millas de carretera y Allen se sentía feliz por algo tan simple como que ella estuviera a su lado, no hubiera atendido la llamada insistente de su prometido y en ningún momento le hubiera preguntado a dónde la llevaba.

25

Cuando llegaron a su destino llovía a cántaros. Habían tenido que detenerse un par de veces, pues el aguacero no les permitía ver la carretera y a su alrededor todo era tan gris como si estuvieran dentro de una nube. El fin de semana en la playa que había organizado Allen estaba a punto de irse al traste. Aquel debía ser, con otro tiempo, un encantador pueblo pesquero de la costa norte de Cornualles, famoso por su buen clima y sus playas soleadas, acostado sobre una preciosa bahía y rodeado de un paisaje casi mediterráneo. Pasear por sus calles tenía que ser un placer para los sentidos, una exaltación al amor... Pero hoy no pasaba de ser un borrón oscuro en medio de una tormenta. Al principio les costó distinguir las paredes de piedra gris de las casas, todas iguales ante la uniformidad que les imprimía la lluvia. Podrían estar en cualquier lugar del norte de Irlanda o de Escocia, menos en la soleada costa de Cornualles. Al fin el GPS les dejó frente al hotel tras perderse varias veces.

—Parece un sitio agradable —dijo ella para alejar la desazón de tanta agua, aunque en verdad lo creía. Tenía un pequeño jardín delantero bien cuidado y por su posición, en un día soleado, las vistas al mar Céltico debían ser espectaculares. Se trataba de un hotel de tres plantas, un caserón antiguo con evidente solera, donde, según la página web (le había dicho Allen), se suponía que había pernoctado Guillermo IV en un viaje fugaz hacia Land's End cuando era duque de Clarence y esta una casa solariega. Un cartel indicaba que el aparcamiento para clientes estaba justo detrás.

—Voy a dejarte en la puerta —le dijo él entrando por un estrecho sendero embaldosado— y yo aparcaré donde pueda.

A María le pareció una buena idea porque ahora la lluvia era una cortina apenas rota por el fragor de los rayos que estallaban sobre sus cabezas. Solo tuvo que dar un salto para ponerse a cubierto en el reducido porche. Allen, en el tiempo que tardó en sacar las maletas, se puso empapado.

—¿Te importaría hacer el registro? —le pidió mientras volvía al coche. La camisa se le pegaba al cuerpo como si no existiera—. La reserva está a mi nombre. Allen Smith.

Ella asintió, dándolo por hecho. La temperatura había bajado y hacía frío fuera del automóvil. Se sintió extraña encargándose de aquello. Edward siempre lo hacía. A él jamás se le hubiera ocurrido encomendarle algo así, porque temía que surgiera algún problema que ella no supiera solucionar. El interior era aún más confortable con el aire recargado y decadente de los edificios victorianos. A la derecha había un pequeño salón de lectura, vacío en ese momento, donde crepitaba el fuego en una gran chimenea; a la izquierda, una zona de descanso con dos cómodos *chester* de piel marrón, y al frente la recepción embutida en el hueco central de la doble escalera.

—¿En qué puedo ayudarla? —preguntó el sonriente recepcionista tras el mostrador de madera rojiza. Llevaba un traje impecable con pajarita a juego.

—Tenemos una reserva —dijo ella dándole los datos de Allen. Esperó pacientemente a que aquel hombre los introdujera en el ordenador—. ¿Cree usted que esta lluvia será pasajera? —le preguntó mientras otro trueno estallaba sobre sus cabezas.

—Nunca se sabe —contestó el hombre sonriente desviando un instante la mirada de la pantalla, para volver a ella otra vez—. Cuando el tiempo se empecina, puede estar días enteros así.

María lamentó que hubiera sido tan franco. A pesar de que lo único importante de aquel fin de semana era que pudieran hablar, aquella oscuridad lo teñía todo con un aire triste y melancólico.

—Aquí está —dijo el hombre como si acabara de encontrar algo recóndito—. Señor y señora Smith. Nuestra mejor habitación. Una suite doble con vistas al mar, cama de matrimonio *king size* y baño completo. La misma donde pernoctó Guillermo IV.

Ella parpadeó un par de veces. ¿Cama de matrimonio?

—Ha debido haber un error. —De ninguna manera iba a compartir la habitación con Allen, y mucho menos la cama—. Somos dos. Quiero decir, son dos habitaciones individuales.

El hombre la miró aturdido, como si ella estuviera negando un dogma divino.

—No lo creo —señaló la reluciente pantalla de su ordenador—, aquí dice…

—Supongo que ahí dirá cosas muy interesantes, pero el señor Smith y yo no estamos casados. Y yo lo estaré en cuatro meses, así que…

De nuevo una sonrisa se dibujó en los labios del recepcionista. Era como si acabara de tener una revelación.

—Lo entiendo —dijo juntando las yemas de los dedos—. Y en esta empresa valoramos enormemente las antiguas costumbres. —Volvió a teclear—. En estos momentos, el hotel está completo, pero puedo ofrecerles dos habitaciones individuales en la planta superior, la antigua buhardilla. Son las que ocupan los empleados del hotel en temporada alta, pero en estos momentos estas dos están vacías. No son las mejores pero resultan bastante dignas. Tienen baño, y aunque no sean espaciosas, son las más tranquilas de la casa. ¿Qué me dice?

La otra opción era salir de nuevo bajo aquel aguacero a buscar otro hotel, y eso era algo que no pensaba hacer.

—Bien. Supongo que servirán.

Allen apareció atravesando el salón de lectura. Debía haber entrado por una puerta directa desde el aparcamiento. Estaba empapado desde los zapatos hasta el último cabello de su cabeza. La camisa se le pegaba a los costados y los zapatos rechinaban a cada paso.

—¿Ya está listo? —dijo al llegar a su lado. Aquello debía ser habitual, porque el recepcionista no se inmutó ante su aspecto.

—Señor Smith —le dedicó la misma sonrisa resplandeciente que a ella—, le decía a su encantadora prometida que en estos momentos…

—No soy su prometida —lo atajó María.

Volvió a mirarla dando muestras de que no entendía nada de lo que allí pasaba.

—Por supuesto que no —intentó contemporizar—. Simplemente...

Allen no sabía muy bien qué estaba sucediendo allí, solo que se encontraba empapado, aterido, y que si no se cambiaba pronto terminaría con una pulmonía.

—¿Qué tal si vemos las habitaciones? —dijo para aligerar.

—Por supuesto, señor —contestó el hombre—. Permítame un par de minutos para hacer copia de la documentación y enseguida le entregaré las llaves.

Desapareció tras una puerta al fondo de la recepción, y cuando quedaron a solas, María no pudo evitar echárselo en cara.

—¿Cómo te has atrevido a reservar una suite para los dos? —le preguntó en voz baja.

—No lo he hecho —se defendió Allen sin comprender.

—Pues ese señor nos tenía preparada una cama *king size* para ambos.

Había hecho la reserva el día anterior por teléfono y ahora recordaba que el recepcionista que le atendió, posiblemente el mismo que ahora fotocopiaba su pasaporte, dio tantas vueltas que no estaba muy seguro de qué había reservado al final. Allen creía haber solicitado dos suites con camas *king size*, pero al parecer les habían dado una sola habitación, aquella en la que había pernoctado el rey Guillermo.

—Bueno, hubiéramos dado buena cuenta de ella, ¿no? —dijo Allen para alejar aquel malentendido—. Durmiendo, quiero decir.

Le lanzó una sonrisa inocente que ella encajó bien. Al menos ya tenían sitio donde pasar esa noche. Ya pensarían qué diablos hacer con aquel tiempo.

A los pocos minutos el recepcionista, con sonrisa deslumbrante, les devolvió la documentación y les entregó dos llaves con las indicaciones de cómo llegar a sus habitaciones. No había ascensor y la tercera planta quedaba muy lejos. Allen llevó las maletas porque el botones no llegaría hasta dentro de una hora y él no pensaba esperarlo; necesitaba cambiarse.

Acompañó a María hasta una de las habitaciones y él entró en la contigua, justo al lado. Al menos estaban en la misma planta, una especie de buhardilla oscura y estrecha con puertas muy pegadas unas a otras. De una de ellas salió el recepcionista ajustándose la pajarita. ¿Cómo diablos había llegado antes que ellos si les había dicho que no tenían ascensor? El hombre pareció no reconocerlos y pasó por su lado con paso apresurado y un saludo a medias. Ni Allen ni María quisieron comentar nada al respecto; era evidente que estaban en la planta donde se alojaba el personal.

—¿Quince minutos y nos vemos abajo? —propuso él, pues no necesitaba más para estar listo.

Ella asintió. No sabía a dónde podrían ir bajo un torrente como aquel, pero al menos estirarían las piernas.

Las dos habitaciones eran idénticas. El techo empezaba a inclinarse en mitad de la alcoba, en dirección a la ventana; tanto que hacía impracticable acercarse sin darse un golpe en la cabeza. Había una cama, de la que Allen vislumbró que los pies le quedarían por fuera, un ropero un poco anticuado y una cómoda. El papel pintado de las paredes no era feo, claro y con ligeros ramos de flores. La chimenea estaba apagada y el frío allí dentro era tremendo.

—Bueno —dijo para convencerse—, no creo que nada pueda salir peor.

Antes que nada tenía que cambiarse porque si no cogería una pulmonía. El baño sí era espacioso, blanco del suelo al techo y con una ventana de cristal esmerilado que dejaba entrar la grisácea luz del mediodía. Al menos aquello sí estaba a la altura de lo que esperaba. Si se aligeraba le daría tiempo a darse una ducha bien caliente para desentumecerse después de tantas horas al volante y entrar en calor. Se quitó la ropa a manotazos, arrojándola al suelo sin cuidados. Ya la recogería cuando volviera. Se miró un instante en el espejo; cualquier chica se volvería loca por todo aquello. En cambio, María… Solo de pensar en su nombre notó que su miembro empezaba a despertar.

—Tranquilo, muchacho, tranquilo —le dijo con paciencia.

De un salto entró en la vieja bañera asentada sobre el suelo con garras de león y cuando abrió el grifo del agua caliente un torrente frío como un tempano le cayó encima.

—Uau —gritó entre dientes.

En ese mismo momento la otra puerta del baño se abrió y apareció María en bragas y sujetador. Cuando lo vio dentro de su bañera, tiritando como un condenado, no fue capaz de reaccionar.

—No hay agua caliente —dijo él esbozando una sonrisa de circunstancia mientras ella no podía dejar de mirar al hombre desnudo que acababa de aparecer en su cuarto de baño.

26

—Esto hay que solucionarlo —le había dicho María con las manos apoyadas en las caderas mientras intentaba no mirarlo—, no me apetece verte desnudo cada vez que decida lavarme las manos.

Él la había seguido hasta su habitación aún en cueros para intentar darle una explicación y pedirle perdón… Pero ¿perdón por qué? Él no había hecho nada. Solo accionar el grifo del agua caliente en el que creía que era su cuarto de baño privado.

—No ha sido mi intención —dijo Allen mientras con ambas manos hacía malabares para cubrir lo que podía—. ¿Quién iba a imaginar que esta puerta no era un armario, sino tu dormitorio?

—¿Te importaría taparte? —A esa conclusión ya había llegado ella—. Esto precisamente es lo que quiero evitar.

Él miró hacia abajo. ¿Por qué aquella mujer provocaba en su cuerpo ese tipo de reacciones? Necesitaba una toalla, y rápido.

—Por supuesto que lo haré —dijo un poco enfadado—, pero aquí no hay nada que no hayas visto antes.

—¡Allen! —María estuvo a punto de tirarle una lámpara para que se marchara de una vez.

—Trataré de arreglarlo —repuso él al fin, cruzando el baño hasta su cuarto.

Aunque intentaron explicárselo, el recepcionista, sin perder la sonrisa, daba por hecho que lo del baño compartido ya se lo había expuesto a ambos y había quedado claro. Eran las dos únicas habitaciones que quedaban en todo el hotel. Simplemente tendrían que organizarse un poco mejor para usarlo. Quizá planificando las horas de acceso, quizá con un código de llamadas a la puerta…

Allen prefirió no seguir escuchando sandeces porque la verdad era que aún no se habían cruzado con un solo huésped.

—¿Podría al menos recomendarnos un sitio decente donde almorzar?

El hombre tomó un mapa para trazar círculos y líneas, y allí iban ellos bajo el mismo aguacero con el que habían llegado y ráfagas de viento huracanado, refugiados a duras penas bajo la protección de un paraguas prestado en busca de un *pub* «tranquilo y encantador, ideal para una pareja de enamorados», según palabras de aquel hombre que no lograba enterarse de que ese no era el caso. Los únicos seres vivos que atravesaban el pueblo en aquel momento eran ellos dos. Como si alguien hubiera avisado a los demás de que se acercaba el fin del mundo y era mejor guarecerse.

Allen se había puesto unos vaqueros, camisa, jersey azul y una cazadora de cuero. María también había optado por unos pantalones negros, pero no traía ropa de abrigo, así que sobre una camiseta de manga larga se había envuelto en una *pashmina* y encima se había puesto el chubasquero.

—¿Hay un incendio? —se extrañó ella nada más entrar en el *pub* La Rosa y el León, porque la nube de humo era tan espesa que apenas se vislumbraba la barra.

—Será mejor que pasemos —dijo él resguardándose del aguacero—. Y si vuelvo a decir que nada puede salir peor, por favor, mátame.

La fachada no desmerecía. La típica de madera pintada de un verde rabioso con grandes ventanales decorados con letras doradas y una amplia marquesina con el nombre bien grande sobre cristal negro. Pero cuando se accedía, entraban serias dudas sobre si la rosa y el león que le daban nombre no habían muerto hacía años o asfixiados por el deficiente sistema de ventilación de la cocina o de un ataque de nervios a causa del ruido estridente que había allí dentro. Estaba a tope a aquella hora. Era como si todo el pueblo hubiera decidido quedar en ese punto para celebrar una final de la Copa del Mundo. Hablaban, reían y carcajeaban mientras las jarras de cerveza entrechocaban, los cuchillos desgarraban los platos, el camarero coreaba a gritos la comanda y un loro que a duras penas conseguía sobrevivir a todo aquello repetía desde su jaula cada detalle, como un eco maligno.

—Será mejor que nos quedemos —dijo Allen a una pasmada María, que notaba cómo su estómago se quejaba de hambre—. Ya buscaremos esta tarde un lugar más…

—De acuerdo —contestó ella con una sonrisa resignada—. Ya había supuesto que esto era una aventura.

Allen, con enorme esfuerzo, pudo llegar hasta la barra. El camarero les dijo que en cinco minutos tendrían preparada una mesa para dos y mientras tanto les sirvió dos enormes pintas de cerveza sin preguntarles siquiera.

—Por ti —dijo él apareciendo entre la multitud con el labio superior lleno de espuma blanca.

—¿A ver quién la termina antes?

—De ninguna manera —contestó él—. Recuerda que aún tenemos que crear un código para entrar en el baño compartido y tras tomarme toda esta cerveza no prometo cumplirlo.

Al menos poco a poco entraron en calor y les pareció que, a costa de escucharlo, aquel alboroto se iba disipando hasta volverse un murmullo lejano, aunque persistente.

El camarero les avisó a gritos desde la barra indicándoles con gestos que su mesa ya estaba preparada. Era un velador minúsculo junto a un ventanal, pero justo al lado de la chimenea, lo que les pareció mejor que nada.

—Solo tenemos *fish and chips* y de postre tarta de queso —dijo apareciendo de improviso.

Allen pareció meditarlo, como si la carta fuera tan extensa que no se sintiera capaz de elegir.

—No me decido —le dijo a María muy serio—. ¿Qué prefieres tú?

Ella no pudo evitar soltar una carcajada, aunque se tapó la boca con la mano para que aquel hombre no se molestara.

—¿Uno de cada? —dijo al fin.

—Vaya, eres una mujer arriesgada. Pues dos de cada —concluyó Allen.

—¿Dos pintas más? —señaló el camarero las jarras antes de irse, aunque ambas estaban prácticamente intactas.

—¿Vino tinto? —preguntó Allen con voz de súplica. El hombre se rascó la cabeza como si acabara de exigirle un champán francés famoso porque las uvas se recogían con pinzas de depilar y se besaban una a una antes de pisarlas.

—No sé si habrá.

Ante una respuesta así prefirió no arriesgarse.

—Pues dos pintas más —dijo con bravuconería, esperando que al menos el aseo del *pub* funcionara.

Al otro lado de la ventana, la tormenta seguía arreciando. Allen, por un momento, no supo qué decir. María se había despojado del chubasquero y de la pañoleta, que descansaban ahora en el respaldo de su silla. Aquella camiseta, estrecha y ligeramente escotada, le sentaba realmente bien. Estaba preciosa, con las mejillas encendidas por el calor crepitante de la chimenea y el cabello aún alborotado a causa del viento del exterior. Miraba por la ventana y de vez en cuando a él. Le sonreía levemente, sin saber qué decir, y volvía de nuevo el rostro a las gotas de agua que se estrellaban contra el cristal. De perfil destacaba el volumen perfecto de sus labios. Ligeramente húmedos por la cerveza. Tan apetecibles que… Recordó que una vez recorrieron su cuerpo con tanta pasión y tanta vergüenza contenida que le provocaron el orgasmo más portentoso de su vida. Apartó uno a uno aquellos pensamientos de su cabeza. No podía dejar de desearla, pero era algo más. Mucho más. Tenía que ver con la sonrisa que aparecía en sus labios cuando pensaba en ella. Con la necesidad constante de buscarla. Con la oscuridad que se cernía sobre él cuando no estaba. No se había atrevido a ponerle nombre, pero estaba enfermo de ella. Terriblemente enfermo de una dolencia que se llamaba María y que no sabía cómo se curaba. Ahora estaba buscando un remedio, un ungüento milagroso que la apartara de su cabeza y de sus sueños.

—Ya estamos aquí, intentando encontrarnos a nosotros mismos —dijo Allen para liberar su mente. El calor de la chimenea llegaba hasta ellos como un magma vivificador y el ruido parecía más lejano. Hasta podría decirse que aquel horrible lugar tenía cierto encanto, como la auténtica vida.

—Ya estamos aquí —repitió ella. ¿Realmente aquel viaje serviría para algo? No estaba segura, pero sí sabía que quería hacerlo.

Por un instante no sucedió nada más. Se habían mantenido la mirada muy pocas veces a lo largo de aquellos doce días desde que se reencontraron en casa de Karen. Siempre eran uno u otro, él o ella quien la apartaba. María, porque se sentía turbada ante la presencia de un hombre sobre el que aún no tenía claro qué buscaba en ella. Allen, porque sabía que si la mantenía por mucho tiempo la llevaría a un lugar apartado y le haría el amor como un loco.

—¿Por qué has elegido un lugar como este? —preguntó María con curiosidad. Norte, sur, este y oeste. Ella habría ido a donde la llevara, pero tenía curiosidad por saber por qué precisamente allí.

—Quería que te desnudaras… en la playa, claro —dijo Allen guiñándole un ojo—. Ahora en serio; sol, playa, y comidas al aire libre. Mis padres estuvieron aquí de viaje de novios. No tenían apenas dinero y vinieron en autobús. Ella lo recuerda como el mejor fin de semana de su vida. No dice nada de lo que ocurrió durante esos dos días escasos. Es como un secreto entre ellos dos. Cuando preguntamos, simplemente sonríe y nosotros sacamos conjeturas hasta escandalizarla y hacer que se ría a carcajadas. —Él lo hizo. Sonreír—. Quería que te olvidaras de cualquier cosa que oliera a Londres.

Un recuerdo tan íntimo y personal; el mejor momento de la vida de otra persona… Sin embargo, para que ella olvidara lo que acababa de dejar atrás tendrían que haberla llevado a la Luna, pensó, porque su vida pesaba tanto, era algo tan enraizado, tan anclado dentro de sí misma, que era muy difícil de desterrar.

—Gracias de todas formas —contestó María—. A pesar de la lluvia, de la habitación con baño compartido, de los techos que se escurren hacia la ventana y del agua fría. —Le agradeció el esfuerzo con una cálida sonrisa, porque de verdad sabía que aquel hombre buscaba las mismas respuestas que ella.

De nuevo hubo un espacio de silencio. Allen tomó un trago y ella lo imitó. La taberna fue vaciándose de gente; parecía que la tormenta había bajado en intensidad.

—¿Te he dicho alguna vez que tienes unos ojos preciosos? —le dijo absorto en ellos mientras María veía cómo una pareja se alejaba calle abajo agarrados por la cintura.

—Creo que no —dijo entre cortada y distraída.

Él ladeó la cabeza, como si le hubieran pedido que opinara sobre una obra de arte.

—Pues tiene usted unos ojos de infarto.

María sintió cómo se ruborizaba. Edward jamás le habría dicho algo así. Y si ella se lo reclamaba, contestaba que ya debería saberlo. Que estaba con ella porque era *su chica perfecta*. Aun así, no quiso seguir por ese camino. No estaba allí para acostarse con aquel hombre, para tener una aventura de fin de semana y adiós muy buenas. Estaba allí para descubrirse a sí misma y ver dónde quería ubicarse el resto de su existencia.

—¿Cómo es tu vida ahora? —le preguntó María con cuidado—. Quiero decir, ¿escribes y ya está?

Allen comprendió que aquella pregunta era más una forma de alejar cualquier intimidad entre ellos que otra cosa. Dio un nuevo sorbo a su cerveza antes de contestar.

—Creo que te voy a decepcionar porque tengo una vida bastante corriente. Hago deporte, voy de compras, visito a mis padres, viajo todo lo que puedo y escribo —lo cierto es que desde que lo hacía de forma profesional le ocupaba bastante tiempo—. Suelo levantarme temprano, antes de que amanezca, y es entonces cuando vienen las musas. Yo las espero con una cafetera bien llena, con lápices afilados y papel en blanco. He de reconocer que nos llevamos bien. Empezamos a ser viejos amigos. Así es mi vida, poco más.

Ella sintió curiosidad. No estaba segura de si debía preguntarlo, pero quería saber a quién tenía enfrente.

—¿No hay ninguna...?

—¿Ninguna mujer? —terminó él la frase al ver que ella se atrancaba—. La ha habido, más de una, pero no terminamos de entendernos. Creo que buscábamos cosas distintas. Mi profesión tampoco me permitía tener relaciones muy estables, y en cuanto al sexo... Bueno, tenía a veces más del que necesitaba como para buscarlo fuera del trabajo.

¿Cómo podía ser de otra manera? Era un hombre espectacular, guapo, encantador... ¿Quién podría resistirse? Estaba segura de que solo tendría que decidir cuál quería, soltar un par de sonrisas, llevarla a cenar a un edificio en ruinas y... la víctima caería en la trampa.

—¿Ellas sabían... lo tuyo? —preguntó de nuevo, llena ahora de curiosidad.

Allen sonrió y jugó con su dedo sobre el borde espumoso de la jarra antes de contestar.

—Nadie me puso una pistola en la sien para hacer aquello. Es algo que decidí siendo muy consciente de dónde me metía. —La miró un instante a los ojos antes de volver al borde espumoso—. Así que la respuesta es sí. Ellas supieron en todo momento con quién estaban. Igual que tú ahora. —Volvió a sus ojos, a aquellas dos maravillas verdosas—. Con un tipo que cobraba bastante dinero por hacer pasar una noche de placer a quien quisiera pagarlo.

Y ella lo había pagado. Y todo lo que ahora sucedía tenía su origen en aquella terrible equivocación.

—¿Cómo era aquello? —le preguntó María. Quería preguntárselo desde hacía tiempo, pero no se había atrevido.

Allen buscó la manera de decírselo. A pesar de todo, no era un tema que tratara a menudo.

—Había una agencia —dijo ensimismado en pensamientos que ya eran antiguos, como si no le hubieran acontecido a él—. Algo muy serio. Ellos se encargaban de contactar con las clientas y reservar el hotel. Cuando alguien requería mis servicios, me mandaban un mensaje con la fecha, el lugar, la hora y el tipo de servicio. Yo hacía mi trabajo, cobraba lo estipulado y pagaba a la agencia el quince por ciento. Algo muy transparente. Una transacción comercial como cualquier otra. A veces tenía la sensación de que aquello podía ser algo normal.

—Me refería a las mujeres —repuso María. Lo que le contaba ya lo había supuesto. Ella había acudido a esa agencia donde le enseñaron un catálogo con la mercancía.

—Había de todo —continuó Allen, empezando a sentirse incómodo por la forma en que ella lo miraba—. Desde universitarias adineradas que querían divertirse una noche, a damas entradas en años que querían recordar viejos tiempos. A veces era una hora, otras una noche completa, y otras las acompañaba en algún viaje durante varios días. Mi objetivo era que volvieran a llamarme otra vez, y he de reconocer que tenía un don especial para fidelizar a mis clientas. —Sonrió.

María estuvo de acuerdo con él. Aquel hombre había poblado sus sueños más húmedos durante los dos últimos años. Estaba hablando con todo un profesional del sexo, mientras que ella era una novata monógama.

—¿Y a todas les hacías lo mismo… que a mí?

Él sonrió y la miró con la cabeza inclinada. Debía reconocer que lo prohibido era atractivo y su antigua profesión tenía mucho de aquello. Solo recordar lo que le hizo aquella noche le ponía la piel de gallina.

—No te puedo contar siquiera cómo fue la última vez que estuve con una mujer —Allen se pasó la mano por el cabello. No quería seguir hablando de aquello porque la deseaba tanto que no estaba seguro de poder contenerse—. Todas las veces son distintas. Incluso con la misma mujer.

Ella se dio cuenta de que había sido demasiado directa

—No he querido ofenderte —dijo, más pensando en sí misma que en él, aunque no pudo evitar lamerse los labios.

—No lo has hecho —Allen chasqueó la lengua y dio otro largo trago—. Me gusta el sexo. Y mucho. Y me pareció que no era una mala forma de ganarme la vida. Mientras duró.

—Una forma extraña, al menos —repuso ella, pese a lo que Allen le había dicho... ¿Le habría mentido?—. ¿Sigues teniendo clientas, clientas esporádicas?

Allen empezaba a darse cuenta de que para ella su pasado podría ser un impedimento insalvable.

—Creo que ya te dije que lo había dejado en su momento. —La miró de forma maliciosa—. Si decido retomarlo, te avisaré. Podemos continuar donde lo dejamos. ¿Qué te pareció a ti?

—No estuvo mal —respondió ella tapándose el rubor con el gesto de llevarse la jarra a la boca.

—¿Cuatro orgasmos y no estuvo mal? —exclamó él divertido.

A María recordarlo le provocaba un escozor delicioso allí abajo, pero de ninguna manera se lo iba a decir a él.

—Pero todo en la vida no es el sexo —confesó él—. Por eso estoy aquí. Por eso estamos aquí, ¿no?

La mesa se iluminó de improviso. Fue como si estuviera llena de alcohol de quemar y alguien hubiera arrojado una cerilla.

—¡Vaya! —Allen tardó un instante en comprender que era el reflejo exterior—. ¿Esto es un rayo de sol?

María miró por la ventana. Fuera las paredes brillaban doradas por la caricia del astro rey y los charcos refulgían como si la luz proviniera de ellos.

—Es todo un mar de sol —dijo maravillada por tanta luz.

El camarero apareció a su lado. Apenas habían dado cuenta de la primera cerveza y la segunda ronda seguía intacta.

—¿Quieren otra pinta? —preguntó aun así.

Allen decidió pasar. Si por ese hombre fuera, los volvería alcohólicos.

—¿Crees que esto durará mucho? —le preguntó señalando la luz increíblemente dorada que entraba a raudales por los ventanales.

—Al menos el resto de la tarde —dijo con seguridad—. No creo que volvamos a ver una gota de agua en los próximos días.

—Podremos dar un paseo sin peligro —propuso María encantada de poder al fin hacer algo que no fuera empaparse de un lado al otro del pueblo.

—Por supuesto —dijo el camarero pasando un paño por la mesa con tal maestría que esquivó sin problemas las jarras de cerveza—. Vayan hacia el oeste por el camino de la costa y les garantizo que no se arrepentirán.

27

Edward volvió a colgar el teléfono. A pesar de tenerlo en silencio, el vibrador no dejaba de importunarle. Era la quinta vez que le colgaba a Karen en los últimos quince minutos. ¿Qué diablos querría ahora? ¿Saber si debían servir en la boda vino de Burdeos o de La Rioja? A pesar de que la quería, esa mujer llegaba a ser extenuante con aquella manía de que todo tuviera el «aire adecuado». Parecía estar oyéndola: «Vamos a organizar una boda, no una reunión del sindicato de obreros». ¿Y a él qué más le daba si el vino era francés o español, si las flores eran de Holanda o importadas de Sudáfrica, si su corbata era malva o azul lavanda? Había delegado la preparación de su boda precisamente para no tener que preocuparse por aquellos detalles sin importancia. Sin embargo, en los últimos meses solo oía hablar de cuántos camareros debían servir las mesas, si este o aquel cáterin era el adecuado o si su madre debía llevar sombrero en vez de tocado. ¿Y dónde diablos estaba María? La había llamado un par de veces esa mañana. La primera juraría que le había colgado y la segunda la voz de una operadora decía que no estaba disponible. Empezó a impacientarse. Era incapaz de prestar atención a la clase magistral que en aquel momento estaban impartiendo sobre los últimos avances en cirugía estereotáctica. Intentó concentrarse en sus apuntes. Al día siguiente tenía que llevar todo aquello a la práctica y, si no estaba preparado, Marcel lo sabría al instante…

El teléfono volvió a insistir y Edward supo que tenía que atenderlo. Pidió disculpas a su compañero de mesa y con sumo cuidado abandonó el aula. Ya fuera, intentó refrenarse para no decir todo aquello que tenía en su cabeza.

—Karen, ¡por Dios! —exclamó en voz baja, pues se aprovechaban las aulas el fin de semana para impartir los másteres, y no quería molestar—. Espero que sea una urgencia, si no tendremos que hablar muy seriamente.

—*Tienes que volver a Londres* —dijo la voz glacial de su amiga—. *Hoy mismo.*

Por un momento no la entendió. Esperaba algún comentario cínico seguido de una pregunta insustancial. Al instante pensó en su madre, en María…

—¿De qué diablos estás hablando? ¿Qué ha pasado?

Al otro lado Karen titubeó. Por algún motivo no le estaba resultando tan fácil como esperaba. Ella no quería hacerle daño, pero no podía consentir aquella situación.

—*No sé cómo decírtelo, yo…* —dijo dubitativa.

—Karen, suéltalo ya —la apremió Edward—. Estás consiguiendo ponerme nervioso.

Y lo estaba. Por lo pronto se esperaba lo peor. Un accidente, una imprudencia en la carretera, un paso de peatones cruzado al azar. Karen sabía que no podía dar más rodeos, así que lo soltó de sopetón.

—*María se ha marchado.*

—¿María? —En cierto modo sintió alivio. Ya habían pasado por su cabeza imágenes oscuras. Sin embargo, seguía sin comprender—. ¿A dónde?

—*Más bien… ¿con quién?* —lo corrigió ella.

Aquello era un verdadero galimatías. No entendía nada. ¿Qué le estaba queriendo decir? Al día siguiente tenía un examen, estaba perdiéndose lo mejor de la clase y aquella mujer decía cosas que él no comprendía.

—Dime de una puta vez qué sucede —exigió en voz más alta de lo que esperaba.

—*Ella y Allen* —la voz de Karen había vuelto a ser serena, con aquel deje de desprecio que utilizaba habitualmente—, *aquel tipo simpático que invitaste a la barbacoa. Tienen una aventura.*

Lo entendió perfectamente. Karen acababa de decirle que su prometida le era infiel. Que María se acostaba con otro. Sin embargo, su mente se negaba a aceptarlo. La conocía desde siempre. Lo hubiera notado. Lo hubiera sabido solo con mirarla a los ojos. Debía de haberse equivocado. Eso era. Un maldito error.

—Eso que me dices… —dijo sin estar muy seguro— no puede ser.

—Me lo ha dicho ella misma. —Ya sabía que no la creería a la primera—. *En estos momentos van camino de un romántico fin de semana juntos, lleno de sexo.*

Edward negó con la cabeza, como si Karen estuviera allí, a su lado. Se apoyó contra la pared porque no se sentía capaz de permanecer de pie. La verdad iba abriéndose camino en su cabeza y no, no podía aceptarla.

—No, no… María nunca.

—Edward, despierta —lo apremió Karen sin piedad—. *Es una más. Siempre lo ha sido. Una como las demás. A saber con cuántos otros habrá estado mientras tú permanecías en la inopia. Nos la ha jugado, Edward. A todos los que confiábamos en ella. Y tú le has restregado a ese tipo por delante de las narices.*

Se sintió cruel después de escupirlo, pero era la única manera de que él lo viera con la dimensión que realmente tenía.

—Tengo que volver a Londres —dijo al instante. Eso era. Si él volvía, si hablaba con ella…—. Tengo que…

Karen ya lo tenía todo preparado. Había calculado las palabras correctas que tenía que vomitar para lograr su objetivo.

—Yo me encargaré de buscarte billete para el próximo Eurostar —le dijo—. *Tú recoge las maletas. Te esperaré en la estación.*

Edward colgó y permaneció unos instantes en medio del pasillo con los brazos caídos a ambos lados, sin saber qué hacer ni qué decir. Había sido un mazazo. Como si un tren a toda velocidad hubiera impactado contra su cabeza. Sí, debía volver a Londres. Cuanto antes. Solo se detendría para hablar con Marcel. No le diría la verdad, por supuesto. Que a él le hubiera pasado algo así a unos meses de su boda delataba debilidad. Le diría algo sobre su madre, que estaba enferma, eso era. Quizá no se estropeara todo. Sabía que en cuanto hablara con María entraría en razón. ¿Que le había apetecido echar un polvo con aquel tipo *buenorro*? No sería ni la primera ni la última. Terminaría perdonándoselo una vez todo se calmara y volviera a la normalidad. Por supuesto con condiciones. Sí, en cuanto hablara con ella todo volvería a la normalidad. ¿Que había estado con otros? Eso no era cierto. No podía serlo. Eran solo chismorreos de Karen.

Marcó el número de teléfono de María una, dos, tres veces, pero el resultado fue el mismo. Lo tenía apagado. Volver a Londres y hablar con ella. Eso era. Y todo volvería a ser tan perfecto como antes.

28

Aquel tipo no se había equivocado.

Habían tenido que atravesar medio pueblo y dejar atrás los arrabales. El viejo camino recorría la costa como una cinta terrosa que pespunteaba el borde del abismo. Abajo, el mar rompía contra las rocas salpicando el horizonte de gotas saladas. El espectáculo era asombroso. El océano en toda su arrogancia se expandía hasta el infinito, hasta donde la vista podía abarcar. Al otro lado, el páramo era extenso. Intensamente verde y sin árboles. Soplaba una brisa ligera que avivaba la suavidad del sol ya mortecino. Durante la última hora habían recorrido una parte del camino sin apenas hablar. No era necesario. A María aquella paz volvió a conquistarla. Con Edward siempre era preciso que trataran de esto o de aquello, si no rápidamente sacaba su cantinela de que ella tenía problemas que no quería contarle.

—¿Ves aquella roca? —Allen señaló una prolongación que entraba en el mar al final de un recodo, formando prismas irregulares de piedra erosionada por el agua—. La llaman El Corazón de Ariadna.

María usó la mano como visera. No llevaba gafas de sol y en aquella dirección el astro rey empezaba a declinar. No es que fuera nada deslumbrante. Solo rocas y más rocas que parecían desvanecerse hasta las profundidades.

—Dice la leyenda —continuó Allen— que fue allí donde Ariadna se convirtió en espuma de mar.

—¿Ariadna? —Aquel nombre le sonó a mitología griega, algo que quedaba muy alejado de aquellas tierras.

Él la miró como si fuera imposible que ella, una chica instruida, no supiera nada de las viejas leyendas célticas.

—¿No conoces la historia de Héctor y Ariadna?

—Creo que no —dijo con la sensación de haberse perdido algo.

Él suspiró de forma teatral y su rostro reflejó aquello de «Vaya, tendré que ser yo quien le cuente estas cosas a una chica tan bonita».

—Ariadna era una ninfa de los bosques —comenzó mientras avanzaban en dirección al risco—. En aquella época, esto estaba plagado de grandes árboles que mecían sus copas en el mar. Ariadna tenía los ojos del color del musgo fresco, como los tuyos, y un cabello tan rubio que hacía palidecer el sol… —De pronto se volvió hacia ella—. ¡Caramba, también como el tuyo!

María sonrió y Allen sintió una punzada en su corazón, una alegría intensa, fresca, como aquellos rayos de sol, como aquella brisa salada que los mecía con el arrullo del viento.

—¿Y quién era Héctor? —preguntó ella con sorna, imaginando los derroteros que tomaría aquella leyenda.

—Este Héctor era un simple pastor que traía su rebaño cada amanecer a estas mismas tierras que tú estás pisando ahora.

«Un simple pastor», pensó María con una sonrisa colgando de sus labios, «que en el pasado habría cobrado sus favores sexuales a las bacantes a cambio de unas monedas de oro».

—¿Tenía los ojos azules? —fue lo que preguntó.

—No lo dicen las crónicas —dijo tras rascarse la barbilla—, pero sí que era un tipo atractivo. —Le quitó importancia con un gesto de la mano, como si ella quisiera desviarlo de la verdadera y auténtica historia—. El caso es que una de sus cabras, una mañana de niebla, se introdujo en el bosque tras los tallos más tiernos y desapareció. Él sabía que no podía volver a la aldea sin aquella cabra, pues el dueño del rebaño le daría de bastonazos, así que, a pesar de que nadie podía entrar en el bosque…

—Espera, espera —lo detuvo ella divertida—, eso no lo habías dicho. ¿Era un bosque prohibido?

Él la miró escandalizado.

—Por supuesto —la amonestó con el dedo—. Las leyendas siempre tienen bosques prohibidos.

María contuvo de nuevo una carcajada. El viento arremolinaba el cabello oscuro de Allen y hacía que sus ojos brillaran con intensidad. Por un instante, tuvo ganas de abrazarlo. De besarlo. Tomarle los labios tiernos y jugosos y deslizar por ellos la punta de su lengua. Pero sabía que eso no sucedería jamás. Estar allí, relajada, sin tener que hacer nada que no le apeteciera, sin tener que aparentar nada que no fuera necesario, la hacía sentir casi feliz. Algo tan simple como un paseo al borde del mar con un hombre que lograba hacerla reír… ¿O había algo más?

—De acuerdo —dijo María intentando apartar la nube negra que se empeñaba en ocupar su cabeza—, sigue.

—¿Por dónde íbamos? —repuso Allen, a quien no le había pasado desapercibida aquella sombra en sus ojos—. ¡Ah! Por nuestro Héctor esquivando la oscuridad del bosque mientras seguía los balidos del pobre animal —carraspeó para aclararse la voz—. Anduvo tanto, tantas millas, que terminó tan perdido como su rebaño hasta que vio un claro entre los árboles.

—Y por supuesto se acercó —intervino ella.

—Chica lista —le guiñó un ojo—. Eso mismo hizo. Se trataba de un pequeño estanque arropado por los rayos de un sol muy parecido a este. Y justo en medio de las aguas estaba la criatura más hermosa que había visto jamás.

—Ariadna —apuntó ella lo evidente.

—No —la miró Allen perplejo—, la cabra.

—¡Venga ya! —exclamó. Por un momento le hizo dudar.

—Por supuesto que era Ariadna —respondió él divertido—, no hemos hablado de nadie más. —María estaba disfrutando cada sílaba de aquella historia. Sonrió a la espera de la moraleja; aquellas historias siempre terminaban con una—. Y él se enamoró perdidamente. Pero sin darse cuenta pisó una rama y el ruido hizo que delatara su presencia, por lo que Ariadna desapareció como una exhalación. Héctor volvía cada amanecer al mismo lugar con la intención de verla de nuevo, pero eso no sucedió porque ella se mantenía a salvo de sus miradas. Sin embargo, su insistencia despertó la curiosidad de la ninfa.

Habían llegado al risco. Las vistas eran espectaculares. El aire soplaba más fuerte y más húmedo, pero se sentían tan felices que no les importaba.

—Y decidió mostrarse —dijo ella temiendo que la leyenda terminara, que aquel momento terminara.

Allen guardó silencio unos segundos. Era un magnifico narrador de historias. Sabía darles la tensión necesaria y dominaba maravillosamente las pausas.

—Sí —concluyó él al fin—, y abrirle su corazón. Así fue cómo conoció a Héctor y se enamoró de él. Punto y final.

A María aquel final le había parecido un poco precipitado.

—Y entonces —dijo señalando el promontorio que se perdía en el mar—, ¿esas rocas?

Allen se encogió de hombros.

—No tengo ni idea de por qué las llaman así. —La miró con cara de burla—. A algún loco de la zona se le ocurrió ese absurdo nombre.

Al fin María estalló en carcajadas y él de nuevo sintió aquella sensación plena y rotunda que era la razón última de que estuvieran allí en aquel momento.

—Te lo has inventado todo —dijo María mientras se limpiaba las lágrimas de la risa que escapaban de sus ojos.

—No, te lo aseguro —se apresuró él a decir—. Te puedo casi jurar que lo he leído en algún lugar.

Ella entornó los ojos. No iba a dejar que terminara así, sin más.

—¿Y qué pasó con ellos a partir de aquel momento?

Allen lo meditó un momento; tenía los labios y la frente arrugados, como si se concentrara en encontrar una respuesta en algún lugar de su cabeza.

—A Héctor le iba bien con las cabras, ¿sabes? —se llevó las manos al corazón —. Pero ella estaba a punto de casarse con un malvado dios de las tinieblas.

María volvió a reír.

—Vamos, Allen, es demasiado evidente.

Él se volvió con cara de confundido. Desde luego era buen actor; en Broadway habría ganado una fortuna. Actuando, no…

—No te entiendo —dijo él aparentando estar perdido.

Ella se hizo esperar balanceándose sobre los pies.

—Edward —soltó al fin con cierto pudor—. Te estás refiriendo a Edward como el dios de las tinieblas.

Allen hizo como que de pronto lo entendía y se llevó las manos a la cintura en un gesto que la imitaba a ella cuando tenía algo importante que decir.

—Vaya —se inclinó tanto que casi la rozó—, así que te has enamorado de mí.

María lo miró alarmada.

—¿Qué dices?

—Si Edward es el dios de las tinieblas —dijo Allen haciendo conjeturas—, tú eres Ariadna y yo soy Héctor… ¿Ya no recuerdas que ella al final se enamora del pastor?

María echó un vistazo alrededor. Algo frío acababa de impactarle en la nariz.

—¿Eso ha sido una gota de lluvia? —preguntó, mientras se limpiaba con la mano y descubría que estaba mojada.

El cielo se mostraba completamente gris, con grandes nubes que presagiaban tormenta, y la suave brisa se había convertido en una ráfaga que lo decía todo. Grandes gotas de agua habían empezado a caer a su alrededor… Y ellos habían seguido hablando, ajenos a todos esos cambios.

—Será mejor que volvamos —dijo él tomándola de la mano y echando a andar. Al menos les quedaba una hora de regreso—. Y deprisa.

29

Había un buen trayecto hasta llegar al hotel y la tormenta era tan virulenta que se había convertido en una cortina espesa ante sus ojos.

Allen se había quitado la chaqueta para dársela a María. Sin embargo, le había servido de poco porque ambos estaban empapados. El paraguas solo había sido útil al principio porque en cuanto el viento arreció se convirtió en un amasijo de varillas metálicas y tela negra que no servía para nada. Andaban a paso apresurado, dejando atrás muchas yardas de tierra empapada. Y aunque Allen no había dicho aquello de «ya nada puede salir peor», debía de haberlo pensado.

En un momento dado, él se detuvo.

—Si no nos apresuramos… —le indicó ella, que intentaba usar sin mucho éxito su chaqueta de piel como paraguas.

Allen la miró un instante, y después se sacó por la cabeza el empapado jersey.

—¿Estás loco? Vas a coger una pulmonía.

Pero él no la miraba porque estaba desabrochándose los botones de la camisa. El cabello empapado se le pegaba a la frente dirigiendo los hilos de agua que resbalaban por sus mejillas. Al fin se deshizo también de ella, atándosela junto al jersey a la cintura.

—Ya estamos empapados —le gritó él a través del fragor de la tormenta—, ¿qué más da? —Sonrió—. Al menos disfrutemos de la lluvia. Esto es algo que he querido hacer desde niño.

Abrió los brazos y levantó la cabeza hacia el cielo, gozando de aquel torrente frío, pero reconfortante, que impactaba contra su cuerpo, como un Adonis que se ofrecía como sacrificio perpetuo a los cielos. El agua le resbalaba por los hombros, por su pecho, formando remolinos, cataratas que se precipitaban hasta el suelo. Allen abría la boca y tragaba, dejaba que las gotas lo empaparan, saboreaba el suave tacto del líquido sobre su piel.

María observó aquel espectáculo extasiada. Cada músculo parecía cincelado en fino mármol blanco, y si no fuera por el suave vello negro que le cubría ligeramente la parte baja de los pectorales y que se convertía en un cordón hasta desaparecer bajo los pantalones, hubiera pensado que era la estatua de un dios inmortal. Cada gota de agua, al impactar sobre su cuerpo, se recreaba un instante para precipitarse hacia abajo, para hacer malabarismos en cada músculo antes de diluirse con otras miles que formaban una torrentera. Allen era hermoso. Y deseable. Aquel cuerpo de dios en el pasado se había estrechado contra el suyo en un abrazo íntimo y cálido hasta arrancarle los placeres más lujuriosos. El frío desapareció del cuerpo de María y tuvo que controlarse para no alargar una mano y tocar aquella figura inmóvil bajo la lluvia, para comprobar que de verdad existía. Si algo no podía dudar de aquella extraña relación, era que el deseo había formado parte de ella desde el principio, y allí estaba, como un invitado impertinente que se empeñaba en aparecer cuando menos se le espera.

Ella tampoco lo pensó. Se quitó la chaqueta de cuero negro de Allen y la ató con dificultad a su cintura, imitándolo a él. Lo mismo hizo con la *pashmina*, que se había arrugado alrededor de sus hombros como la piel moribunda de una serpiente. La escurrió hasta convertirla en un largo rulo y también la ató a su cintura. La camiseta de manga larga estaba igual de empapada que lo demás. Le costó quitársela porque se le pegaba al cuerpo como si se negara a dejarla al descubierto. Cuando al fin lo hizo, Allen había bajado los brazos y la miraba fijamente. Ella solo detuvo su maniobra un instante para devolverle la sonrisa. Después, libre al fin, se la ató encima de las demás prendas y alzó los brazos igual que él, sintiendo cómo el agua resbalaba directamente sobre su piel. Fue un placer inocente, pero indescriptible. La más absoluta sensación de libertad que había sentido jamás. Como si hubiera estado encadenada a una roca y de pronto los grilletes hubieran desaparecido.

Allen notaba que la saliva se acumulaba en su garganta. María solo se había dejado puesto aquel minúsculo sujetador blanco que el agua había vuelto traslúcido. A través de él se podía ver la mancha oscura y deliciosa de sus areolas y la forma provocativa de sus pezones, que presionaban la tela hacia el exterior, duros a causa del frío. Tuvo que tragar para no ahogarse. Cada curva de aquel cuerpo era una tentación, el vientre plano, la cintura minúscula que daba paso a unas caderas amplias y deliciosas, muy femeninas, el ombligo tenue y plácido. Recordaba hasta su sabor. Había lamido cada pulgada de aquel cuerpo como si fuera un helado de nata, y lo malo era que tenía más hambre de él que nunca, de aquel manjar prohibido que podía mirar, pero no tocar. Sintió una punzada de dolor en los testículos. Tendría que hacer algo cuando llegara al hotel o no aguantaría sin besarla.

—¿Te sabes la canción del polizonte borracho? —dijo Allen para evitar pensar en ella, en su cuerpo, en las mil formas en que le apetecía gozar de él.

María se apartó el pelo empapado de la frente. Sorprendentemente, el frío había desaparecido dejando en su lugar una sensación de ligereza, de tranquilidad, de vida.

—¿Vamos a cantar? —le contestó divertida.

—Lo hacían los hombres en alta mar cuando había tormenta —respondió él reanudando la marcha. Por un instante, la tomó por la cintura, para que ella lo siguiera, pero tuvo que apartar la mano al momento, porque solo aquel contacto...

—¿Y cómo es? —dijo ella sin darse cuenta, aparentemente, de la reacción que aquel breve tacto había provocado en él. Era el deseo convertido en algo físico, palpable, doloroso. Solo cuando pudo controlarse, continuó con la broma.

—¡Diez polizontes en la popa de un barco, diez, diez, diez! —empezó a cantar con voz ronca.

—¿Por qué pones esa voz? —rió ella a su lado

—Es la de los viejos lobos de mar —explicó mirándola con la frente fruncida, como si hubiera dudado de un experto—. ¡Un polizonte buscó una sirena, nueve, nueve, nueve!

De pronto la tormenta desapareció y solo estaban ellos dos. Empapados y medio desnudos, atravesando el páramo solitario en dirección al poblado. Y María se volvió a sentir tan feliz como si el sol brillara, los pájaros cantaran y aquel paraje empapado estuviera cubierto de flores. Cantaron una canción después de otra. A pleno pulmón. Desafinando ante las carcajadas del otro. Cuando le tocó el turno a María, desentonó con un «It's raining men» que por supuesto bailó dando saltos alrededor de Allen. Él atacó con una versión de «With or without you» a ritmo de rap y ella contraatacó con «Single ladies». Ya no había lluvia. Ya no hacía frío. Solo ellos dos y el resto del mundo, y María supo que con aquel hombre hasta las situaciones más adversas, y de forma natural, podían convertirse en anécdotas divertidas que contar a sus nietos junto a la chimenea.

En uno de aquellos saltos, María cayó mal y se lastimó el pie. Se quedó sentada en el suelo, sosteniéndose el tobillo.

—Déjame ver —dijo él al instante, inclinándose a su lado con cara de preocupación.

Le levantó el pantalón con mucho cuidado y tocó con manos expertas músculos, huesos y tendones.

—¿También sabes de primeros auxilios? —se extrañó ella, que había estado observando su maniobra con ojos brillantes.

—Un buen masaje después de una sesión de sexo es un plus, así que hice un par de cursos.

Ella se imaginó lo que sería tener a aquel hombre desnudo a su espalda, sentada sobre sus muslos, notando el peso compacto de su miembro sobre las nalgas. Aquel hombre extendiendo sus largos y duros dedos sobre su piel, desentumeciendo sus músculos después de haberla llevado varias veces al éxtasis... Pero decidió dejar de pensar en aquello.

Allen ya había llegado a la conclusión de que aquel accidente no había tenido importancia. Una crema antinflamatoria y al día siguiente estaría como nueva. Sin embargo, si continuaba andando por aquel camino lleno de piedras la cosa podría empeorar.

—Sujétate a mi cuello —le dijo animándola con un movimiento de las manos.

—¿Para qué? —repuso ella un tanto arisca.

Él ya maniobraba para transportarla a hombros.

—Voy a llevarte hasta el hotel.

—Pero puedo andar.

No le prestó atención y con sumo cuidado la trajo hacia sí.

—No seas protestona y haz lo que te digo.

Al fin accedió y pasó una mano por detrás de su nuca mientras él la tomaba como si no pesara. El contacto de sus cuerpos, separados únicamente por una fina capa de agua, fue como si dos mundos predestinados se reencontraran. Como si cada célula estuviera sedienta y se gratificara con aquel toque cálido y suave, como una caricia.

María recostó la cabeza en el hueco de su cuello. Podía oler aquel aroma a cedro y lavanda que la había torturado en sueños. Podía sentir el suave cosquilleo de los vellos del torso de Allen a través de la tela del sujetador, que a cada paso ejercían una presión cambiante y turbadora. Podía sentir el latido de su corazón, poderoso, imponente, como algo vibrante que la aturdía a la vez que reconfortaba.

Por su parte, Allen intentaba tirar millas y no pensar en la delicia que llevaba entre sus brazos. Pero eso era imposible. A cada paso el contacto se hacía más íntimo, como una caricia a posta. A cada inspiración notaba el seno perfecto de María presionar contra su piel como una provocación. Y cuando ajustaba su peso para no cansarse era como si la colocara contra su cuerpo para hacerle el amor. Se excitaba por segundos. Si no fuera porque su camisa empapada lo cubría, su erección sería visible, evidente. Procuraba que María no se diera cuenta, subiéndola un poco más cuando el agua hacía que se resbalara en dirección a ella.

Llegaron al hotel sin saber cómo. Ella aturdida ante su contacto y él excitado ante su presencia. El recepcionista ni parpadeó al verlos aparecer de aquella guisa. Medio desnudos, abrazados y tan cubiertos de agua que a cada paso iban dejando un reguero a su espalda.

—Veo que los señores se han reconciliado —dijo mientras les tendía las llaves insistiendo en su teoría de que eran una pareja de prometidos mal avenida.

—Espero que hayan arreglado el problema del agua caliente —dijo Allen, camino de la escalera con el puño en alto—. Si no, bajaré a hablar muy seriamente con usted.

María ya apenas cojeaba. Aun así él insistió en subirla también en brazos hasta la habitación. En parte porque no quería que forzara el pie, en parte porque no quería dejar de disfrutar de su contacto. La dejó sentada en una silla y fue hasta el baño. Sí, había agua caliente. Puso el tapón y empezó a llenar la bañera. Miró la hilera de botes que descansaban sobre el tocador. Un par de ellos le parecieron adecuados y descargó gran parte de su contenido en el agua que desprendía un vapor delicioso. Al instante pequeñas burbujas de jabón se fueron formando y un olor a vainilla lo envolvió todo. Satisfecho, regresó a la habitación de María.

—Te he preparado un baño —ella se había secado con una toalla que ahora descansaba sobre sus hombros tapando la vista espectacular de su cuerpo—. Quiero que te sumerjas en él y te relajes al menos durante veinte minutos. Le vendrá bien a ese tobillo.

Ella lo miró incómoda.

—Pero la puerta…

—Tranquila —se apresuró Allen a calmarla—. Hasta que no me avises no volveré.

Aquella afirmación la puso aún más nerviosa. Después de la experiencia de hacía unos minutos, tenerlo cerca… no sabía si tendría las fuerzas suficientes para poder resistirse a sus encantos.

—¿Volverás? ¿Para qué?

Él chasqueó la lengua, como si tuviera que explicar lo evidente.

—Pues claro —dijo mientras iba en dirección a su habitación—. Hay que dar un masaje en ese tobillo si no quieres amanecer mañana tan dolorida como si te hubieras roto un pie.

Allen suspiró cuando cerró la puerta de su cuarto, al fin solo. Se arrancó el resto de la ropa a manotazos. Veinte minutos. Al menos le daría tiempo a aliviarse, si no estaba seguro de que se metería con ella en la bañera para hacerle todo lo que no dejaba de ocurrírsele en su sucia cabeza.

30

Karen le había reservado clase preferente. Hasta en situaciones como aquella se entretenía en mantener aquellos detalles sin importancia. ¡Esa mujer era una maniática! Sin embargo, en esta ocasión se lo agradeció. Tenía más espacio, más aire, y podría pedir que le trajeran una copa sin tener que ir al bar. Lo último que le apetecía era encontrarse con un conocido y tener que aparentar que todo iba bien.

La entrevista con Marcel había ido mejor de lo que esperaba. Eso sí, le había prometido que en cuanto constatara que «su madre se recuperaba con normalidad de su dolencia cardiaca» volvería a París y continuaría con sus estudios. En algún momento, Marcel lo había observado con el gesto torcido, algo que le recordaba demasiado a una cara de hiena, pero había sabido ser convincente. Era quizá la primera mentira consciente que soltaba en su vida y no le gustaba, pero… ¿Cómo iba a decirle que la mujer con la que iba a casarse en breve tenía en aquellos momentos una aventura con otro?

Una azafata le preguntó si necesitaba algo. Era una chica rubia, muy bonita, con una sonrisa espléndida. Lo que necesitaba era llevársela al baño y echarle el polvo del siglo, con eso se desquitaría y estaría más relajado. Estaba enfadado, decepcionado y frustrado, por ese orden. Sin embargo, sabía que solo podía ser amable con la chica.

—Un whisky con hielo, por favor —acabó pidiendo.

La chica le sonrió con cortesía y lo dejó a solas con sus pensamientos. Por algún motivo acudió a su cabeza la recepcionista del hotel. ¿Tan caliente estaba después de que le contaran que su novia se follaba a otro? La recepcionista no había vuelto a dirigirle la palabra, ni siquiera había vuelto a mirarlo cuando cruzaba el hall cada vez que entraba o salía. Realmente su comportamiento había surtido efecto. Si aquella noche hubiera aceptado la proposición, si le hubiera sido infiel a María acostándose con aquella hembra como había deseado, quizá su ánimo sería ahora bien distinto. Decían que la venganza era el mejor remedio y ahora empezaba a comprenderlo.

En aquel momento no sufría aún por el engaño, por los cuernos inmerecidos. Aunque sabía que ese instante llegaría. Que llegaría el momento en que la odiaría por haber retozado como una zorra entre los brazos de aquel tipo. Rumió las veces que los había visto juntos. Tendría que haberse dado cuenta de su turbación durante la cena en casa de Karen; tendría que haber detectado las señales imperceptibles de aquel instante cuando los pilló a solas en su propia casa, mientras ella hacía como que rellenaba un cubo con hielo. Había sido estúpido al no ver que había algo raro entre ellos dos la vez que hablaron de Allen mientras él preparaba un aperitivo y ella le calentaba la cena. Tenía que haberlo sabido, y sin embargo había permanecido en la inopia. Pero en aquel momento había asuntos más importantes que resolver. Tenía que encontrarla, hablar con ella, volverla a la realidad.

María comprendería que se había equivocado. Que él la amaba, que era lo mejor para ella, lo mejor que la vida podría ofrecerle a la hija de una criada, y que no podía tirarlo todo por la borda solo porque le hubiera dado un calentón por un tipo como aquel. Incluso estaba dispuesto a dejar que echara un par de polvos más mientras él estaba en París. Un acuerdo tácito. Él haría lo mismo. No le faltaban oportunidades y se había quedado con las ganas de metérsela a la chica de recepción. Un mes de libertad. Eso era. De pareja abierta. Otros lo hacían y no les iba mal. De esa manera quedarían en tablas. Pero en cuanto él regresara a Londres todo tendría que volver a ser como siempre. Sus vidas, la boda, su mundo perfecto e intachable.

Quizá mudarse a París era la solución definitiva. Sin duda. Así no habría posibilidades de que ese tal Allen apareciera de nuevo.

Tomó la copa de whisky que acababa de ponerle delante la azafata. Una chica bonita, y con buen trasero. Se sintió mejor. Bastante mejor. En cuanto hablara con María todo volvería a ser como antes.

31

María se removía inquieta en la cama, sin poder conciliar el sueño. Incluso el roce de la ligera colcha sobre la piel le provocaba una sensación incómoda de sofoco, de calor. Y eso a pesar de que en el exterior seguía lloviendo a cántaros y de que el viento ululaba como un lobo a través de las ranuras de la ventana. Ahí fuera debía hacer frío. Allí dentro solo calor. Estaba a oscuras, únicamente iluminada por el resplandor de los rayos que de vez en cuando rompían el horizonte. Se giró de nuevo para intentar conciliar el sueño, pero su cabeza estaba llena de Allen.

Esas últimas horas junto a él habían sido cuando menos extrañas, y ahora era incapaz de dormir, pues un ligero cosquilleo le recorría la piel cada vez que su mente se empeñaba en nublarse con imágenes de Allen como si fueran fogonazos sacados de una vieja película. Con sumo cuidado se colocó la mano sobre su vientre, buscando una postura más cómoda, pero esta se fue deslizando suavemente hacia abajo. Llevaba aquel camisón ligero que no era ningún impedimento para sentir el tacto de sus dedos. Parecía que con aquella caricia suave conseguía calmarse, como si la energía fluyera de nuevo desde sus dedos de forma natural. Cuando llegó más abajo, dio un ligero respingo. Hasta ese momento no había sido consciente de su excitación y sonrió al pensar que era muy posible que se hubiera ruborizado. Sin embargo, aquello no fue un impedimento; traspasó sin dificultad el elástico de las braguitas y recordó cada minuto vivido junto a Allen.

Hacía ya un par de horas, desde que había salido de la bañera, que de su cabeza no podía escapar la voz de Allen diciendo que «volvería». Lo deseaba tanto como lo temía. Los dos juntos en aquella habitación pequeña donde el único lugar donde podían sentarse cómodamente era en la cama. Con un hombre con el que aún se le encendían las mejillas solo de pensar en lo que era capaz de hacer con sus manos y su cuerpo...

Tras el baño, María se había puesto el único camisón que había metido en la maleta y se maldijo por haber sido coqueta hasta en eso. Era de tipo combinación, en un tejido brillante y liso color topo. Demasiado corto, demasiado escotado, demasiado ligero. Se había sentado en la cama a esperar. Estirando la tela hacia abajo para tapar algo sus mulos y hacia arriba para cubrir un poco su escote.

En el silencio de la noche no tuvo dificultad para oír cómo la puerta de la otra habitación se abría y cómo el agua de la ducha corría durante un rato. ¿Estaba a cuánto? ¿A escasas pulgadas de su cama, separados únicamente por una puerta sin cerrojo? Sacudió la cabeza para apartar la imagen de Allen desnudo. Una imagen que ya había contemplado esa misma tarde, cuando llegaron al hotel. Y también para apartar el tacto de aquella piel húmeda en contacto con la suya, la humedad de su boca sobre el calor abrasador de la suya. Escuchó de nuevo cómo cerraba el grifo y se abría para cerrarse otra vez la puerta de la habitación contigua. A eso siguió el silencio. María suspiró y pensó que se habría cansado de esperar. Allen le había dicho claramente que no vendría a menos que ella lo llamara, y eso era algo que no iba a suceder. Más tranquila se disponía a conciliar el sueño cuando oyó unos golpes suaves en la puerta. El corazón se le encabritó en el pecho, pero logró responder.

—Adelante.

Allen se asomó desde la puerta del baño. Llevaba una camiseta blanca de manga corta.

—¿Estás bien? —preguntó, preocupado.

—Sí —dijo ella en un susurro, algo incómoda—. Estaba a punto de quedarme dormida.

—¿Sin cenar? —se extrañó él, arrugando la frente—. Eso de ninguna manera. He pedido en recepción que nos suban algo de comer. Además, tu tobillo me necesita.

Sin esperar a que lo invitara entró en el cuarto. Iba descalzo y, además de la camiseta, solo llevaba unos bóxer con finas rayas blancas y azules.

María se revolvió en la cama de nuevo recordando todos aquellos acontecimientos de hacía apenas una hora. Fuera, el viento arreciaba y ella, recreándose en aquella caricia nocturna, gimió al recordar lo que había sucedió, mientras su dedo rozaba ligeramente la humedad cálida de su vulva. Presa del deseo volvió a sumergirse en los recuerdos de hacía unas horas. Allen había traído un tubo de pomada. Se había sentado en la cama, a los pies, y sin pedirle permiso se había hecho dueño de su tobillo.

—Esto está bastante bien —había murmurado pasando sus largos dedos por su contorno con un gesto muy profesional. María tuvo que contenerse para no dar un respingo, pues el contacto de aquella mano experta era como una corriente eléctrica que la atravesaba.

Allen se había frotado las manos para calentarlas y solo entonces había puesto una pequeña cantidad de pomada donde debía estar la contusión.

—Ahora cierra los ojos. Estás muy tensa.

Ella había obedecido sin rechistar. No quería que viera el deseo en sus pupilas, dilatadas y ardientes, centradas en él; que viera la necesidad que la abrumaba.

Con manos de prestidigitador, Allen empezó su masaje. Había algo de divino en su tacto. En la presión que ejercía, en la forma en que dedos, palmas, nudillos, entraban en contacto con su piel como si quisieran devorarla, para después retirarse dejándole una sensación de vacío. O al menos así lo vivió ella. En un momento dado, los dedos de Allen subieron hasta traspasar la línea de las rodillas y tocar ligeramente la cara interior de sus muslos. A María se le escapó un suspiro de angustia y de avidez del que se arrepintió al instante. Abrió los ojos y lo miró.

Él también lo hacía, con los labios ligeramente entreabiertos y juraría que con un jadeo similar al que ella sentía colgado de ellos.

—Ya está —fue lo que dijo Allen con una sonrisa que era demasiado turbadora.

Como si lo hubieran programado, en ese momento llamaron a la puerta principal y apareció el recepcionista. María pensó si no habría nadie más trabajando en aquel hotel, pues ese tipo parecía un chico para todo.

—Sus sándwiches de pollo y algo de fruta —dijo el hombre mientras entraba en la habitación sin esperar respuesta y colocaba un par de bandejas sobre la mesita bajo la ventana; «¿es que allí no hay cerrojos?» pensó María—. Espero que los señores lo disfruten.

Y ella no supo si se refería a la comida o a la postura en que los había pillado: él de rodillas sobre la cama levantándole la pierna.

—Va a ser un poco incómodo que podamos comernos eso sin manchar las sábanas —dijo María cuando se quedaron a solas, sin atreverse a retirar la pierna. Con un poco de suerte él seguiría haciendo aquello que la volvía loca.

—Tengo una idea —respondió Allen dejando con cuidado su tobillo sobre una almohada y saltando fuera de la cama.

María lo había mirado mientras Allen rebuscaba en el viejo ropero. La camiseta esculpía cada músculo cuando se inclinaba y dejaba al descubierto unas pocas pulgadas de piel cuando se contorsionaba para buscar aún más adentro.

—Esto nos servirá —dijo mostrando de forma triunfal una vieja manta de cuadros.

Con María encima había empujado la cama hacia la pared para apartar después con cuidado la mesita donde descansaban las dos bandejas con la cena. Al fin quedó junto a la ventana un rectángulo lo suficientemente amplio como para extender la manta. Un par de almohadones a modo de asientos y las dos bandejas directamente encima de la manta que hacía de mesa, y ya estaba todo listo.

—*¡Tachán!* —dijo Allen al final, mostrándole el resultado—. No es lo que había pensado para nuestra primera cena formal en la costa, pero es perfecto para un picnic.

Ella contempló el espectáculo, asombrada. Solo faltaban las flores, el aire libre y que afuera no estuviera cayendo la tormenta del siglo para que aquello se pareciera bastante a una cena campestre.

—Muy logrado —dijo tras una sonrisa—. Eres un hombre de recursos.

—¿Lo dudabas? —le contestó él satisfecho.

Se sentaron uno frente al otro. Allen había apagado la lámpara de techo, colocando la lamparita auxiliar en posición estratégica para que la luz fuera suave y agradable. Ella se había sentado con cuidado, consciente de que el camisón se le subía casi hasta la ingle y que con cualquier movimiento iría más allá. Por mucho que lo intentó no pudo evitar que Allen tuviera una estupenda perspectiva de sus braguitas. Él se acomodó con las piernas cruzadas, sin importarle demasiado que con aquella postura, si no era precavido, escaparía por algún lado su antigua herramienta de trabajo, como si fuera el segundo plato de la cena. Ante aquella ocurrencia María sonrió.

—¿Ha sucedido algo que yo no sepa? —preguntó él ante su expresión divertida.

Ella se tapó la boca con las manos con aquella mezcla de rubor y deseo que la embargaba cuando él estaba cerca.

—Pensaba algo inadecuado —dijo, y le dio un ligero bocado al sándwich de pollo. Contra todo pronóstico estaba exquisito y se descubrió con hambre. Allen se reclinó un poco hacia detrás colocando ambas palmas en el suelo. En aquellos ojos tampoco se podía ocultar el deseo y la turbación. Más bien la contención, como una especie de fiebre cuyo remedio se conoce muy bien pero al que no se puede recurrir.

—Creía que tú nunca sacabas los pies del plato —exclamó Allen de forma burlona, sabiendo que con aquel comentario la provocaría.

Ella no pudo evitar reconocer que así era.

—Edward dice... —salió de sus labios, pero inmediatamente se detuvo. Quizá porque era consciente de que era el lugar más inadecuado para nombrarlo, quizá porque el solo hecho de pensar en él hacía que se sintiera deshonesta por la forma en que estaba traicionándolo, quizá porque había visto cómo se nublaban los ojos de Allen—. Lo siento —se corrigió a modo de disculpa—, no es la evocación más adecuada. Él… bueno, él no tiene nada que ver con esto.

Allen volvió a incorporarse.

—No te disculpes, por favor —dijo, pendiente de que ella no se sintiera mal—. Es normal. Lleváis toda la vida juntos y ahora estás cenando en ropa interior con un extraño al que se le ha olvidado traer pijama.

Tenía razón. Y María sabía que todo aquello, las cenas, los paseos, aquel contacto, estaba pasando porque en el fondo albergaba serias dudas sobre si amaba de verdad al hombre con el que se casaría cuando terminara el verano.

—No volverá a suceder —insistió ella intentando cambiar de tema, como hacía cuando decía algo inadecuado delante de su prometido.

A Allen aquel comentario le pareció como una moneda que se arrojaba al fondo de un pozo sin más destino que una ilusión. ¿Qué había pasado en la vida de aquella preciosa mujer para que se autoimpusiera sus propias penitencias?

—Pero es que a mí sí me gustaría que volviera a suceder —dijo Allen con cuidado de que no se sintiera ofendida—. Quiero que me hables de él. Quiero que hables siempre de lo que te apetezca cuando estés conmigo —prosiguió, sin apartar su mirada de los ojos de ella para asegurarse que entendía cada palabra. Para él no solo era la mujer más preciosa y deseable con la que se había cruzado nunca. También la más fascinante, y quería saberlo todo de ella, aunque eso implicara que aquella noche se la pasaran hablando de su prometido—. ¿Es tan bueno en su trabajo como dicen?

—Dicen que es el mejor cirujano de su promoción —empezó. Poder charlar con libertad, incluso de Edward, le pareció una experiencia nueva y refrescante. Sin embargo, hablar de él era como hacerlo de un viejo amigo del que uno se acuerda de vez en cuando con cariño—. Cuando se propone algo lo consigue sin esfuerzo. Tiene un don natural para hacer lo correcto.

Allen jugaba con una naranja haciendo malabares mientras ella hablaba. Era algo hipnótico que parecía que a él lo relajaba.

—¿Eso fue lo que te enamoró de Edward? —preguntó como si nada.

Ella tuvo que meditarlo unos instantes antes de contestar. Jamás se le había ocurrido pensar qué era lo que le había atraído en un principio de su prometido. Se conocieron tan jóvenes, habían recorrido tanto camino juntos.

—Supongo que me enamoró su amor —acabó contestando—. En aquel círculo donde nos criamos nadie quería salir con la hija de la criada hispana y a él le dio igual.

Aquel comentario hizo que Allen sonriera. Él hubiera dado una mano por haber salido, aunque fuera una noche, con la preciosa hija de la criada.

—Todos aquellos niños estúpidos… —comentó, lanzando la naranja por los aires para volver a cogerla al vuelo—. Supongo que hoy se darán con un canto en los dientes si ven en la mujer que te has convertido.

Le sonó un poco a cumplido, pero solo tuvo que mirarlo a los ojos para darse cuenta de que lo decía de verdad.

—Gracias —dijo un tanto incómoda. No estaba acostumbrada a que la ha alagaran—, pero supongo que para ellos sigo siendo la chica de Edward —recordarlo le hizo darse cuenta de su falta de identidad—. Al principio no me importaba, ¿sabes? Era el precio de la aceptación. Sin embargo, ahora…

Su mirada estaba perdida en algún rincón de su memoria. Allen aprovechó para observarla. Aquellos labios lo tenían martirizado. Había soñado con ellos. Había intentado recordar a qué sabían, cómo era su tacto, qué presión eran capaces de ejercer sobre su piel.

—¿Ahora? —interrogó él para que la realidad volviera. Para traerla a aquel cuarto donde el calor anidaba. Y para calmarlo a él de aquel deseo que a veces creía incapaz de controlar.

—Tengo la sensación de que ya no pertenezco a ese mundo —dijo María al fin, segura de sí misma como pocas veces—. A un mundo donde en cualquier conversación se obvia de dónde vengo no porque lo acepten, sino porque es una mancha sobre la que es mejor pasar de puntillas. No, creo que ya no pertenezco a un mundo donde solo he encajado dejando atrás una parte importante de mí misma y donde cada día tengo más claro que soy una extraña.

—¿Y dónde te sientes a gusto? —preguntó él dejando al fin la vapuleada fruta a un lado. La cena había terminado. Era frugal pero había sido exactamente lo que necesitaban.

—Me temo que a ese punto aún no he llegado —contestó ella bajando los ojos hacia el suelo, porque ahí era donde de verdad estaba su reto; reencontrarse con ella misma.

—Si puedo ayudarte en esa investigación —se ofreció Allen inclinándose un poco hacia delante. Tanto que ella notó cómo su corazón volvía a acelerarse—, para mí será un placer.

María estuvo tentada de darle un par de fórmulas con las que estaba segura de que la ayudaría. Y además el placer sería mutuo. Pero solo pensarlo volvió a hacer que se ruborizara.

—Se hace tarde y tú también estarás cansado —logró decir.

Allen ya esperaba esa respuesta. No había ido allí aquella noche para hacerle el amor de una forma endiablada, porque lo tenía tan loco de deseo que le iba a ser muy difícil de saciar con unas pocas acometidas. Prefirió no seguir con aquellos pensamientos porque iba ligero de ropa.

—Por supuesto. Túmbate en la cama —contestó él poniéndose de pie y tendiéndole la mano para que ella se incorporara. Al tirar, María se precipitó y él tuvo que sostenerla entre sus brazos para que no cayera.

Por un instante, Allen estuvo seguro de que ahora sí, ahora nada podía impedir que la besara. Ni siquiera la destrucción del planeta por una raza alienígena. Sentía la tenue presión de su anatomía sobre su cuerpo, una sensación que lo volvía loco. La calidez de la entrepierna de María pegada a su ya incipiente erección, lo que en nada ayudaba a calmarla. Él solo podía mirarla a los ojos. A unas pupilas tan dilatadas como las suyas. Podía oír su respiración entrecortada, podía sentir su aliento cálido y sabroso sobre sus labios. Desearla tanto era doloroso, como si lo marcaran con un hierro al rojo. Sentir aquel calor sofocante era una angustia sin límites. Se contuvo tanto como pudo, consciente de que con solo inclinar la cabeza ella accedería, pues estaba tan ardiente como él y aquella noche dejarían el colchón inservible. Sin embargo, la apartó con cuidado, a pesar de creer percibir un atisbo de decepción en el brillo de sus ojos.

—¿Todo bien?

Ella asintió y en el fondo le agradeció que no hubiera dado un paso más. Obediente, separó la colcha y se metió en la cama. Verla entre las sábanas no era un alivio para Allen. Recordaba una imagen similar de hacía dos años, y en ella aquella mujer se retorcía entre sus brazos mientras él…

—Me llevaré todo esto —dijo para dejar de pensar en lo que le apetecía hacer con ella—. Lo dejaré fuera, supongo que alguien lo retirará.

María se lo agradeció con una sonrisa. Cuando ya estaba cerca de la puerta del baño, ella lo llamó.

—Allen —dijo. Y él se volvió con tanta rapidez que casi se le caen las bandejas apiladas una sobre otra—. Buenas noches.

Él sonrió. Por un momento. Solo por un momento…

—Buenas noches —respondió—. Que sueñes con lo que más desees.

Minutos después de que él se hubiera ido, María le estaba haciendo caso, licuándose en un largo gemido.

32

María respiró a todo pulmón cuando salió de la iglesia. El aire marino le hizo sentirse feliz y parecía que se había confabulado con un rayo de sol que impactó sobre su rostro para hacer que sus ojos brillaran como briznas de hierba mojada.

Había amanecido un día fresco, nublado a ratos, pero con intervalos de sol y sin rastro de la lluvia del día anterior. Todo presagiaba que mejoraría a lo largo de la jornada, incluso que el astro rey dominaría las nubes para convertirse en el señor del cielo. María había permanecido un buen rato pensativa, acurrucada bajo las sábanas, y solo se había atrevido a ir al baño cuando estuvo segura de que Allen no lo iba a usar más. Entonces se dio una larga ducha caliente, temerosa en todo momento de que la puerta se abriera y él apareciera con fingida cara de sorpresa, pero eso no ocurrió. Oyó cómo la puerta de la otra habitación de abría y se cerraba y pasos perdidos por el pasillo. Más tarde, tras secarse el cabello recién lavado, se decidió por botas, vaqueros y un ligero jersey verdoso a juego con la gabardina. También se quitó el anillo de pedida y lo sustituyó por el otro de plata y nácar que Allen le había devuelto. Se entretuvo en observar el efecto que imprimía en su mano; no era nada del otro mundo, pero estaba cargado de significado. Cuando bajó a desayunar, Allen leía el periódico mientras tomaba una humeante taza de café. Le pareció más atractivo que nunca. Con aquella americana de espigas y pantalones tostados, se asemejaba de verdad a un escritor. Él se levantó en cuanto la vio aparecer. Un poco turbado al principio, porque también la veía hoy más bella y deseable que nunca con aquel jersey escotado que prometía más de lo que dejaba ver. La confusión inicial desapareció con el recuerdo de la noche anterior que había obligado a los dos, sin saberlo, a satisfacerse por separado para poder conciliar el sueño. Habían desayunado juntos disfrutando de las vista del mar, al fin visible desde la ventana, charlando sobre esto y aquello, asuntos sin importancia. Y después Allen había conducido hasta donde ahora se encontraban.

Llegaron cuando el sol ya estaba alto en un cielo sin nubes. Era una vieja iglesia gótica, de arquitectura recia, a pesar de los arcos que se elevaban apuntados hasta el cielo. Sin florituras ni artificios. Solo columnas, ligeros muros y vidrieras. Era tan pequeña que le pareció una caja de música. Recogida y preciosa. El interior parecía tan sobrio como el exterior, solo piedra y cristal sobre nervaduras de plomo. Pero lo sorprendente era su ubicación. Estaba en el punto más alto de un acantilado que se abría sobre el mar, de manera que la puerta de acceso solo quedaba separada del vacío por un par de varas de suelo enlosado y por un quitamiedos de piedra antigua. Desde aquella especie de mirador las vistas cortaban la respiración. A lo lejos, el mar brumoso salpicado por el perfil blanco de las olas embravecidas. Y solo había que girarse para enfrentarse con los páramos extensos, como una imagen paralela de un océano de hierba. María había permanecido un buen rato extasiada ante la lejanía del horizonte, una línea invisible que se difuminaba en brumas. El viento, las olas y el grito lejano de las gaviotas eran lo único que se percibía desde aquel enclave. Lo demás era paz. Tranquilidad. Como si la mano del hombre se hubiera olvidado de aquel punto concreto del universo y aquella iglesia hubiera surgido de la tierra, como un fruto dulce y ácido a la vez.

Dentro, apenas cabían cuatro hileras de bancos de madera, cada asiento con su misal, y el antiguo altar de piedra, intacto pese al paso del tiempo. Le llamó la atención la profusión de flores blancas junto al altar cuyo aroma fragante lo envolvía todo. Rosas, lirios, camelias, en ramos grandes o pequeños dispersos aquí y allá, sobre el atril, junto al arranque de las columnas, ascendiendo por las nervaduras del arco central. Un rayo de sol atravesaba una de las polvorientas vidrieras y policromaba la pared contraria haciendo aparecer la forma fabulosa de un personaje de la antigüedad ataviado con túnica y corona.

María estaba extasiada. De pequeña, en el sur de España, había visitado con su familia ermitas tan antiguas y exquisitas como aquella iglesia, perdidas entre campos de olivos. La única diferencia era que aquellas estaban encaladas y que el calor que aún recordaba era abrasador. Pero jamás pensó que hubiera un lugar tan mágico olvidado entre aquellos páramos que se asomaban al mar.

—¿Habías venido antes? —le preguntó a Allen, que disfrutaba observando el impacto que tanta belleza producía en María.

—No —le respondió él con las manos aún en los bolsillos—, pero quizá este lugar ha sido la razón última de que tú y yo estemos aquí.

Ella se volvió al instante para descubrir una sonrisa especial que esbozaba cuando algo interesante estaba a punto de suceder. Ya la había visto cuando la llevó a cenar a aquel edificio abandonado, o cuando visitaron la exposición de cartas de amor. ¿Qué le depararía ahora?

—¿Y me lo vas a explicar? —preguntó con curiosidad

Él se hizo esperar, sin dejar de mirarla. Después levantó la vista hasta localizar lo que había venido a buscar.

—¿Ves aquella vidriera? —señaló una de las laterales. Apenas era visible por el polvo acumulado por los años, pero el sol aún podía arrancarle colores tenues que formaban una paleta preciosa sobre la pared de enfrente.

Ella asintió.

—Representa a una mujer —aclaró él, pues no era del todo evidente. Otros personajes también llevaban largas vestiduras y el cabello por debajo de los hombros. Pero si se observaba detenidamente, podía verse el volumen discreto de un pecho y una gracia en la postura muy femenina—. Hace un par de años yo estaba… digamos que desconcertado, y un amigo me mandó desde este mismo lugar una postal. Él estaba de vacaciones y en su cabeza solo había una cosa: chicas —sonrió al recordarlo—. En la postal me animaba a que me viniera a pasar unos días con él. Decía que había tantas chicas bonitas que merecería la pena y me olvidaría de una vez por todas de aquello que no dejaba de rondarme la cabeza. Estuve a punto de aceptar, ¿sabes? —la miró un instante para volver de nuevo a la vidriera—. Hasta que me di cuenta, pues no había reparado en ello, que la postal representaba a una mujer. A esa mujer —la señaló con uno de sus largos dedos.

María tampoco podía apartar la mirada de la imagen de luz y cristal. Sin embargo, no encontraba nada que la hiciera diferente al resto de figuras representadas sobre el muro, donde otras muchas eran también femeninas.

—¿Y por qué te sorprendió esta imagen en concreto? —preguntó María al cabo de un largo examen.

Allí había figuras más hermosas, sobre todo en la vidriera central, donde los cuerpos se retorcían entre motivos florales y bandas con leyendas en latín para mostrar la más hermosa luz del mundo.

—Representa a Margarita de Antioquía —respondió Allen embelesado en las formas sinuosas de aquel lienzo de plomo y cristal—. Esta iglesia se erigió católica, y supongo que en el siglo trece en la zona le tendrían especial devoción. —Se volvió hacia ella y preguntó—: ¿Conoces su historia?

María negó con la cabeza. No podía apartar la mirada de él en aquel instante. Un rayo de luz dorada impactaba directamente sobre sus ojos, como una banda luminosa, y estos resaltaban en un azul verdoso tan profundo como turbador.

—Mi familia es católica —dijo ella con dificultad tras intentar apartar su mirada de aquel encantamiento—, pero no tuve una educación religiosa. Bodas, comuniones, esas cosas y poco más.

Él sonrió de nuevo. Dio un par de pasos para estar junto a ella, para que los dos tuvieran el mismo ángulo de mirada.

—Margarita era de una belleza deslumbrante. Tanto que, cuando el prefecto romano Olybrius se cruzó por casualidad con ella en el mercado, quedó completamente fascinado —María miraba la imagen y luego a él, para volver de nuevo al recuadro de luz. Allen prosiguió—:

El prefecto apenas dormía ni comía, pues no conseguía apartar de su cabeza a aquella mujer deslumbrante que había avistado apenas unos segundos, dejando en él una huella imborrable. —María percibió el intento del maestro vidriero por plasmar aquella idea en el tosco acabado medieval. Había trabajado el cabello con especial esmero, y la postura, tan seductora como recatada—. Los amigos del prefecto empezaron a notarlo diferente. Sus subalternos también. Llegaba tarde a cualquier encuentro, apenas prestaba atención en las audiencias públicas, incluso con sus generales parecía distraído. Y es que Olybrius no podía comprender qué era lo que le había sucedido con la simple visión casual de una mujer hermosa; tan hermosa como muchas que había visto, tan deseable como otras tantas a las que había poseído. —En un momento dado, María no estuvo segura de si hablaba de aquel personaje de la leyenda dorada o de él mismo—. Por supuesto, Margarita era bellísima, pero había algo más. Quizá su candidez. O su forma de andar, o de inclinar la cabeza cuando el sol impactaba en su cabello. El prefecto no tenía ni idea, solo sufría de amor y estaba seguro de que jamás encontraría a nadie como ella. Jamás.

Se hizo el silencio. Hasta allí dentro no llegaban ni el griterío de las gaviotas ni las olas del mar ni el susurro del viento, así que lo rompió María.

—¿Y qué hizo?

—La buscó, por supuesto —dijo él al instante—, la encontró y le pidió matrimonio. Y a ella no le desagradó, pues aunque no lo dice la leyenda, no debía de ser un tipo mal parecido, pero a partir de aquí la historia empieza a enturbiarse.

Hasta ese momento a María le había encantado. ¿Por qué todas las historias que empiezan con buen pie tenían que truncarse cuando más necesitaban terminar bien?

—¿No se casaron? —preguntó, deseando con toda su alma que Allen le dijera que sí, que se casaron, que él la amó más de lo que era posible explicar con meras palabras, que ella se sintió la mujer más dichosa del mundo, que sus hijos lloraron sobre sus tumbas cuando uno se marchó apenas unos días después que el otro, porque no entendía el mundo sin su presencia..., pero sabía que si Margarita estaba allí, en una vieja vidriera, era porque la cosa debía haber terminado realmente mal.

—Ella lo quería —explicó Allen, sacándola de sus cavilaciones—, pero por encima de todo estaban sus creencias, y era una época donde ser seguidor de Cristo no estaba bien visto en la política. —Esbozó una sonrisa pícara para aliviar el final dramático de la historia—. Así que nuestro amigo la mandó con una buena romana que le enseñara las ventajas de un digno sacrificio a los dioses paganos.

—Vaya —exclamó ella, a quien Olybrius acababa de dejar de gustarle—, intentó doblegarla.

—Y no lo consiguió —confirmó él—. Al final Margarita murió, pero no se arrodilló, y por eso está en esa vidriera.

María debía reconocer que ahora miraba a aquella mujer con ojos diferentes. Antes de que Allen le contara su historia no era más que otro panel de vidrio tintado, tan incomprensible como los demás. Ahora era un trozo de significado, un ideal que encajaba bien con lo que su corazón necesitaba en ese momento de su vida.

—¿Y sabías todo esto cuando viste la postal de tu amigo? —preguntó, pues no podía haber otra explicación para que la simple contemplación de un trozo de cartón con una imagen impresa le hubiera hecho desistir de aquel viaje que prometía noches muy animadas.

Allen sonrió. María creyó observar cierto azoramiento. ¿Era posible que él se hubiera ruborizado? Debía de ser un espejismo, o que otro rayo de sol estuviera atravesando una túnica encarnada antes de impactar sobre su rostro.

—Cuando vi la postal —dijo esquivando su mirada—, solo supe que aquella mujer rubia y de intensos ojos verdes que ves en la vidriera se parecía enormemente a otra que había conocido unas semanas antes —se detuvo un instante para proseguir, enfrentándose al verde de sus pupilas—. Una mujer de la que ni sabía su nombre —apartó la mirada cuando comprendió que María, ensimismada con la historia que acababa de contarle no se había percatado de lo que decía—. Y a partir de ahí simplemente empecé a buscarla.

María había avanzado unos pasos para tener una mejor visión de la vidriera. Allen la observaba desde atrás, sin poder apartar sus ojos de ella.

—Una mujer que podía haberlo tenido todo al lado del prefecto, pero que optó por tenerse a sí misma —dijo ella para sí, mientras de forma inconsciente se acariciaba el anillo.

—Una mujer preciosa que encandiló a un pobre hombre —contestó él, aunque sabía que ella no lo oía—. Eso es lo que vi.

Fue entonces cuando continuaron recorriendo el recinto hasta salir al exterior. La tranquilidad de hacía unos instante había desaparecido. La pequeña explanada delante de la iglesia estaba abarrotada de gente bien vestida, y justo delante de la puerta había un hombre joven, nervioso y ataviado con chaqué.

—¡Una boda! —exclamó María. Eso sí que no lo esperaba, se dijo Allen. Había creído que allí jamás subía nadie, y sin embargo ahora estaban inmersos precisamente en la cosa en la que menos quería que meditara María—. Por eso las flores de la iglesia.

—Si quieres, podemos esperar a la novia —propuso él ante su entusiasmo—. Y después podemos hacernos pasar por invitados, así comeremos gratis.

Ella sonrió encantada. Hacía dos días que no pensaba en su propia boda. Un acontecimiento que debería estar ocupando su cabeza constantemente. Al menos eso le decían sus amigas casadas.

—Dentro de cuatro meses —dijo ella observando cómo el novio era incapaz de estarse quieto, dejando su peso ahora en un pie ahora en otro, o apartando de su frente un pelo invisible—, Edward estará tan nervioso como ese chico a la puerta de la iglesia y yo iré en su busca embutida en un traje blanco que ha elegido Karen.

—Puedes buscar otro —dijo Allen a su lado—. Aún estás a tiempo.

Ella lo miró un instante para volver a centrarse en el chico del chaqué.

—¿Otro traje u otro novio?

La ceja levantada con que él le devolvió la mirada contradecía la sonrisa que se formaba en sus labios.

—Me has entendido perfectamente.

Sí y no. Porque precisamente estaba allí para descubrir si lo que necesitaba era de verdad otro vestido, o nada más y nada menos que un novio distinto, una vida diferente, un nuevo mundo.

—Tendría que elegir también otro lugar de celebraciones —murmuró ella, intentando recordar todos los preparativos de su boda, de los que había sido una mera espectadora porque habían sido los otros quienes habían decidido por ella—, y otra iglesia, y otro menú. Incluso otros invitados. Todo lo han hecho los demás. Y ahora me pregunto si ha sucedido así porque yo no estaba ahí realmente. No estaba en el lugar que me correspondía.

Mientras María seguía observando cómo el joven novio saludaba a los invitados, Allen tenía la mirada clavada en ella y se acababa de dar cuenta de que ya no llevaba puesto el anillo de pedida, sino aquel modesto aro de plata que él había guardado durante dos años como su mayor tesoro. Eso hizo que una ternura inmensa acariciara su corazón. «La chica sin nombre», así la había llamado durante todo aquel tiempo. Alguien anónimo. Sin un presente ni un pasado. Con un futuro incierto en el que quería verse ubicado. Durante esos dos años, Allen le había escrito muchas cartas que nunca había sabido dónde mandar. Aún estaban guardadas en un cajón de su escritorio, y esperaba que algún día pudieran leerlas juntos, abrazados mientras contemplaban una puesta de sol. En ellas exponía su corazón al bisturí del tiempo, a la inclemencia de la distancia, al dolor de la ausencia. En aquellas cartas él se preguntaba una y otra vez quién sería aquella mujer anónima, dónde estaría, con qué llenaba sus horas mientras él la anhelaba en la distancia. Por eso había querido ir con María a aquella exposición de cartas de amor, porque de alguna manera así ella podría empezar a comprender la dimensión de lo que albergaba su corazón. Ahora que sabía que ella no había sido solo un maravilloso sueño, que conocía retazos importantes de su pasado, que comprendía en la locura que se había convertido su presente, lo único que permanecía inmutable era lo que había deseado de su futuro.

—¿Siempre has pensado que tu boda sería así? —le preguntó de improviso, porque necesitaba dejar de pensar en todo aquello.

María ni siquiera lo recordaba ya. Era una evocación tan lejana, tan oculta debajo de capas y capas de restricciones que tuvo que meditarlo antes de contestar.

—Cuando era pequeña, quería escaparme con mi novio en una moto y casarnos los dos solos en Las Vegas —casi se ruborizó solo de pensarlo—. Como ves, mi ideal de boda es bastante diferente a la que me han organizado.

Un par de chicas muy bonitas no dejaban de mirar en su dirección. Evidentemente, era a Allen a quien observaban. Sonreían, cuchicheaban y volvían a mirarlo. María se había percatado de aquello. Una mujer siempre sabe cuándo le están tirando los tejos al hombre que está a su lado, pero él parecía ajeno al efecto perturbador que producía en las mujeres.

—Hay veces que no logro entenderte —le dijo él al cabo de un momento. De verdad que le resultaba difícil comprender cómo había dejado que otros construyeran su vida. Cómo había permitido que la ocultaran tras capas y capas de seda dorada.

A María aquello no le pareció una novedad.

—Ni yo misma lo consigo.

Hubo un momento de silencio. A lo lejos les pareció oír el sonido de un coche que se acercaba. Debía ser la novia. Seguro que ella no tenía las mismas dudas que atenazaban a María. Seguro que ella era feliz porque el chico pelirrojo que no dejaba de mirar el reloj era el hombre de su vida. Sin dudas.

—¿Cuándo sabremos la respuesta? —preguntó María en voz baja, sabiendo que era una cuestión sin respuesta—. ¿Cuándo sabremos si todo esto sirve para algo?

Él ya había meditado sobre aquello. Había esperado… ¿Qué había esperado, una revelación?

—No lo sé —dijo con voz cansada—. Nos vamos mañana y siento que todo esto que estamos haciendo no sirve para nada.

Ella también lo percibía así. Había esperado… ¿Un milagro? ¿Un descubrimiento?

—Al menos… Al menos… —María fue incapaz de continuar.

De nuevo un instante en el que no hubo palabras. ¿Qué habían esperado de aquel viaje de apenas dos días? ¿Que de pronto se miraran y ambos comprendieran que jamás serían felices si no estaban el uno con el otro?

—Esperaba descubrir por qué eres tan especial para mí —dijo Allen como un eco de lo que sucedía dentro de su cabeza—. Y sigo sin saberlo.

—¿Y si no lo descubres?

Esa pregunta le había atormentado toda la noche. Le había pedido a María aquella última oportunidad. Un fin de semana juntos. Sin embargo, ahora se daba cuenta de que quizá no serviría para nada.

—Lo que suceda entre nosotros a partir de mañana, cuando volvamos a Londres, estará en tus manos. —No la miraba mientras lo decía, sino que tenía la vista perdida en algún lugar invisible de la fachada—. Si decides que podemos darnos otra oportunidad, yo... Si decides que no debemos vernos más…

No había ambigüedades. No había argumentos tejidos con hilos invisibles que pudieran tornarse a un lado o a otro. Allen era así. Claro, seguro y transparente.

—¿Te alejarás de mí? —preguntó ella sin saber muy bien por qué lo hacía—. ¿Desaparecerás de mi vida si decido seguir como hasta ahora?

Allen la miró directamente a los ojos. Los de ella expresaban tantas preguntas como anhelos.

—Si así me lo pides, lo haré —le dijo con firmeza—. No necesitaré explicaciones.

Sin explicaciones. Todo quedaba en sus manos. Elegir entre un hombre u otro. Entre la vida confortable y conocida que le proponía

Edward y… ¿Y qué podía ofrecerle Allen? Antiguas amantes que le sonreirían con descaro en algún restaurante, malabarismos sexuales que la obligarían a pensar con cuántas otras lo habría hecho a cambio de dinero, la vida incierta de un escritor…

—¿Cuál es nuestra siguiente visita? —preguntó María sin querer pensar. Mañana sería otro día. Mañana buscaría las respuestas.

Y él tampoco quería un sí o un no. Todavía no había llegado el momento. Quedaban unas horas. Aún había esperanza. Tenía que agarrarse a aquello como fuera.

—No tengo ni idea —dijo tras una sonrisa espléndida, pero con un deje de tristeza—, pero algo se nos ocurrirá.

33

—Tómate una copa —le dijo Karen tendiéndole un dedo de whisky con un hielo.

Edward cogió el vaso casi sin verlo. No había conseguido salir del estupor que aquella situación le causaba. A veces estaba seguro de que no era más que un malentendido cuando al instante estaba convencido de que era el punto final de lo que había construido a lo largo de su vida. Había sentido miedo, ira, vergüenza, coraje, envidia, amor…

Karen lo había recogido en la estación y lo había llevado directamente a su preciosa casa de Chelsea. Edward había protestado, pues su intención era ir al apartamento que hasta ese momento había sido suyo y de María, pero su amiga lo había convencido de que ella ya no estaba allí y que lo mejor era pensar tranquilamente y sin precipitarse qué podían hacer y dónde diablos se habría metido su prometida. Miles de ideas habían volado por la cabeza de Edward desde entonces, pero la verdad era que podía estar con aquel tipo en cualquier lugar. Incluso fuera del país. El mundo era inmenso y ella no había dejado rastros. ¿Y si llamaba a la madre de María?, se preguntó, pero lo descartó al instante. Las dos mujeres apenas se hablaban, y si su prometida quería ocultar su aventura a alguien, ese alguien era su madre.

—En la despedida de soltera —murmuró Edward envuelto en la bruma que lo apresaba desde que había llegado, y tras vaciar el contenido del vaso de un solo buche—. Delante de mi propia madre. Jamás lo hubiera imaginado.

Karen le había contado durante el trayecto todo lo que había averiguado, cargando las tintas aquí y allá según le convenía.

—Al parecer no viene de ahora —añadió sentándose a su lado en el sofá.

Pocas veces había estado a solas con Edward. María siempre estaba presente. Debía reconocer que en las distancias cortas aún era más atractivo. Nunca había entendido cómo aquel hombre había elegido a alguien como María para compartir su vida cuando el mundo podía ofrecerle mujeres tan excepcionales como él.

—¿Desde cuándo? —preguntó Edward, sumido en aquella nube de estupor—. Me hubiera dado cuenta. Tendría que haber notado algo. Su forma de comportarse. Su forma de…

—Para mí todo esto ha supuesto la misma decepción que para ti —dijo Karen terminando sus pensamientos—. Además, ese tipo…

—¿Hay algo más?

Sí. Los hombres, a diferencia de las mujeres, eran previsibles. Solo era necesario poner las migas adecuadas en el camino para que ellos picaran como grajos.

—Es un gigoló, un prostituto —confesó en voz baja, como si fuera un sacrilegio decirlo a viva voz—. Cobra dinero por acostarse con mujeres.

Aquella idea fue calando en la mente de Edward y Karen vio con satisfacción cómo sus ojos se iban abriendo mientras comprendía la dimensión de lo que acababa de desvelarle.

—¿María..?

Ella suspiró. Parecía que lo hacía con congoja, pero en verdad era de pura satisfacción.

—Sí, así lo conoció.

Edward no salía de su asombro. La imagen que hasta ese momento tenía de su prometida se volvió difusa, como si la hubiera pintado a carboncillo sobre un lienzo y ahora fuera un borrón. Se masajeó el cabello para después ocultarse el rostro tras las manos. A pesar del viaje, a pesar de la desesperación seguía oliendo a perfume caro y su camisa estaba impecablemente planchada. Sí, era un hombre tremendamente atractivo, pensó Karen. No sería difícil encontrarle una nueva compañera. Pero en esta ocasión se encargaría de que fuera la mujer adecuada. Ella misma la buscaría. Tenía varias candidatas en mente desde hacía tiempo, en cuanto consiguiera resolver aquel pequeño desaguisado.

—Tengo la impresión de que no la conozco —murmuró Edward volviendo a la realidad—, de que llevo todos estos años viviendo con alguien que no es quien creía. —La miró a los ojos, con una mezcla de angustia y frustración—. ¿Estás segura de todo lo que me has contado?

Ella le posó una mano en el hombro para mostrarle su apoyo. Los hombres siempre habían sido su juguete preferido. Las mujeres que estaban en un escalón evolutivo inferior estaban de acuerdo con esa tesis, pero la gran diferencia que había entre ellas era que estas lo interpretaban por el lado sexual. Karen se sentía un ser más evolucionado. El sexo nunca le había importado demasiado. Le excitaba aquello. El poder. La capacidad de manejar la vida de los demás sin que se dieran cuenta. Era algo divino, como si pudiera participar del corazón mismo de la creación.

—Lo he comprobado. Todo es cierto —afirmó Karen—. Empezaron hace dos años. Cuando estuviste en el norte para resolver el asunto de las tierras de tu madre. Al parecer es mucho más ardiente de lo que aparentaba y contigo parece ser que no tenía suficiente.

—Eso ha sido un poco hiriente por tu parte —dijo él al instante.

Karen temió haberse propasado.

—Perdóname —se disculpó aparentando ofuscación—. Estoy tan enfadada que apenas sé lo que digo. Era mi amiga. Mi mejor amiga y no lo he visto venir.

Él asintió. Nadie podía haber imaginado aquello. Creía que la conocía, que lo sabía todo sobre ella. Sin embargo, ahora descubría que su prometida no solo se estaba follando a otro, sino que ese semental cobraba por sus servicios. Se sintió fatal por haberlo tratado con familiaridad. Por haberlo invitado a la barbacoa. Debía de haber sospechado algo cuando los encontró a solas en la cocina. Debía haberse dado cuenta de cómo María se ruborizaba cuando hablaban de Allen. Casi tuvo ganas de reír, si no fuera porque no quería parecer más patético de lo que ya era.

—Estoy anonadado —dijo, aunque si era sincero, lo que quería era buscar a ese tipo que se había llevado a su chica y partirle la cara—. ¿Cómo he podido estar tan ciego?

Karen se acercó un poco más hasta ponerle una mano en la rodilla. Exactamente eso era lo que quería que sintiera. Un rencor profundo. Ese tipo de padecimiento, como el odio, la envidia o la ira, volvían maleables a los que lo sufrían si se sabían decir las palabras adecuadas.

—Ella ha sabido aprovecharse de nuestra inocencia —dijo en voz baja, como un encantamiento—. Se ha ganado nuestra confianza, ha entrado en nuestro círculo y no ha tenido escrúpulos para revolcarse con ese individuo delante de todos nosotros.

Sin duda algo debía habérsele escapado, pensó Edward. Algo debía haberse roto hacía mucho tiempo sin que él se diera cuenta. Recordó a la niña preciosa que hacía los deberes en su cocina mientras su madre limpiaba el polvo del salón. Él la espiaba desde la puerta, absorto en cómo se mordía la lengua cuando algo no salía como esperaba. Esa era la mujer de la que se había enamorado. Espontánea, directa, divertida. ¿Y cómo era ahora María? Quizá él tenía alguna responsabilidad en todo aquello.

—Necesito encontrarla —decidió, poniéndose de pie—. Necesito hablar con ella.

Karen hizo lo mismo. Claro que había que encontrarla. Pero esa tarde no. No iba a vagar por las calles de la ciudad sin saber a dónde ir.

—¿Y qué le vas a decir? —preguntó, intentando parecer tan indignada como él—¿Que no pasa nada? ¿Que todo ha sido un error?

—Intentaré escucharla, intentaré que comprenda que soy capaz de hacerla feliz, aunque tengamos que hacer cambios en nuestra vida.

Aquello no le gustó nada a Karen. No era eso lo que esperaba.

—¿Cambios? —dijo sin poder evitar que su voz delatara el desprecio que sentía por María.

Edward no la miró. Empezaba a darse cuenta de muchas cosas. De que quizá él era responsable en parte de todo aquello. De que no había estado a la altura de las circunstancias, de las necesidades de María.

—¿Sabes una cosa? —le dijo a Karen—. Cuando venía para acá, pensaba que la solución a este problema era tirarme a la azafata —sonrió—. ¿Te imaginas? Hacer lo mismo que ella había hecho y quedar ambos en tablas.

A ella no le pareció agradable el comentario.

—No te reconozco con ese leguaje.

Edward empezó a dar vueltas por la habitación. Estaba equivocado. Había estado equivocado. Ahora empezaba a verlo, a comprenderlo.

—Pero quizá lo que María necesite es que la escuche. Cambiar algunas cosas, relajarse. Mudarnos a París.

Esto último fue como un mazazo para Karen.

—¿Mudaros a París? —inquirió con voz crispada—. No lo dirás en serio, ¿verdad?

Él la miró un instante. No sabía si se había precipitado. Antes tenía que discutirlo con su prometida, porque así la veía todavía, como la chica con la que se casaría y con la que sería feliz.

—Me han ofrecido trabajo —dijo para aclarar todo aquello—. Podemos empezar de nuevo.

Karen lo miró de arriba abajo. Había hecho todo aquello por él. Le había presentado a los mejores cirujanos, le había conseguido plaza en el máster cuando ya no había posibilidades de que lo admitieran, le había... ¿Y ahora quería irse a París? No podía admitirlo.

—Me decepcionas, Edward —repuso, dolida. Dolida porque todo se escapaba de sus manos. Intentó retroceder un poco, dar un paso hacia atrás para más tarde darse impulso—. Lo que tienes que hacer es convencer a María de que se olvide de ese tal Allen, que todo vuelva a ser como antes, que la boda siga adelante, y una vez que termines tus estudios, yo me encargaré de que tengas plaza en el hospital que desees.

Ya encontraría otra manera de quitarse a María de en medio, pero irse a París… de ninguna manera. Tenía que tenerlo cerca. Debía estar bajo su protección.

—Primero debemos encontrarla —dijo él.

—Deja que me cambie —propuso Karen mientras iba hacia la escalera con cara de disgusto—. Va a ser una noche muy larga.

34

El atardecer estaba siendo espectacular. El viento había desaparecido y el sol encendía un cielo apenas sin nubes que llenaba los riscos de reflejos dorados. Ellos habían aprovechado para conocer el pueblo, ver una exposición de artesanía local y visitar el mercadillo de antigüedades donde Allen le había comprado a María unos pendientes de plata que ella llevaba ahora puestos. Apenas habían tomado un sándwich a mediodía y hacía unos minutos que él había dejado el coche en lo alto de un acantilado perdido tras recorrer un camino de cabras para que pudieran dar un último paseo por la playa. Bajar ya había sido complicado. En dos ocasiones él tuvo que tomarla por la cintura para que no resbalara, y en ambas se apartó, porque tenerla tan cerca aceleraba su pulso de forma peligrosa. Abajo, la playa era más bien una cala amplia, rodeada de rocas que la dividían en otras más pequeñas. Se habían quitado los zapatos y arremangado los pantalones. Sentir el contacto frío de las olas que venían a morir a la orilla era un auténtico placer. Pasearon esquivando rocas para buscar una nueva cala cuyo fin se anunciaba a lo lejos.

—¿Qué será aquello? —preguntó María en un momento dado, señalando en dirección a donde se pondría el sol en una hora escasa. Tuvo que taparse los ojos para que no le deslumbrara—. ¿Los huesos de una ballena?

A lo lejos, al final de la playa, algo brillaba sobre la arena. No podría decir de qué se trataba. Era una luz titilante. Cientos de pequeñas luminarias que parpadeaban en la distancia como un enjambre de luciérnagas.

—Vayamos a descubrirlo —dijo él, decidido a desvelar aquel misterio.

Anduvieron un poco más. Según avanzaban en dirección a la puesta de sol, se iba definiendo la forma de aquella encrucijada luminosa que no dejaba de rutilar sobre la arena. Le pareció que eran los restos de una vela abandonada que se movía con los embistes de las olas reflejando los últimos rayos de la tarde. Después creyó que no era más que un claro en la ensenada que recogía de forma diferente la postrera luz del sol. O una multitud de peces plateados que habían ido a parar a aquel punto concreto…

—¿Qué diablos…? —exclamó María cuando estuvieron tan cerca que no quedaban dudas de su naturaleza.

Sobre la arena y también sobre las piedras que bajaban de forma irregular hasta la orilla, había cientos de velas encendidas. Eran de todos los tamaños y formas y solo las unificaba el color blanco de la cera. Algunas descansaban directamente sobre la arena, enterradas como pequeños moluscos. Otras estaban resguardadas dentro de pantallas, de faroles, de lucernarios o incluso de vasos de cristal, grandes y pequeños, más o menos cóncavos. Estaban dispuestas aquí y allá, formando un círculo irregular de luz dorada que marcaba el perímetro perfecto. Había cientos, imposibles de contar de una sola mirada. Justo en el centro habían colocado una única mesa vestida con mantel blanco que se veía preparada para dos: platos, cubiertos y copas. Había una cubitera plateada, llena de hielo, donde se enfriaba una botella de champán. Al lado, firme como una estatua, estaba un camarero impecablemente vestido de esmoquin, con guantes y una servilleta inmaculada colgando de su antebrazo.

—Desde que nos conocimos no hemos tenido una comida decente —dijo Allen disfrutando de su sorpresa—. No podía dejarlo pasar, y menos en nuestra última noche aquí.

María se había quedado parada en medio de la arena. Sin saber qué hacer, pues algo así, preparar algo así solo para ella…

Embelesada por la luz dorada de cientos de velas, atravesó el círculo mágico. El camarero no habló, pero inmediatamente separó la silla para que ella tomara asiento.

—¿Cuándo has..? —intentó preguntar, pero apenas le salían las palabras.

—Esta mañana. Antes de que bajaras a desayunar —le explicó Allen, que estaba disfrutando con el efecto que causaba en María su sorpresa—. Él se ha encargado de todo y ha entendido perfectamente lo que le he pedido.

María miró alrededor. El agua se detenía justo donde se encendían las primeras velas. Pero la magia de aquel resplandor dorado no terminaba ahí, la luz rutilante ascendía por las rocas formando una pared iluminada en medio de la nada. Al otro lado se empezaba a cernir la oscuridad, convirtiendo aquel espacio en un remanso seguro y lleno de calidez.

El camarero se acercó con dos platos de ensalada de langosta, descorchó el champán y lo sirvió muy frío. María apenas había reparado en él, pues aún estaba en shock, pero cuando lo hizo no pudo menos que sonreír.

—¿Has contratado para esto al recepcionista de nuestro hotel? —preguntó cuando este había desaparecido de nuevo por detrás de un montículo de piedra, donde debía haber montado la mesa de servicio.

—No —contestó Allen divertido—. Este es su hermano.

—¡Gemelos! —exclamó asombrada, pues aquellos dos hombres eran idénticos.

—Cuatrillizos —le aclaró él—, y todos trabajan allí, como el que nos cruzamos en el pasillo o el que nos trajo la cena a tu habitación. Así que al fin y al cabo estamos hospedados en el hotel mejor atendido del sur de Inglaterra.

Según avanzaba el anochecer, la luz de las velas tomaba relevancia y hacía más íntimo el ambiente. El camarero era de una discreción absoluta. Solo se acercaba cuando las copas estaban vacías, o cuando tenía que servir alguno de los platos, todos fríos, pero exquisitos.

—Solo hay una cosa en todo esto que no me gusta cómo ha quedado —dijo Allen mirando alrededor y haciendo una mueca con la boca.

—¡Eso es imposible! —exclamó María—. No puede haber nada que no te guste. Es simplemente perfecto.

Él no se dio por vencido, la miró a los ojos y dejó escapar el aire de sus pulmones en un largo suspiro.

—Estas malditas velas no me permitirán ver si esta noche hay estrellas fugaces.

Ella sonrió. Era verdad, el resplandor dorado que les envolvía era como una cúpula de luz donde cualquier cosa fuera de su perímetro permanecía invisible.

—¿Les pedirías un deseo? —se interesó María.

—Siempre hay que pedirles un deseo. Si no lo haces, el universo se enfada.

Eso mismo le había dicho su padre en una ocasión, cuando era pequeña y permanecía en el porche de la casa grande, en sus brazos, contemplando las estrellas. Era un recuerdo que había desaparecido de su mente hasta ese preciso momento. Eso provocó que una corriente cálida recorriera su cuerpo, algo muy parecido a la nostalgia y al amor.

—¿Y cuál sería el tuyo? —le preguntó a Allen dejándose embargar por aquel sentimiento tan dulce.

—No sería un deseo.

—¿Entonces?

El camarero apareció con dos platos de fiambre frío perfectamente decorados. Allen permaneció callado mientras el hombre volvía a llenar las copas de champán y después se marchaba discretamente.

—A esa estrella fugaz le daría las gracias por haberte encontrado de nuevo —continuó una vez que estuvieron a solas—, porque eso es lo que le he rogado a cada una de las estrellas fugaces que han cruzado el cielo desde que te conocí.

María sintió cómo se ruborizaba. Sin embargo, en esta ocasión no apartó la vista de sus ojos. Aquel azul profundo, impactante, era un lugar donde perderse. Un solo «sí» y todo cambiaría para siempre.

—Si la vida no fuera tan complicada…

—Creo que somos nosotros quienes la hacemos así.

Permanecieron unos instantes en silencio. Sin dejar de mirarse, aunque inmóviles, porque ambos sabían que si se tocaban, si simplemente uno de ellos alargaba la mano para posarla sobre la del otro, ya no habría marcha atrás.

—A mí también me gustaría ver esta noche una estrella fugaz —dijo María al cabo de un momento mirando hacia un cielo profundamente negro a aquellas horas, aunque sabía que la luna estaría vigilando cada una de sus palabras.

—¿Tienes un deseo? —le preguntó Allen.

Ella se mordió el labio inferior, cosa que a él no le pasó desapercibida. Le afectó como todo aquella noche. No era posible desearla más, pero ya no era eso lo que quería. Lo necesitaba todo. Necesitaba una vida plena con María.

—Mi deseo es que mañana, cuando abra los ojos, sepa a ciencia cierta qué quiero hacer conmigo misma.

Allen sonrió brevemente. Era consciente de la lucha que pugnaba en el interior de la mujer que amaba. Porque no tenía dudas. La amaba. Como jamás pensó que pudiera hacerlo. Con una pasión que lo tenía aturdido. Con un ansia que a duras penas podía refrenar.

—¿Aún no lo sabes? ¿Qué hacer con tu vida?

Ella levantó la copa, como un brindis al sol. El camarero apareció de nuevo llevándose los platos y trayendo dos cuencos llenos de fruta cortada y endulzada. Allen le sonrió y el hombre comprendió que por ahora no debía volver a aparecer. Cuando quedaron a solas, María alzó de nuevo su copa medio llena.

—Nuestra última noche y aún no lo he decidido. —Él aceptó el brindis y ambos bebieron un largo trago—. Quizá este viaje haya sido un fracaso.

—Eso nunca —protestó él. Su mirada era cálida y acogedora—. El simple hecho de haber podido contemplarte a la luz de las velas lo convierte para mí en todo un éxito.

Ella se ruborizó. No estaba acostumbrada a que nadie le dijera aquellas cosas.

—Allen, yo…

Él apartó el cuenco de fruta a un lado y cruzó las manos encima del mantel. Se aclaró la garganta. Tenía algo importante que decirle.

—Quizá te haya mentido en algo durante todo este tiempo —volvió a aclarase la garganta. María se acercó un poco, expectante—, y es que nunca, jamás, he tenido dudas de lo que quiero.

Y entonces supo que él sí lo tenía claro, y que quizá con una sola palabra ya no hubiera marcha atrás.

—Entiendo que estamos llegando a un punto de no retorno en esta conversación —dijo con aprensión, insegura de sí misma.

—Desde aquella noche —prosiguió Allen—, desde que apareciste en una pulcra habitación de hotel sin ser capaz de mirarme a los ojos…

—La noche que nos ha traído hasta aquí.

—Desde aquella noche supe que estaba en tus manos —lo dijo muy despacio, para que ella entendiera el significado de cada una de aquellas palabras—. Que nada volvería a ser igual. Y supe más cosas, pero veo inadecuado pronunciarlas cuando tú aún no te has decidido.

Aquello era lo más parecido a una declaración de amor que jamás había recibido. Sí, allí no estaban las palabras concretas, pero se podían entender ocultas entre cada línea. Si hubiera sido más explícito, quizá ella no hubiera tenido más remedio que rechazarlo. Sin embargo…

—¿Y si no me decido? —dijo María— ¿Y si no encuentro la respuesta hoy, ni mañana ni pasado?

—Siempre habrá un día más. Dentro de un año, de diez. Siempre habrá un día en que exista una remota posibilidad de que quieras estar conmigo.

Ella suspiró, intentando apartar aquella carga que cada vez sentía más pesada.

—¿Y si no lo hay, Allen? ¿Y si tú y yo jamás…?

—Aun así habrá merecido la pena la espera.

María permaneció unos instantes sumergida en el azul profundo de sus ojos.

—Sabes que no he conocido a nadie como tú, ¿verdad? —le dijo con una tenue sonrisa

—Espero que eso haya sido un cumplido.

—Es cierto —dijo admirada ante el hombre que tenía delante—. Si en todo esto he sacado algo en claro, es que me alegro de que una vez entraras en mi vida, aunque ello supusiera ponerla patas arriba.

—Gracias... y lo siento —contestó él de buen humor antes de apurar su copa de un trago. Ella hizo lo mismo.

—¿Y sabes que jamás he mantenido una conversación como esta? —comentó María sintiendo cómo el líquido helado y exquisito burbujeaba en su cuerpo—. Hablar de uno mismo, de lo que siente más allá de lo que importe.

Él volvió a reír. Aquella chica era desconcertante. Preciosa y desconcertante.

—¿Y cómo te sientes? —le preguntó.

—Creo que bien —lo meditó un instante haciendo un mohín con los labios—. Libre. Feliz —después comprendió que todo se lo debía a él, al apuesto caballero que tenía delante—. Ha sido una cena maravillosa.

Él lo agradeció inclinando la cabeza.

—Me alegro de que te haya gustado.

Las velas empezaban a consumirse y la ligera brisa ya había apagado unas cuantas. Era hora de regresar, a pesar de que ninguno de los dos lo deseaba. Allen le había dicho que saldrían hacia Londres de noche para llegar a la ciudad de madrugada, pues María tenía que llegar a su casa, cambiarse y estar en la oficina a las nueve de la mañana. Aún tenían que desandar el camino de la playa, encontrar el sendero que les sacaría de la cala y llegar al coche. Él se llevó la botella vacía de champán, se despidieron del camarero, que muy en su papel apenas sonrió, y volvieron andando por la arena, uno al lado del otro.

—No sé cómo agradecerte lo que has hecho por mí —apuntó María cuando de nuevo estaban solos en medio de la noche, alumbrados por una luna creciente que aparecía entre las nubes ocasionales una vez que no había velas que la ocultaran. La espuma del mar brillaba cuando rompía sobre la arena y sus pupilas dilatadas se habían acostumbrado a aquel escenario tenue, pero suficientemente iluminado.

—Ya se te ocurrirá alguna forma —dijo él divertido.

Ella lo miró con la frente fruncida, pero llena de buen humor.

—No —aclaró Allen al instante—, no hablo de sexo —pero lo pensó mejor—, aunque también.

Anduvieron unos pasos más. Un poco más adelante María distinguió la forma de una piedra que indicaba que por allí debían ascender a la parte alta del acantilado. Allen se detuvo y ella a su lado.

—Mañana estaremos en Londres —dijo él con una voz tan profunda que María estuvo segura de que procedía de su alma— y todo volverá a ser como antes. Lo que hemos hablado esta noche... será solo un recuerdo

Ella creyó que había llegado el momento que había querido evitar desde que se habían vuelto a reencontrar. Que él la besaría y ella le pediría que no volviera a hacerlo, pero en cambio Allen rebuscó en su chaqueta hasta sacar un trozo de papel arrugado y un lápiz muy usado. Se inclinó sobre sí mismo, lo justo para poder escribir usando como soporte una de sus rodillas. María intentó descubrir la forma de aquellas letras, pero le fue imposible. Después Allen, en silencio, enrolló el papel y lo metió dentro de la botella. Había sacado el tapón de corcho de un bolsillo del pantalón, así como una pequeña navaja. Trasteó con los bordes hasta que el tapón se ajustó perfectamente al cuello de la botella, sellándola herméticamente.

—¿Qué haces? —dijo ella al fin, a pesar de que era evidente. Aquello era un mensaje encerrado en una usada botella de champán.

—Ya que no hay estrellas fugaces no voy a quedarme sin mi deseo —le contestó él sin mirarla—. He dado las gracias y he pedido con todas mis fuerzas que nada..., nada vuelva a ser como antes.

Y entonces Allen se introdujo en el mar, paso a paso, hasta que el agua le llegó a la cintura y ella pensó que desaparecería como un sueño si despertaba. Las gotas saladas salpicaban contra su rostro mojándole el cabello. Pero solo entonces, cuando estuvo seguro de que de esa forma la botella llegaría suficientemente lejos, la arrojó con todas sus fuerzas, entregándola al océano. Permaneció allí parado por unos segundos, azotado por las olas, observando cómo la forma oscura de cristal luchaba contra el embiste de las rompientes hasta equilibrarse y empezaba a alejarse, arrastrada por la marea menguante.

Después, se dio la vuelta para volver junto a María. Estaba empapado, pero le daba igual. Ella permanecía en el mismo sitio, como si hubiera florecido allí. Hermosa y expectante.

Y ante el asombro de Allen fue ella la que recorrió el camino que los separaba, paso a paso, mojándose los pies de agua salada y juntando los labios con los suyos.

35

Allen recibió el beso como si fuera un espejismo. Una equivocación. Algo que no debía estar sucediendo. Siempre había sido él quien daba el primer paso, y el último. Sin embargo, cuando al fin notó el contacto cálido de los labios de María, cuando sintió la leve presión de sus pechos apretados contra su torso, cuando las manos de ella se enredaron en su cabello mojado, todo lo que llevaba tanto tiempo deseando se desató dentro de él como la obertura de una sinfonía.

Al principio, Allen jadeó contra su boca, confuso a la vez que sediento, sin querer creer lo que estaba pasando. ¿Y si solo era un sueño? ¿Y si despertaba y ella no estaba allí, expectante a la vez que ofrecida? El agua fría le lamía las rodillas, pero le daba igual. Allen al fin cerró los brazos en torno a la cintura de María con tanta desesperación que temió hacerle daño, atrayéndola hacia sí con fuerza, como si quisiera fundirla con su cuerpo. Había deseado tanto aquel contacto íntimo. Había imaginado tantas formas de amarla en cada uno de sus tórridos sueños… que ahora le cogía de improviso y se sentía torpe y precipitado.

Solo entonces, cuando estuvo seguro de que aquello era cierto, de que aquella mujer se le estaba entregando sin reparos, se decidió a disfrutar de un beso largo y delicioso. Como un caramelo infinito. Al principio se dejó hacer. Notaba la lengua ansiosa de María dentro de su boca, jugando con la suya, indagando, descubriendo. Su aliento le quemaba los labios y lo excitaba de tal manera que temió terminar antes de empezar. La apartó un instante para tomar aire. Se asfixiaba de placer y de deseo. Ella lo miraba con ojos turbados, como si hubiera despertado de un largo sueño. Y entonces Allen tomó la iniciativa.

Lentamente recorrió con la punta de la lengua el perímetro perfecto de su boca hasta detenerse en el labio inferior. Lo sopesó. Lo degustó. Lo chupó. Lo mordió. Y al fin entró con su lengua sin encontrar resistencia, como un ejército en una ciudad entregada. A su alrededor el viento empezaba a levantarse y las nubes enturbiaban la luna, pero a ellos les daba igual; un ciclón, un huracán no los hubiera movido de aquella tarea cuidada y meticulosa.

A su vez María cerró los ojos cuando la mano de Allen empezó a recorrer su espalda, convocándola y martirizándola al mismo tiempo, sus dedos largos y expertos deslizándose cada vez más abajo. La sensación que la provocaba el tacto de la piel de María era increíble, y se entregó a ella. Mientras seguía besándola sintió que estaba a punto de estallar de un momento a otro. Allen levantó la vista lentamente para intentar calmarse y la clavó en los penetrantes ojos verdes más bonitos que había visto nunca. El pelo rubio de María le caía mojado, a mechones por su cara y su sonrisa era cálida y anhelante. Podía perderse en esos ojos verdes y olvidarse de todo para siempre.

María había decidido dejarse hacer aunque sus manos ya bajaban por la espalda de Allen para posarse en sus glúteos. Allí se aferraron para apretarlos contra su cuerpo, restregarlos, como la única medicina que podía calmar aquel ardor, aquella fiebre antigua. El contacto duro de su miembro allí donde sabía que terminaría hundido esa noche hizo que soltara un gemido que él se bebió con su beso. Las manos de María no podían detenerse, subieron de nuevo hasta su cuello y de un pequeño salto se encaramó a su cintura, sujetándose a las caderas de Allen con el abrazo de sus piernas. A él aquello le volvió loco y la elevó con sus fuertes brazos como si no pesara para mirarla desde abajo. María tenía el cabello alborotado y los labios hinchados. En sus ojos vio la misma fiebre que debía estar devorando ella en los suyos. Un deseo de semanas, de meses, de años. Un deseo que olía a mar, a salitre, a algas y flores mezcladas. Lentamente la fue bajando hasta depositarla sobre su erección. Ella volvió a gemir al sentir el contacto de su miembro justo entre sus piernas. Se apretó aún más contra aquella robustez, contoneando las caderas para aumentar la fricción, jadeando sin poder evitarlo. Allen tenía que hacer un esfuerzo sobrehumano para no derramarse, para no explotar de éxtasis con aquel abrazo. Sin permitir que María se apartara un solo milímetro de su sexo la sacó del agua y con cuidado la tendió sobre la arena seca. Allen se tomó unos segundos para contemplarla. Verla allí, tendida y anhelante, era un espectáculo. El deseo la volvía aún más hermosa.

Allen deslizó una mirada larga y cálida por el cuerpo de María hasta quedar frente a frente. Buscó sus labios y la besó, primero con delicadeza y luego con una necesidad salvaje que pocas veces había experimentado. María recompensó a Allen con un sinfín de sensuales besos por el cuello y los hombros. La sensación de la lengua húmeda de María sobre su piel era muy seductora, y miles de pulsadas de placer recorrían su cuerpo con cada uno de sus besos. Exhaló un suspiro cuando María se separó de nuevo para mirarlo a los ojos, para enfrentarse a aquella desazón azul.

Y entonces María lo supo. Supo la respuesta que estaba buscando. Como algo que había estado ahí desde siempre y que no había querido ver.

Sin poder soportarlo un segundo más Allen volvió al cuerpo de María. Ella se dejó hacer de nuevo cuando él le levantó ligeramente la camiseta y se centró en el contorno de su ombligo. Aquello no iba a ser rápido ni precipitado, pensó María al ver la parsimonia con que se dedicaba a trabajar su cuerpo. En aquel punto la lengua de Allen trazó ligeros círculos contactando apenas con la piel, sus labios más tarde la lamieron como a una golosina, sus dientes dieron ligeros mordiscos que ella contestaba con suspiros entrecortados. Era una tortura deliciosa, un sufrimiento plácido y anhelante porque ya sabía cuál sería el final.

Allen se separó de nuevo un solo instante, lo justo para quitarse el jersey y la camisa mientras se sentaba a horcajadas encima de su cadera, inmovilizándola para que no escapara. De nuevo, con aquella maniobra, sus sexos entraron en contacto separados solo por la tela, y ella forcejeó para hacerlo más íntimo, mordiéndose los labios, para que hubiera más fricción. Él dejó que lo intentara durante unos segundos, pero tuvo que detenerla o explotaría en aquel momento. Al fin, con el torso desnudo volvió a su boca, a su cuello, al lóbulo de su oreja mientras sus cuerpos retozaban tan pegados como si fueran uno solo. María sentía su peso, notando cómo aceleraba el placer en cada célula. Ella también necesitaba quitarse aquella ropa, que su piel entrara en contacto con la calidez de él. Lo intentó, pero fue Allen quien la despojó, dejándola solo con el sujetador. De nuevo María hizo el esfuerzo de quitárselo, pero tampoco él se lo permitió. Le puso un dedo sobre los labios, como si le pidiera silencio, y entonces bajó hasta su pecho sin dejar de chuparla. Cuando María sintió su aliento encima de la tenue tela de encaje, creyó que moriría de placer. Pero él solo la apartó ligeramente, por arriba, dejando que uno de los senos quedara al descubierto. Lo que tanto había deseado la otra vez que la poseyó lo llevó a cabo en esta ocasión. Boca y pezón eran uno solo. Lo lamió, lo mordió y lo besó de tantas formas que los labios le dolían. Con lengua y con dedos al unísono sobre la superficie hinchada de su pecho. Solo cuando quedó satisfecho la ayudó a incorporarse para desatarle el sujetador y presionar su torso contra los pezones endurecidos. Aquel contacto lo volvió aún más loco. Notaba cómo la fiebre le recorría el cuerpo a ramalazos, a ráfagas de placer que lo dejaban aturdido y excitado. La boca de María siempre era el centro al que volvía tras hacer una incursión a cada recodo de su cuerpo. Pero esta vez duró poco tiempo. Allen bajó por su cuello usando sus dedos y su lengua, se entretuvo apenas un instante en las areolas de su pecho dando ligeros mordiscos, pasó de largo la oquedad de su ombligo y trasteó con el botón de su pantalón. María sintió su calma y su urgencia, que en ella se volvieron precipitación y deseo. Cuando al fin lo desabrochó, deslizó los pantalones por sus muslos, dejándole solo las braguitas empapadas. Como hiciera con el sujetador, tampoco las quitó de primera. Lamió su sexo a través de la tela, aspirando el aroma a pasión que desprendía. Ella arqueó la espalda, incapaz de soportar el placer. Era como si mil fuegos artificiales estallaran allí abajo, como si de alguna forma su intimidad estuviera conectada con su visión, pues veía borroso el entorno a causa de tanto placer.

Con una habilidad pasmosa, Allen le quitó al fin las bragas, dejándola desnuda sobre la arena. De nuevo se apartó un solo instante. Quería grabar aquella imagen en su retina. Quería que nunca se borrara. Hermosa sobre la arena, iluminada de estrellas. Con la misma maestría se deshizo él de sus pantalones y de su ropa interior, que arrancó con urgencia sin importarle que se la llevara el mar o se la comieran los cangrejos. María vio el estado en que se encontraba y el deseo la invadió en cada poro, en cada rincón perdido de su cuerpo. Allen le hizo caso al brillo de sus ojos y dirigió su lengua hacia el vello rubio que cubría ligeramente su vagina. Jugó con él, enredándolo en los dedos, hasta que su lengua decidió hurgar más adentro. Era un territorio conocido y añorado. Ella levantó las rodillas, incapaz de resistirse y arqueó aún más la espalda, invadida por un orgasmo que no podía controlar. Cuando Allen sorbió su clítoris pensó que no podía existir más placer en el mundo, pero sabía que no era así. Que él trabajaría como un maestro artesano cada punto erógeno de su cuerpo hasta extraer todo el que allí hubiera encerrado. Sí, quería pensar que nada podía ya hacer para que se sintiera tan plena, tan llena de vida. Pero se equivocaba. Él se demoró aún unos minutos allá abajo, relamiéndose, disfrutando de un bocado largamente añorado, y cuando subió, ya satisfecho, llevó su erección consigo hasta detenerse allí donde había estado su boca. María gimió y se entregó totalmente a Allen, sintiéndose consumida por el placer. Abrió los ojos y dejó caer la cabeza hacia atrás cuando él empezó a acariciarle suavemente su húmeda vagina.

Allen la miró a los ojos mientras la besaba, y cuando ella cerró los párpados, él la penetró. Lo hizo con suavidad, intentando no hacerle daño. Calibraba la fuerza de su empuje a cada beso, hasta que los leves quejidos de dolor de María se convirtieron en largos suspiros de placer. Entonces supo que estaba encajado y emprendió una larga marcha.

Primero tumbados, más tarde sentados sobre la arena con ella en su regazo. Empezó a llover, una lluvia fina y fría, pero a ellos les daba igual, como si no existiera, solo estaban el uno para el otro. María se contoneaba como una bacante, hincada en la dureza de Allen. Él suspiraba, gemía a cada movimiento, aturdido, asombrado de lo que aquella mujer lograba con su cuerpo, sintiendo que no podía más, que tanto placer no podía existir.

Allen sintió que iba a estallar de un momento a otro. Se corrió de una manera brutal, el orgasmo recorriendo todo su cuerpo hasta dejarlo casi sin sentido. En aquel momento ella ya estaba doblegada a base de espasmos, uno tras otro. Él lo hizo con un quejido largo, agónico a la vez que notaba la humedad de María sobre sus muslos.

Cayeron el uno sobre el otro en la arena. Respirando con dificultad. Recibiendo la caricia de la fina lluvia sobre la piel como nubes etéreas de vapor.

Ella estaba a su lado, aún convulsionada por el placer, agotada de todo lo que su cuerpo había soportado, pero había una sonrisa indeleble en sus labios hinchados. Allen la miró, sin poder moverse, y ella giró también la cabeza. Sus ojos se encontraron, y por primera vez no había ningún velo entre ellos. Solos los dos.

—Te quiero —dijo él con el poco aliento que le quedaba—. Te amo.

36

María permanecía con la cabeza apoyada sobre el hombro de Allen mientras el coche tiraba millas. Se sentía completamente feliz quizá por primera vez en muchos años. De vez en cuando lo miraba de reojo para cerciorarse de que era cierto. De que estaba allí y no era un espejismo, un sueño anómalo y lejano. A su alrededor había empezado a amanecer con una luz tenue, difusa, pero de una belleza indescriptible.

Durante toda aquella noche habían dado rienda suelta a su deseo tanto tiempo contenido, experimentando con sus cuerpos aquello que su imaginación había recreado desde que se vieron por primera vez. Ella había perdido el pudor y gozado de aquel hombre divino hasta la extenuación, abriéndose a él, a todas sus caricias, a todos sus deseos. Por su parte, Allen había practicado lo que durante dos años había soñado hacerle. Hasta el éxtasis. Devorando cada pulgada de piel, indagando en cada sinuosidad hasta derramarse y hacerla gritar de placer. Hasta terminar jadeantes y húmedos de sudor, empapados, y sin poder soportar más los embistes de una noche de lujuria y de amor. Apenas habían dormido. La madrugada era corta y tenían tanto tiempo que recuperar.

En una ocasión, los labios de María habían recorrido lentamente su pecho, depositando suaves besos en su trayectoria. Allen gimió cuando la boca de María encontró su pezón izquierdo y empezó a provocarlo con la lengua. Él arqueó la espalda y se alejó de nuevo. María jugueteó con los dos pezones hasta que ambos se pusieron duros, y entonces empezó a mordisquearlos. Allen disfrutó del placer que María le proporcionaba siguiendo su recorrido hacia abajo. Sobrepasando la línea de vellos que conducían a su ombligo y continuando hacia la entrepierna. María besó la punta de su pene y siguió descendiendo, envolviendo todo su miembro de un calor apasionado y afectuoso al mismo tiempo. Allen gimió y se dejó llevar por los placeres que le proporcionaba la boca de María. Los movimientos de los labios de ella sobre su miembro. Los dos estaban empapados en sudor y el aire parecía como cargado de electricidad. Allen notó un escalofrío delatador que recorrió todo su cuerpo. Se le hinchó aún más la sexualidad, se le contrajeron los testículos y el movimiento lento y provocativo con el que María lo masturbaba se tornó desesperado. Ella se acercó de nuevo hacia su rostro sin dejar de acariciarlo; su boca cubrió la de María de besos largos, profundos, y apasionados, pero en ningún momento desvió la mirada de sus ojos verde esmeralda. Todo lo que le importaba de este mundo era devolverle la mirada, desearla y necesitarla.

Se bañaron juntos en aquel aseo compartido y volvieron a hacer el amor rodeados de agua caliente que poco a poco desentumeció sus músculos cansados. María, con los ojos cerrados, lo cabalgó mientras se derretía por dentro. Allen, sin poder dejar de mirarla, con una sonrisa de esperanza dibujada en sus labios, la apretó contra sí a la vez que se derramaba de nuevo dentro de ella con un gemido contenido, asombrado por la capacidad de aquella mujer de volverlo loco de placer. Después se habían tirado en la cama, desnudos y abrazados, aún húmedos, sin más palabras entre ellos que los latidos del corazón. Sin otro propósito que no separarse mientras durara. Mientras, el tiempo transcurría lentamente en el reloj. Se habían vestido sin dejar de besarse. Separándose lo menos posible. Riendo cuando un abrazo los volvía torpes para ponerse los pantalones o anudarse el sujetador.

Cuando bajaron a recepción era muy entrada la madrugada. Debían volver a Londres. En unas horas amanecería un nuevo lunes y María tenía que trabajar. Los atendió uno de los cuatrillizos, pero a María le dio igual cuál de ellos era. En aquel momento solo pensaba en lo que acababa de suceder. En la dicha que la embargaba dejándola desmadejada. En los minutos que simplemente habían permanecido abrazados, en lo feliz que había sido en ese momento. Que todavía era.

—¿Tienes hambre? —había preguntado él cuando ya surcaban la carretera amparados por la oscuridad de la noche. Ella se había acurrucado sobre su hombro, sintiendo su calor a través de la tela.

—De ti —dijo dándole un ligero mordisco en la oreja.

—No vuelvas a repetirlo o tendré que aparcar en la cuneta —le contestó él muy serio, sabiendo que no era una fanfarronería, sino que lo haría de verdad y la poseería de nuevo sobre el asiento trasero.

Recorrieron más millas sintiendo que aquel instante podía romperse, como una pompa de jabón. María intentaba retener en su cabeza cada imagen de aquella noche, cada momento. Todo aquello era suyo, solo suyo, y no quería perderlo. Por su parte, Allen no podía dar crédito a lo que acababa de suceder. Lo había soñado, lo había deseado con tanta fuerza... Pero aun así había dudado si ella se entregaría y mucho menos con aquella pasión desatada y pudorosa que lo volvía loco.

—Estamos llegando a Londres —había dicho María cuando empezaron a desfilar las primera edificaciones de los arrabales de la ciudad.

Allen le besó el cabello. Aquella mujer siempre olía a algo fresco y delicioso. Pensaba que estaba dormida, dolorida de tanta pasión como habían disfrutado desde el atardecer.

—¿Qué harás? —preguntó Allen al fin. Estas palabras le habían estado quemando los labios desde que ella lo había besado en la playa, habían flotado en su mente cuando se habían amado, y fueron el tapiz de fondo que enmarcó cada orgasmo de esa bendita noche.

Ella lo pensó con cuidado antes de contestar. «¿Qué haría?» Había sido tan ingenua de imaginar que sería fácil de conseguir, a pesar de saber la respuesta. Como una luz que se enciende.

—Solo sé lo que no puedo dejar de hacer —dijo con aquella voz cálida y ronroneante—: verte de nuevo.

No era la respuesta que Allen esperaba, pero se sintió dichoso.

—Estoy dispuesto a lo que sea —confesó él con tanta seguridad que sabía que las palabras provenían de su corazón—, pero no quiero perderte.

Aquella refutación logró que se formara una sonrisa en los labios de María. Quería besarlo, agradecérselo, pero tendrían un accidente si daba rienda suelta a lo que deseaba de él.

—¿Estás dispuesto a ser mi amante si me caso con Edward? —le dijo medio en broma, pero él no bromeaba.

—A ser tu perro si es necesario, si así puedo lamerte la mano —le contestó Allen muy serio—. Si así puedo recibir una caricia de vez en cuando y llamar tu atención cuando estemos solos.

Aquella declaración, sin pizca de humor, la conmovió. Jamás había imaginado que un hombre pudiera sentir algo así por ella. Y menos un hombre como Allen.

—¿De verdad me quieres? —preguntó aún perturbada por sus palabras.

Él le apartó el cabello de la frente y le besó los labios. Fue un beso tierno y delicado, «un beso de azúcar», lo habría llamado su madre.

—Hace dos años no lo entendí —le contestó él volviendo su atención a la carretera—. Solo sabía que hacer el amor contigo no fue como con las demás. Ahora lo sé: me enamoré en ese instante. En el momento en que te vi. Y desde entonces solo he estado buscándote. Llevo toda mi vida buscándote, y eso es algo que no puedo cambiar.

María suspiró. Aún no se había hecho la pregunta. «¿Desde cuándo estaba enamorada de él?» Porque indudable, irremediablemente lo estaba. Como una adolescente, como una niña tonta que se deslumbra ante los fastos del primer beso, como una mujer sensata que descubre al hombre que ama. Se sorprendió de lo poco que había escuchado a su corazón. Solo era cuestión de detenerse y sentir cada latido. Este maltrecho amigo había hablado cada vez que Allen había aparecido en su vida, en cada sueño, en cada roce inesperado. Era una sensación deliciosa y amarga a la vez porque llegaba en el momento más inoportuno, en el de más difícil salida.

—¿Qué voy a hacer, Allen? —preguntó María con un suspiro, sin querer separarse del calor reconfortante de su abrazo.

—Lo que sientas —dijo él mirándola un instante para volver a la carretera—. Seguro que no te equivocarás.

Habían atravesado Londres, pero la cuidad ya no era la misma. María ya no era la misma. Ella seguía acurrucada sobre su hombro y quizá por primera vez en su vida sintió que aquel era el lugar donde siempre había querido estar. Segura, satisfecha, independiente.

Allen detuvo el vehículo a las puertas del bloque de apartamentos de María. Habían llegado. Ella tenía el tiempo justo de ducharse de nuevo pues sentía que aún la embargaba el olor delicioso del sexo. El tiempo de tomar un taxi y llegar al trabajo.

—Si quieres te espero —le dijo él, intentando apurar al máximo aquellos instantes juntos—. Puedo llevarte…

—Tienes que descansar —le contestó María acariciándole el rostro, un rostro soñado y anhelado y que ahora era solo para ella.

—¿Necesitas que recupere fuerzas por algo en especial? —le preguntó de nuevo Allen con un guiño malicioso.

María soltó una carcajada que a él le pareció la cosa más deliciosa del mundo.

—Saldré a las seis —fue lo que dijo, esquivando su comentario, porque si seguía por aquel camino tendría que invitarlo a subir, tendría que hacerle el amor y llegaría tarde al trabajo.

—Estaré esperándote en la puerta de tu oficina sin ropa interior —dijo él dándole un ligero beso en los labios.

—Eso tendría que decirlo yo —le contestó María con una sonrisa sobre sus labios.

—Menos mal —soltó un bufido—, no sabía cómo proponértelo. Iba a ser un poco incómodo para mí con los vaqueros. Seguro que rascan.

Ella volvió a soltar una carcajada. Simplemente se sentía feliz y daba igual que el cielo se hubiera nublado, que cayeran chuzos de punta o que un planeta desconocido fuera a impactar sobre la Tierra. Se dio un beso ligero en el dedo y lo depositó en los labios de Allen. Después intentó abrir la puerta del coche. Ya llegaba tarde.

—Ven aquí —dijo él, porque no podía evitar que se marchara.

La arropó en sus brazos y la besó. Ahora sí fue un beso largo y apasionado, donde labios y lenguas se convirtieron en uno solo para sellar con fuego un pacto de amor.

—Voy a contar los minutos que estaré sin ti —dijo Allen intentando recuperar el aliento.

—Y yo los segundos que tardaré en volver a verte —le contestó ella dando los últimos tiernos mordiscos a sus labios.

—Primero iremos a cenar —dijo él sin poder apartar la mirada, viendo reflejado el amor en sus pupilas—. Conozco un barco donde ponen pescado de muy buena calidad. —Volvió a besarla—. Me apetece ver el brillo de las velas en tus ojos, charlar mientras te tomo de la mano y besarte ante la mirada escandalizada de los camareros.

Ella volvió a reír. No quería irse. Solo quería estar a su lado. Siempre.

—Pensaba que estabas ansioso de sexo —le dijo con sorna.

—Eso será después —Allen se mordió los labios pensando en el banquete—, y ya empiezo a relamerme.

María iba a decir algo más. Quizá que lo amaba. Que era el hombre de su vida. Pero aún no. Aún había muchas cosas que aclarar, que ordenar en aquella vida catastrófica que se desplomaba por instantes. Tenía que decidir qué iba a hacer con una boda que ya estaba preparada.

—Te veo luego —dijo, abriendo de nuevo la puerta.

—Preciosa… —Cuando ella estaba fuera del coche, Allen estuvo a punto de decirle… pero no se atrevió—. Te veo luego.

María le lanzó un ligero beso soplando sobre la palma de la mano y entró en el edificio sabiendo que si se volvía él seguiría allí, y que precisamente eso era lo que más deseaba en este mundo.

37

Aún tenía la sonrisa dibujada en los labios.

El ascensor la llevó hasta su planta y durante todo el trayecto permaneció recostada sobre la pared, recordando aquella noche, aquel viaje, todos los días pasados junto a Allen. Había algo cierto, y era que cada hora a su lado la recordaba como dichosa. Momentos en los que era ella misma con sus virtudes y defectos, en los que no tenía que convertirse en la persona que todos esperaban encontrar, en la perfecta María, en la sofisticada María, en la adecuada María. Quizá el error había sido ese, coger cuando aún era una niña la primera salida que la apartaba de una vida que la asfixiaba sin darse cuenta de que se metía en otra que no le pertenecía. Ahora le quedaba un largo trecho por delante. Aunque no lo pareciera, aunque quien la viera llegar dolorida y feliz pensara otra cosa. Su vida era un gran dilema en esos momentos; se casaría dentro de cuatro escasos meses y no precisamente con el hombre que acababa de dejar en la puerta de su casa. Aquella idea la hizo sonreír. Lo absurdo y doloroso de aquello la hizo sonreír. Todo era tan ilógico, tan desquiciante… que no le quedaba más remedio que elegir. Y este tipo de elecciones nunca se hacían sin causar un gran daño.

La puerta del ascensor se abrió y ella se demoró en salir como si supiera a ciencia cierta que, una vez llegara a su apartamento, aquel fin de semana habría terminado y ella tendría que enfrentarse con la realidad. Se apartó el cabello rubio ceniza que le caía sobre los ojos y al hacerlo le llegó el aroma de Allen, aún impreso en su piel. Olfateó el aire y cerró los ojos. Volvió a sonreír. No iba a ser fácil. En ese momento lo que aparecía en su mente era que Allen tenía un pasado, mientras que Edward proyectaba un futuro. Sin embargo, lo que su corazón dictaba era que su prometido era ya pasado mientras que ansiaba un futuro con el antiguo aprendiz de gigoló.

Introdujo la llave en la puerta. Aquel había sido su hogar, a pesar de que no había elegido ninguno de los cuadros que colgaban de las paredes, ni la tapicería del sofá, ni siquiera la disposición de los muebles en el espacio. Aquel apartamento era el símbolo perfecto de cómo había sido su vida hasta entonces. Hasta que llegó Allen y le dio el beso en los labios y ella despertó comprendiendo que había estado dormida en un castillo embrujado.

—María —exclamó Edward poniéndose de pie cuando ella entró en la casa.

No le sorprendió tanto el verlo como el despertar de golpe de aquel sueño que iba trazando su mente como si fuera el hilo perdido de Ariadna. Edward, su prometido, estaba allí, de pie en medio del salón. Y Karen a su lado. Él parecía desamparado, con sus verdes ojos acuosos y expectantes. Ella, en cambio, tenía los brazos cruzados sobre el pecho y la miraba desafiante.

—¿Tú…? —atinó a decir María.

Él al fin anduvo los escasos pasos que los separaban y la abrazó. Fue un abrazo tierno y breve, como siempre, como si temiera que un contacto más íntimo lo volviera demasiado humano. La mantuvo entre sus brazos un instante, el preciso para apoyar su mentón sobre el cabello y poder separarse de nuevo.

—Dios mío —exclamó Edward—. Llevo toda la noche buscándote.

—Pensaba que estabas en… —dijo sin intención de terminar la frase.

Él se separó, sosteniéndola por los hombros, buscándole los ojos.

—¿Cómo estás? —preguntó, sin encontrar nada que reconociera de antes—. Ven, siéntate conmigo.

La arrastró como si fuera una muñeca de trapo hasta el sofá. Karen se sentó en el otro, manteniendo las rodillas apretadas y las manos cruzadas sobre el regazo.

—¿Por qué has vuelto? —le preguntó María, que lo último que era capaz de hacer aquel día era enfrentarse a su prometido.

—Karen me lo ha contado todo.

La tomó de la mano, aunque parecía más un gesto aprendido que instintivo. ¿Se lo había contado *todo*? ¿Qué exactamente? Aquella mujer no tenía ni idea de la complejidad de su mente, de la necesidad de amor de su corazón, de pasión.

—¿Todo? —preguntó.

—Lo que te ha hecho ese canalla —le respondió Edward, como si fuera suficiente—. Cómo te ha seducido. Lo sé todo.

María parecía desconcertada. Acababa de encontrar de improviso a su prometido y a la que creía su mejor amiga hasta hacía unos días y que por alguna razón ahora la detestaba sin haberle dado siquiera una oportunidad.

—¿No crees que esto deberíamos hablarlo a solas? —repuso a Edward, pero a quien miraba era a Karen.

La otra se dio por aludida y se puso de pie alisándose la falda.

—Saldré a la terraza a fumar un pitillo —dijo para después desaparecer camino de la zona interior del apartamento.

Cuando se quedaron a solas, Edward pareció reaccionar, como si ya no tuviera que representar un papel en público, el papel de amante comprensivo y ofendido.

—María —le recriminó con una voz más dura de lo que esperaba—. ¿Qué diantres te ha pasado? ¿Qué te he hecho?

«No quiero estar aquí. No quiero seguir así», se repetía ella en su cabeza. Solo necesitaba volver a su trabajo, aparentar que nada había sucedido... Y necesitaba tiempo para pensar en Allen y en ella.

—Tú no tienes la culpa. Si hay algún responsable de esto, soy yo.

Él aflojó la presión. Quizá porque la conocía tan bien que sabía cómo tenía que tratarla en aquellos escasos acontecimientos donde perdía los nervios y se dejaba llevar por ilusiones vanas y quiméricas.

—¿Es verdad lo que me han contado? —le preguntó temiendo la respuesta.

—¿Qué te han contado?

—Que has estado acostándote con ese... —No se atrevió a calificarlo. Tenía miedo a lo que pudiera salir de su boca.

María apartó los ojos de sus manos, pues hasta entonces habían estado perdidos allí, en aquel anillo de plata que no había vuelto a quitarse. Cuando miró a Edward, se dio cuenta de que lo quería. Aquel chico simpático, guapo y ambicioso. Había apostado por ella cuando nadie daba un penique por el futuro de la hija de una criada. La había introducido en sus exclusivos círculos sociales. La había enseñado a vestirse, a comportarse, a ser una más. A cambio, solo le había exigido que lo amara y que no sacara los pies del plato. Sí, lo quería. Pero ahí terminaba todo.

—Es verdad —le contestó sin apartar los ojos del verde de los suyos. Pupilas gemelas que se habían enfrentado juntas al mundo.

Edward suspiró, porque había mantenido el aire en los pulmones hasta que ella había contestado. Quería que le explicara que todo había sido un simpático malentendido. Una acumulación de circunstancias que habían terminado en aquel enredo, pero que en verdad apenas conocía a aquel tipo, y por supuesto nunca había retozado en su lecho. La hubiera creído. Aunque las evidencias dijeran lo contrario. La hubiera creído.

—Es un maldito puto —dijo Edward como si descubriera algo obvio—. Se acuesta con mujeres por dinero. Lo sabes, ¿verdad?

Ella asintió. Estaba claro que Karen lo había informado bien y por supuesto se habría recreado en los detalles más escabrosos.

—También sabes que soy un hombre comprensivo —expuso Edward dulcificando su gesto—. Estás nerviosa con los preparativos de la boda. Quizá te hemos exigido demasiado. —Sonrió, como si con aquellas palabras hubiera dado en la clave y todo se convertiría en una anécdota—. Ese tipo es innegablemente atractivo y conoce las técnicas para seducir a pobres incautas. Todo eso puedo comprenderlo. Un par de noches de juerga con un desconocido. Puedo llegar a comprenderlo.

Ella negó con la cabeza.

—No es eso.

Pero él, como siempre, no la escuchó. Necesitaba reconstruir aquella realidad. Hacerla conmensurable para su mundo perfecto. Hacerla medible, editable, para que todo volviera a encajar de nuevo.

—Incluso puedo tolerar que lo veas un par de veces más mientras vuelvo a París —dijo intentando ser condescendiente—. Y que no me lo cuentes, por supuesto. Eso no quiero saberlo. Te cansarás de él y haremos como si nada hubiera ocurrido.

María suspiró.

—Te digo que no es eso.

Pero de nuevo Edward no estaba dispuesto a escucharla. No. No podía escucharla.

—Disfruta de estos días —la volvió a tomar de la mano—. Como si yo no existiera. Déjalo todo en manos de Karen. Ella ultimará los preparativos de la boda. Y dentro de cuatro meses nos reiremos de esta loca aventura, te llevaré al altar vestida de blanco y reanudaremos nuestra vida como si...

Ella apartó la mano de golpe. ¿Es que no se daba cuenta de que ya nada sería igual? ¿De que la niña asustadiza había desaparecido?

—¡Edward, te he dicho que no es eso! —exclamó, sin poder contenerse, notando cómo las lágrimas acudían a sus ojos—. ¡Es precisamente esto! Que no me escuchas, que no formo parte de tus decisiones, que... que no me reconozco en la mujer que he creado para ti.

Él la miró estupefacto. ¿Dónde estaba María? ¿Dónde estaba la mujer con la que había decidido construir su vida?

—Estás trastornada y lo sabes —dijo a modo de advertencia.

—Estoy cansada —se defendió ella—, asustada, hastiada, avergonzada de mí misma.

—¿Y crees que ese tipo va a arreglarlo? —Se sentía ofendido, sí. Ofendido porque lo comparara con un tipo como aquel—. Los hombres como ese solo se acercan a mujeres tontas como tú porque creen que hay dinero. Cuando sepa que no tienes nada, que sin mí no tienes nada... ¿Cuánto crees que tardará en abandonarte para buscarse a otra?

Y podía tener razón. Era un miedo oculto que planeaba cada vez que se acercaba a Allen. ¿Y si le mentía? ¿Y si de verdad su pasado se imponía como una lápida fría y oscura? Sabía que había personas que nunca podrían cambiar su naturaleza, como si fuera un sello de fábrica indeleble al tiempo. Allen había estado con muchas mujeres. Ella solo con Edward... y con él. Sus mundos eran tan distintos, sus experiencias vitales tan diferentes...

—Él no es así —dijo para defenderse más que para defenderlo—. Él ya no es así.

—Siempre son así —le contestó Edward, perdiendo la paciencia por un instante—. Ese tipo de rufianes no cambian nunca.

—Te digo que no —afirmó. Pero si tuviera razón..., ¿qué sería de ella?—. Dejó la prostitución cuando me conoció. Ahora se dedica...

—Artimañas, mentiras, trucos para conseguirte. —Edward no le daba tregua. La conocía y sabía que soportaba mal la presión—. Así es fácil. La novedad y muchas mentiras. ¿Vas a ser tan ingenua de tirar por la borda todo lo que hemos construido juntos por un maldito gigoló?

«No quiero escucharte, no quiero oírte», se repetía mientras los argumentos de Edward iban derribando una a una sus murallas.

—Te digo que ya no se dedica a eso —dijo sin fuerzas—, desde hace dos años.

—Pues si te dijo eso, te mintió —sonó la voz de Karen apareciendo de nuevo en el salón.

Ella la odió en aquel instante. Hurgando como una araña. Atenta a las desgracias para lanzar su tela y atrapar la presa.

—Por favor —suplicó. Si con Edward era difícil, con Karen sabía que le sería imposible—, déjanos a Edward y a mí...

De dos zancadas su antigua amiga estaba junto a ella, de pie, como una deidad terrible que tenía el don divino de la justicia.

—No, porque no quiero que sigas engañada —dijo Karen sin ceder un instante, animada por la mirada esperanzada de Edward que veía cómo María se iba fracturando, cómo la sólida convicción con la que había entrado en aquella habitación ya no existía—. Ese tal Allen, ha seguido acostándose con mujeres a cambio de dinero todo este tiempo —continuó implacable—. Mientras flirteaba contigo y barajaba si tú eras la adecuada para un retiro dorado. Tienes que saber que mientras te contaba cosas bonitas cobraba un cheque de otra infortunada a quien acababa de calentar la cama.

«Mentiras, mentiras y más mentiras», se dijo tapándose los oídos. No quería escucharlo. Ella había leído su corazón, el corazón de Allen y lo que allí había encontrado era la verdad. Una verdad pura y cristalina como no había visto antes.

—Eso no es cierto —le dijo al fin a Karen mordiendo las palabras, con la esperanza de que aquello la callara—, y lo sabes.

—¿Que no lo es? — Allí estaba su gesto de suficiencia, el mismo con que despreciaba a un camarero que no la atendía como deseaba, o a una rival que se ponía en su camino—. Escucha esto —tomó el móvil y marcó un número. No tuvo que esperar, al instante alguien contestó y ella accionó el altavoz—. Elissa, dile lo que me contaste.

—No sé si…

Sonó dubitativa la voz de su vecina.

—Por favor —la urgió Karen—. Es por su bien.

Hubo un segundo de silencio, de vacilación donde los tres permanecieron expectantes.

—Bueno, Allen y yo… —se oyó la voz de Elissa— *nos vemos de vez en cuando. Pago su tarifa y pasamos unas horas juntos* —se detuvo como si esperara una aprobación para continuar—. *Lo venimos haciendo desde hace años. Solo tengo que marcar su número y siempre está disponible. Son unos cientos de libras bien empleados…*

—No —dijo María taladrada por el dolor, por la evidencia—. Mientes.

—***Me consta que tiene a otras clientas a las que también atiende*** —continuó Elissa, aunque su voz había adquirido un matiz más inseguro—. ***Siento tener que decirte esto.***

Allí estaba la evidencia que se había negado a ver durante todo este tiempo. Había intentado pasar por alto su pasado, su presente, pensando que era una anécdota, que de verdad ella le había impresionado tanto como para dejarlo atrás. Se sintió ridícula. Una mujer absurda. Tan ingenua que todos podían opinar sobre su corazón y moldearlo como si fuera de arcilla. Pero la arcilla se secaba y se volvía dura como la piedra. Dura y frágil.

—¿Cuándo fue la última vez que estuviste con él? —inquirió, pues para Karen aún no era suficiente.

—***El miércoles*** —repuso la voz al otro lado del teléfono—. ***Me falló un plan y le pedí que viniera.***

—¿Ves ahora el tipo de hombre por el que has estado a punto de tirar tu vida por la borda? —dijo Karen triunfante.

María no contestó. Podía ser cierto. Le había dicho que la llamaría y no lo hizo. El miércoles Allen no dio señales de vida. María permaneció callada, con la mirada perdida al frente, intentando asimilar todo aquello.

—Cariño… —dijo Edward tomando de nuevo su mano.

—Por favor —ahora ella la apartó lentamente, sin acritud, porque su voz tampoco estaba crispada, sino serena—, no me toques.

Aquel cambio exasperó a Karen. Había esperado verla destrozada, agradeciéndole que velara por ella como una buena amiga. Había esperado que todo volviera a ser como debía, una conjunción perfecta de planetas que le confirmara que su mundo no admitía cambios a menos que ella los aprobara. Ya se encargaría ella en el futuro de que Edward supiera lo que le convenía.

—No seas estúpida —le escupió Karen con desprecio—. Solo te queda Edward, y deberías estar agradecida de que no te haya puesto las maletas en la calle por comportarte como una zorra.

—¡Karen! —Él se puso de pie de un salto y la miró con tanta furia contenida que ella se asustó—. Vete de mi casa. Ahora.

Aquello fue una sorpresa para Karen. No lo esperaba. Era lo último que se había imaginado. El mundo estaba repleto de desagradecidos. Al final se lo iba a merecer. No era más que el hijo de una maestra. No era más que un maldito médico con ínfulas de…

—No. Ella no —dijo María poniéndose de pie. Su rostro estaba sereno como una lámina de mar tras una tempestad—. Me iré yo.

Edward iba a detenerla, pero se abstuvo de tocarla.

—Pero, cariño… —se quejó, tan confundido como al principio.

—Adiós Edward. Ha sido una suerte que una vez aparecieras en mi vida —le respondió ella con una sonrisa triste—. Pero tengo que salir. Tengo que pensar en qué debo hacer. Por favor.

Él asintió y se apartó de su camino.

—¿Estarás bien? —susurró como una súplica antes de que se marchara del apartamento—. ¿Me llamarás luego? No puedo dejar que te vayas en ese estado.

Ella se volvió. Karen seguía allí. Sabía que en cuanto desapareciera volvería a urdir un despropósito con el objeto de apartar a Edward de ella.

—No te preocupes por mí, estaré bien —le dijo a aquel hombre que la miraba anhelante—, pero ahora tengo que marcharme.

38

La elección adecuada eran las rosas rojas. Lo sabía. Pero tenía tanto que decirle que no estaba seguro de que fueran suficientes. La primera intención de Allen cuando entró en la floristería había sido encargar tantos ramos como cupieran en el despacho de María. Tantos que mirara donde mirara pensara en él. Pero podía ser excesivo; daría que pensar a sus compañeros y no pasarían desapercibidos. Podía no ser lo más adecuado, desde luego, para una mujer que si no terminaba de decidirse por él se casaría en unos meses.

—¿Qué le regalaría usted a una mujer bonita? —le preguntó al dependiente de la floristería, un caballero de edad avanzada que, ataviado con delantal impermeable y armado con unas podadoras, daba los últimos retoques a un impresionante ramo de flores de todos los tonos de rosa.

El hombre lo miró circunspecto. No era una pregunta baladí. Lo pensó unos instantes antes de contestar.

—Depende de la relación que usted quiera mantener con ella, señor.

—Muy acertado —estaba claro. No era lo mismo un ramo para agradecerle su magnífico tino en una operación de apendicitis que un ramo para declararle su amor eterno. ¿Qué quería decirle exactamente a María? Muchas cosas, pero una de ellas tomó relevancia—. Me gustaría que entendiera que lo que más deseo es que esté a mi lado.

El dependiente no lo dudó.

—Siemprevivas es una buena elección, señor.

Había señalado un gran jarrón lleno de minúsculas flores moradas que exhalaban un perfume campestre. Sí. Le gustaban. Pero ¿sería suficiente?

—Y que me desviviré a cada instante para que cada uno de los días que decida estar junto a mí sea feliz. Libre y feliz —añadió Allen.

La frente de aquel hombre se arrugó. Era una combinación delicada. Juntos y felices y a la vez libres. Una chispa pareció iluminar sus ojos cuando dio con la respuesta.

—Añadiría margaritas, señor —dijo mostrándole un gran ato deslumbrante que se refrescaba en un cubo de zinc—. Alegría y felicidad no exentas de la libertad campestre de esta flor humilde, pero única.

Siemprevivas y margaritas. Le gustaba. Pero no era suficiente. Lo había verbalizado una vez. Era capaz de hacerlo de nuevo.

—Quiero que sepa que la amo, que estoy loco por ella ¿Se puede decir eso con flores? —dijo ruborizándose ligeramente.

—¿En qué sentido la ama? —contestó con otra pregunta aquel hombre, acercándose un poco. Era un gran profesional. Debía conocer todos los matices para dar con la solución adecuada—. ¿Cuánto?

De nuevo tenía razón. Tenía que dimensionarlo para que aquel amable dependiente pudiera hacer bien su trabajo.

—Bien, pues imagine que cada uno de los pétalos de cada una de estas flores fueran mi amor por ella —dijo haciendo un esfuerzo para que aquel hombre lo comprendiera—. Pues llene cien estadios como el del Manchester y puede acercarse un poco a lo que siento por esa mujer.

El hombre soltó un largo silbido.

—Le envidio, señor —contestó el dependiente, que se había quedado colgado de cada una de sus palabras.

Allen sonrió y volvió a ruborizarse, algo que creía impensable en él.

—Creo que me envidio yo a mí mismo.

El anciano sonrió.

—No la deje marchar, señor —pocas veces le habían hecho un encargo tan especial—. Cuando una mujer impacta así en un hombre, es muy difícil que uno se equivoque. Es ella —le dijo con absoluta certeza—. Siempre será ella.

Y sin duda lo era. Ella. María. Lo supo en el instante mismo en que la vio. Antes de su primer rubor, antes incluso de que dijera su primera palabra.

—¿Cree que sus flores podrán expresar todo eso?

Aquel dependiente negó con la cabeza.

—No lo sé, señor —se apoyó en el mostrador. Ya sabía lo que tenía que llevarse aquel simpático caballero—. Yo en su lugar me llevaría una sola rosa, roja y sin espinas, sin celofanes ni más adornos, como un corazón. Una rosa única. Ella lo entenderá.

Allen lo dudó un instante.

—¿Seguro?

El hombre sonrió. Sabía lo que se decía.

—Hágame caso —señaló hacia otro de los mágicos rincones donde aún quedaban varias rosas de aquel color—. Y bese a esa mujer en cuanto la tenga en sus brazos.

39

Cuando salió a la calle, anduvo sin rumbo hasta que el ajetreo de los coches, de la vida de la ciudad, la devolvió a la realidad. No podía ir a su trabajo. Le daba igual si al día siguiente la ponían de patitas en la calle. Disimular, mentir, hacer un papel para que todos pensaran que no había pasado nada. Para que le preguntaran por los preparativos de la boda como todos los días… No, desde luego que no. Por un momento pensó en llamar a Allen para pedirle explicaciones, pero tampoco podía. ¿Con qué iba a encontrarse, con más mentiras? En aquel instante María no estaba preparada para eso. ¿Interrogarle, echarle en cara las palabras de Elissa? ¿Creer sin más en las palabras de aquella mujer? ¿Después de haber pasado los días más maravillosos de su vida con aquel hombre? No quería mancillarlos, no quería ensuciarlos. El aire fresco de la mañana le alborotó el pelo y las ideas. Contuvo las lágrimas tanto como pudo, hasta que salieron sin permiso justo cuando llegaba a la calle principal. Se apoyó contra la pared para intentar calmarse. Un hombre se le acercó para preguntarle si se encontraba bien. Ella lo tranquilizó con un «No es nada» y una sonrisa forzada. No, ver a Allen en aquel momento no era posible, aunque fuera precisamente lo que más deseaba. Primero tenía que pensar, que tranquilizarse…

Paró un taxi y le dio la dirección. Tenía frío porque solo se había llevado el bolso. Ya mandaría a alguien a por sus cosas. Durante el trayecto pensó en lo que acababa de suceder. Era un poco el resumen de su vida. Cada vez que había intentado tomar las riendas, todo se confabulaba para que no fuera así. Pensó en Edward y en Allen. El primero la había moldeado según sus necesidades. El segundo… ni siquiera lo sabía. Si lo que había dicho Elissa era cierto, todo había sido una mentira: los besos, las palabras, las caricias. ¿Cómo era posible? Había sido tan real, tan verdadero.

El vehículo se detuvo delante de una casita sin jardín. Pequeña y un tanto destartalada, tenía cierto aire a prefabricada. Cuando pagó, permaneció unos segundos ante la puerta, sin atreverse a llamar. Hacía mucho tiempo que no entraba en aquella casa. En los últimos años, cuando veía a su madre, lo hacía en su apartamento, o en el centro, o Edward mandaba un taxi para que la recogiera y la llevara a donde estuvieran. Era tal y como la recordaba: un espacio humilde en un barrio humilde. Le había insistido a su madre para que se mudara. Ella podía ayudarla, podía alquilarle algo mejor, pero siempre se había negado. Decía que aquel era el resultado de su vida, de su esfuerzo, y que no pensaba cambiarlo por otro que no hubiera pagado con su propio sudor.

Por arte de magia, la puerta se abrió y allí estaba su madre. Era una mujer menuda y delgada. El tiempo y el duro trabajo le habían pasado factura a una piel que debía ser blanca y tan transparente como la de su hija y que ahora estaba ajada y surcada por profundas arrugas. El cabello lo llevaba recogido. Pocas veces se lo había visto suelto, solo para dormir. Había sido tan rubio como el de ella, pero ahora mostraba un color agrisado y deslucido. Tampoco había querido teñírselo, decía que era una pérdida de tiempo y de dinero. La gente esperaba de una mujer española y del sur una especie de belleza morena y racial, y no a alguien rubicundo y con la piel tan clara como el mármol.

—Cuando eras pequeña siempre sabía cuándo estabas tras la puerta —le dijo su madre secándose las manos con el delantal.

—Mamá —dijo ella arrojándose a sus brazos y dejando que esta vez las lágrimas salieran sin estorbo.

—Ven aquí, mi niña. Ven aquí —la mujer la acogió entre sus brazos, sin importarle lo que pudieran decir quienes las vieran de aquella manera.

Allí María se sintió reconfortada, segura, casi dichosa. No abrazaba a su madre desde… Ni siquiera se acordaba. Su relación en los últimos años no pasaba de comer juntas y en tensión cada dos domingos y llamarse para cruzar un par de palabras dos veces por semana. Y casi siempre terminaban en riña. Aquel aroma a jabón era el olor de su niñez. Aquellos suaves besos sonoros en la oreja mientras buscaba su protección eran los que había disfrutado cuando el mundo se abría sin barreras y solo la tenía a ella para que la defendiera.

Pasaron los segundos, quizá los minutos, y poco a poco se fue calmando. Su madre la miró a los ojos para asegurarse de que estaba mejor, y sin palabras la llevó a la cocina. Recordaba que cuando vivían juntas todo se hacía allí. Era donde estudiaba mientras su madre cocinaba, donde veía la tele o jugaba con los escasos amigos del barrio. Todo seguía igual, inmaculadamente limpio, aunque ajado por el paso del tiempo. Su madre le indicó que se sentara junto a la camilla, preparó dos tés y tomó asiento a su lado.

—Es lo mejor de este país —dijo dándole un largo trago al té humeante mientras cerraba los ojos para disfrutar al máximo de aquel instante.

María la imitó y se sintió reconfortada. ¿Por qué no había venido más a menudo? Había dejado tantas cosas al azar, quizá por pereza, o por vergüenza, o por ambas cosas a la vez. Ahora se arrepentía.

—Edward y yo... —empezó a decir.

—No me lo cuentes si no lo deseas. Con que estés aquí, con que estés bien, yo me conformo —le dijo su madre. Apenas habían hablado de nada que no fueran frivolidades en los últimos años. Quizá tenía miedo a que si daban un paso más allá el frágil equilibrio entre madre e hija se deshiciera del todo. Pero no. No había ido solo a casa de su madre para recibir un abrazo y marcharse sin más. Había ido para empezar a arreglar las cosas desde donde habían empezado a torcerse.

—Mamá, creo que hemos terminado —dijo mientras sus manos se calentaban con el calor humeante de la taza.

La mujer asintió. Ella también mantenía la taza cogida con las dos manos. Era como una imagen reflejada de una misma persona, pero donde el tiempo había causado estragos entre una y otra.

—¿Y cómo te sientes?

—Fatal —soltó de sopetón sonriendo con tristeza ante aquella falta de duda.

Su madre también sonrió. Era evidente, no hubiera sido necesario preguntarlo. Su niña. Su pequeña niña. Hubiera dado cualquier cosa porque ella pudiera coger esa tristeza, y aliviar el alma de su hija.

—¿Te sientes mal por ti o por él? —preguntó de nuevo.

Quería a Edward y no soportaba verlo sufrir. Habían estado juntos toda la vida, ¿cómo no lo iba a querer? Se sentía fatal por los dos. Por lo que había hecho. Por cómo lo había hecho.

—Siempre estuviste en contra de esta relación —le dijo a su madre, aunque sin acritud.

—Eso no es del todo cierto —le contestó ella—. Estaba en contra de que mi hija desapareciera y se convirtiera en alguien que no era.

Se lo había dicho una y mil veces, sobre todo al principio. Últimamente ya no. Últimamente se había resignado a tener una hija estúpida y desconsiderada. Si le hubiera hecho caso…

—La boda… —dijo María—, no sé si…

Desde luego para su madre ese se convertía en el menor de los problemas.

—¡Al diablo la boda! —exclamó acompañando el gesto con un movimiento de la mano—. Eres joven y preciosa. Si sigues queriendo casarte después de esto ya habrá otras oportunidades.

Ambas repitieron el ritual de tomar un sorbo de té. Al unísono, como una programación genética. A su alrededor, solo el sonido del reloj de cuco que colgaba de la pared del salón.

María lo meditó antes de decirlo. No sabía cómo se lo tomaría su madre. Era una mujer tradicional, aferrada a las viejas costumbres, donde las cosas eran o no eran, pero jamás parecían a medias.

—Ha habido otro hombre, mamá —dijo al fin sin atreverse a mirarla.

De nuevo el silencio, pero cuando María levantó los ojos, no vio la mirada recriminatoria que esperaba, sino cierto gesto burlón.

—Espero que sea guapo —repuso sin poder contener una sonrisa—. Nuestro Edward es muy bien parecido.

Ella también sonrió, a pesar de la tristeza.

—Muy guapo —confirmó, porque si algo resultaba innegable era que Allen podía detener el pulso y el movimiento de los astros en el cielo solo con una sonrisa.

Su madre asintió.

—Eso me gusta, pero sobre todo que sea bueno contigo. —Volvió a repartir el resto de té de una ajada tetera de porcelana en ambas tazas y preguntó como por casualidad—. ¿Has dejado a Edward por él?

Ni siquiera podía contestar a esa pregunta. Y es que en verdad no conocía la respuesta.

—Esta mañana iba a hacerlo —dijo—, pero me han dicho cosas… cosas que… No sé qué hacer, mamá.

Su madre asintió. Las cosas no habían sido fáciles para ninguna de las dos. Ella quizá por ser inmigrante y por tener la mala suerte de perder a su marido muy joven. María recordaba que le habían salido oportunidades, por supuesto. A su edad, era aún más bonita que María, pero siempre las rechazó. Su hija había pensado que los había rechazado por el recuerdo de su marido, a quien aún añoraba, pero también porque no quería que ningún desgraciado se inmiscuyera en la educación de su pequeña. Aun así, las cosas no habían salido como su madre había imaginado. Eso nunca pasaba. Nunca.

—¿Estás enamorada del hombre guapo? —le preguntó.

—Se llama Allen.

No quería que fuera simplemente una imagen, sino una persona de carne y hueso que había pasado por su vida en un momento dado, dejando una profunda huella.

—¿Quieres a Allen? —repitió su madre.

Claro que lo quería. Y ahora se daba cuenta de que lo había descubierto la noche en que fue a buscarla para entregarle un anillo guardado durante dos largos años. Observó aquel modesto aro de plata. Era lo más alejado al deslumbrante solitario que Edward le había regalado en su pedida. Sin embargo, Allen lo había llevado colgado junto a su corazón todo aquel tiempo, a la espera de que ella no fuera un espejismo.

—Nunca he sentido nada así por nadie, mamá —confesó—. Ni siquiera imaginaba que se pudiera sentir algo como esto.

—Entonces adelante —le dijo sin dudarlo—. Lo peor que puede pasar es que salga mal y debas empezar de nuevo.

Para ella parecía fácil, pero no lo había sido. Recordaba a varios caballeros bien avenidos que durante su niñez esperaban pacientemente en la puerta de casa a que su madre se dignara simplemente a hablarles y a los que despachaba en cuanto se propasaban. No, las mujeres de aquella familia nunca iban hacia delante; solían más bien refugiarse del dolor para lamerse a solas las viejas heridas.

—Pero no sé si debo fiarme de él —dijo María con la misma duda que la aquejaba desde el principio.

Su madre suspiró. Nunca se había considerado un buen ejemplo. De hecho, quizá fuera ella la responsable de que su hija estuviera ahora en aquella situación.

—Ni lo sabrás nunca, mi pequeña. —Tendió la mano y la puso sobre la de María. Aquel contacto hizo que se le humedecieran los ojos—. Eso forma parte del juego de la vida. No existe ninguna regla que nos garantice que podamos fiarnos de ningún hombre. Ni de ninguna amiga —insistió—. De nadie. Nos traen a este mundo ciegos y sordos. Pero ¿qué podemos hacer sino fiarnos de los demás? ¿Qué otra cosa que ir con el corazón al descubierto? Si lo haces, si lo das todo, sufrirás, pero también es posible que tu vida sea maravillosa. En cambio, si andas con cuidado, si dudas ante los demás por miedo a que puedan hacerte daño, quizá padezcas menos, pero te garantizo que la vida pasará por tu lado sin dejar mucho rastro. ¿Qué nos queda entonces sino entregarnos sin reservas?

Entregarse sin reservas es lo que había hecho hasta aquel momento con Allen y no había dado, precisamente, un buen resultado.

—Para ti es demasiado fácil —se arrepintió en cuanto lo hubo dicho.

—Mi amor, nada ha sido demasiado fácil para mí —dijo su madre sin acritud, pero con una ligera tristeza en los ojos.

Y era cierto. Habían hablado poco de ello, pero una vida que se mostraba llena de promesas se había convertido en un duro camino con el único objeto de aguantar un día más, de sostener su dignidad una jornada más.

—Siento lo que he dicho.

Su madre miró hacia el techo. Aquella niña no iba a aprender nunca.

—¿Otra vez aparece la desconocida, cuando estaba casi segura de haber recuperado a mi hija? —se quejó con un tono cargado de humor.

Tenía que dejar de pedir disculpas a cada paso y aprender a decir lo que quería, sin miedo a que los demás la recriminaran. ¿Por qué había sido tan fácil con Allen? De nuevo él. Pero ya temía que por mucho tiempo siempre sería él. Decidió que no solo podía pensar en ella misma. La decisión que acababa de tomar de anular la boda no solo la afectaba a ella, también a su madre. Trabajaba para la familia de Edward, no podía olvidarlo.

—No sé cómo afectará esto a tu relación con Margaret —comentó, mirando cómo la entristecía aquella pregunta.

Su madre suspiró.

—Me ha llamado justo antes de que vinieras y me lo ha contado todo.

—¡Mamá! —exclamó escandalizada.

Así que ella le había narrado sus penas más íntimas y su madre ya las sabía desde antes de que abriera la puerta. Desde luego *todo* era la palabra más repetida aquel día. Tuvo que sonreír porque aquella mujer jamás cambiaría. Y eso era lo que quería de ella. Su madre le quitó importancia con un gesto de la mano.

—Margaret es una buena mujer —le dijo dándole de nuevo unos golpecitos en la mano—. Está afectada porque su hijo… Bueno, la historia se repite y a Edward le costará recuperarse. Pero ella y yo hemos pasado demasiado juntas. No vamos a dejar de querernos porque vosotros os tiréis los tratos a la cabeza.... Pero creo que ha llegado la hora de que te cuente algo importante.

María la miró extrañada.

—¿Qué tienes que contarme que yo no sepa?

Su madre sonrió, pero era de una manera triste, cargada de recuerdos.

—Algo sobre el amor de mi vida.

—¿Sobre papá? —preguntó sin dudarlo.

—No —le respondió su madre con cuidado—, sobre el hombre al que amé. Sobre el hombre por el que estuve a punto de dejarlo todo.

Por un momento María no supo a qué se refería, como si su madre estuviera hablando en otro idioma.

—No te entiendo.

La mujer tomó aire y se aferró a la taza vacía para coger fuerzas.

—Tu padre y yo entramos a trabajar para los Norton al poco de llegar al Reino Unido —empezó a decir mientras su mirada se perdía por los confines del tiempo—. Apenas sabíamos el idioma, no conocíamos a nadie y los nuestros se encontraban muy lejos —suspiró—. Conocí a Henry, el padre de Edward, en el mercado. Era un gran cocinero, ¿sabes? Como su hijo. Él mismo compraba las verduras y se cercioraba de que fueran las más frescas. Yo esperaba mi turno, esperaba a que el tendero me atendiera cuando me di cuenta de que alguien me miraba de forma insistente. —Una sonrisa muy ligera se formó en sus labios al recordarlo—. Era él, Henry. Más tarde se acercó, me preguntó qué me parecían no recuerdo qué tubérculos, y habló y habló mientras nos quedábamos a solas y a mí se me olvidaba para qué estaba allí. Después me invitó a un té. Yo acepté. No conocíamos a nadie, estábamos desesperados y era la primera persona amable con la que me encontraba. Así fue como me propuso que trabajáramos para ellos. Así fue como nos mudamos de nuestra habitación compartida a la gran casa de los Norton, tu padre para ayudarlo en el campo como perito agrónomo y yo para ayudar a Margaret en las tareas de la casa.

María parpadeó varias veces. Era la primera noticia que tenía de todo aquello. Apenas recordaba a su padre, y mucho menos al de Edward. Solo sabía que se parecía a él, también rubio y con los mismos ojos verdosos. Solo recordaba que siempre estaba de viaje. Poco más.

—¿Fuisteis… amantes? —preguntó con cuidado.

—Ni siquiera nos besamos una sola vez —contestó su madre con aquella sonrisa cargada de amargura—. En nueve años nuestro amor se resumió en sonreírnos cuando nos cruzábamos por el pasillo, charlar brevemente cuando la casa dormía o rozarnos las manos apenas cuando ya no podíamos más. —María vio cómo una lágrima asomaba a los ojos de su madre. A pesar del tiempo, aquello aún le dolía en el alma—. Cuando tu padre murió. Cuando Henry murió…

No soportaba verla sufrir. Su vida había sido dura. A ella le había evitado todos los golpes, y hasta había sofocado un amor como el que ahora le contaba para que todo marchara, para que nada pudiera estropearse.

—Mamá, no tienes por qué contármelo —le dijo acariciando su mano.

—Cuando tu padre murió, mi mundo se hundió —continuó sin hacerle caso—. Era un buen hombre, nos queríamos, pero Henry.... Tras el entierro, Margaret y yo volvimos juntas a casa. Ella ya sabía que estaban en la ruina, que tendría que vender la casa y mudarse a otra más modesta. Y yo sabía que tendría que marcharme y empezar de nuevo contigo en algún otro lugar. Y entonces me lo dijo.

—¿Qué te dijo?

Su madre suspiró. Aquellos recuerdos remotos aún le escocían.

—La única cosa que podía conseguir que yo no sucumbiera en aquel momento —contestó—. Me dijo que Henry me amaba.

Aquella afirmación la dejó sin habla. Esperaba que le hubiera echado en cara el haberse entrometido en su vida, que la hubiera acusado de robarle el amor de su marido. Sin embargo… Su madre continuó.

—Ella lo había sabido siempre. Éramos dos mujeres atrapadas por un destino que se empeñaba en jugar con nosotras —suspiró, y entonces la miró directamente a los ojos, a su hija, a la persona que más quería en aquel mundo—. Pudo ocultármelo, ¿sabes? Pudo guardarlo para sí. Pero me lo dijo. Y por eso nunca, jamás la abandoné. Al principio hubo tirantez entre nosotras. Habíamos compartido el amor de un mismo hombre. Pero el tiempo lo cura todo, mi pequeña, y hoy es, sin duda, mi mejor amiga. Mi amiga inseparable.

A María le entraron ganas de abrazarse a su cuello y besarla. Y lo hizo, dejando a su madre tan sorprendida que casi derrama los restos de té de su taza. Ella le correspondió dándole un beso en la frente y apretándola contra su pecho.

—¿Qué hago, mamá? —le preguntó sin desprenderse del abrazo.

—¿Qué sientes que debes hacer? —le contestó su madre.

Y ese era el problema. ¿Qué diablos debía hacer?

—No lo sé.

Su madre se encogió de hombros

—Pues cuando lo sepas, hazlo —dijo quitándole importancia—. No hay prisas.

Y tenía razón. No había prisas. Solo necesitaba tiempo, y eso era algo que aún le sobraba. Volvió a darle un beso a su madre, manteniendo durante mucho tiempo el contacto de su piel en la mejilla.

—¿Sabes que te echaba de menos? —le dijo acariciándole el cabello.

—Y yo a ti, mi amor —le contestó su madre sonriendo, feliz. A lo mejor no lo había hecho tan mal—, y yo a ti.

40

Allen miró a ambos lado de la calle como si allí pudiera encontrar una explicación.

Había subido al despacho de María y le habían dicho que no tenían ni idea de dónde estaba. Ni siquiera había llamado para excusarse por su ausencia. Nada. Su jefa estaba que echaba chispas, pues en un par de días tenía que presentar la revisión presupuestaria del próximo trimestre. La llamó al teléfono, pero, tal y como le acababan de decir, estaba apagado; seguramente se había olvidado de activarlo. ¿Dónde diablos estaría? Lo primero que le vino a la cabeza fue que le podría haber pasado algo, pero él la había dejado en la puerta de su casa, en la seguridad de su hogar. Se tranquilizó un poco cuando pensó que quizá aún seguía durmiendo. No habían pegado ojo en toda la noche y habían hecho mucho, pero que mucho esfuerzo. Allí plantado en medio de la acera, con un impecable traje negro ajustado y a medida, camisa blanca sin corbata y una rosa roja en la mano, parecía la viva estampa del amor. Un par de chicas se quedaron mirándolo, y una de ellas chocó contra una parada de autobús.

Iba a por su coche cuando la vio venir. Era increíble, pero su sola presencia hacía que sintiera aquel cosquilleo entre las costillas y que su corazón acelerara el ritmo de cada pulso. ¡Dios, cómo le gustaba esa mujer! Estaba preciosa, con el cabello ceniciento suelto y arremolinado por el viento, las mejillas sonrosadas por el frescor de la tarde, y aquella forma de moverse que lo tenía embrujado. Como un felino. Ella lo saludó con la mano cuando estaba cerca y entonces Allen reparó en que no se había cambiado de ropa desde esa mañana. En principio le pareció extraño, pero su mente lo archivó al instante, porque solo anhelaba estar con ella, cerca de ella, todo el tiempo posible.

—Es para ti —dijo Allen tendiéndole la rosa cuando estuvo a su lado.

María sonrió, pero no con la frescura de aquella mañana, sino con cierta tristeza que no presagiaba nada bueno. Había tomado la rosa y aspiraba su fragancia.

—Una rosa roja y sin espinas —dijo María sin apartarla de sus labios—. No hay nada más hermoso. Gracias.

Allen se sintió satisfecho de haber seguido el consejo de aquel florista, sin embargo...

—¿Todo marcha bien? —le preguntó, rogando que le dijera que sí, que todo seguía como lo habían dejado aquella mañana. Como aquel fin de semana. Sin embargo, María lo miraba de una forma que desconocía, a pesar de creer tener grabado en su corazón cada uno de sus gestos de tantas veces como la había imaginado.

—Tenemos que hablar, Allen —dijo ella después de una breve exhalación.

Sus peores sospechas se estaban confirmando. Aquello nunca era un buen augurio.

—¿Ha sucedido algo? —le preguntó.

Ella lo miró a los ojos, intentando sopesar el efecto de lo que iba a decirle.

—He anulado la boda.

Al oír aquello Allen tuvo ganas de reír, de gritar, de cogerla en brazos y besarla hasta que desapareciera el mundo. Sin embargo, sabía que no era todo, que había algo más.

—¿Y cómo te encuentras? —le preguntó.

No dudó en contestar.

—Como si fuera la peor persona del mundo.

—Sabes que no es así, ¿verdad?

No, no lo sabía. Durante el fin de semana había engañado al hombre que le había jurado amor eterno para abandonarlo sin una explicación convincente aquella misma mañana. Eso no lo hacían las buenas personas. Eso lo había hecho ella. Pero aquel no era el asunto que la había traído hasta allí.

—Y después estamos nosotros, Allen.

Allí estaba la cuestión. Allí estaba el punto de inflexión que marcaría su vida de ahora en adelante.

—Nosotros —dijo él como un eco de su voz.

—Dos extraños aún —corrigió María, y a él le pareció un mal presagio.

—Hemos hecho por conocernos —aclaró en su defensa—, y tenemos toda la vida para conseguirlo.

—Lo hemos intentado, sí —María sonrió y a él se le alejaron los malos presentimientos del espíritu. Esa era la maravilla que aquella mujer lograba en su ánimo. Esa era una de las razones por las que la amaba. Y tenía que decirlo.

—Sabes lo que siento por ti, ¿verdad? —le preguntó Allen por si era necesario ser más explícito. Por si tenía que hincar la rodilla en plena calle, en un charco de lodo y decirle que la amaba. Por si tenía que besarla para que cualquier duda se apartara de su cabeza.

María había decidido no contarle nada sobre Elissa. Eso solo dificultaría las cosas. ¿Era cierto que seguía ejerciendo de gigoló? ¿Le diría la verdad si se lo exponía? No, no era eso lo que quería. No era ese el camino que había decidido transitar.

—Sé lo que me dijiste esta noche. Que me amabas —contestó.

—Nunca he sido tan sincero, María —dijo él al instante—. Lo que me dicta mi corazón solo puede ser amor.

Amor. Eso era. Lo sabía. Lo había intuido. Pero quizá aquel día, en aquel momento, no era suficiente.

—Allen, esta mañana le he hecho daño a otro hombre que me amaba —le dijo intentando que él la comprendiera—. Ahora me temo que voy a hacértelo a ti —suspiró para coger fuerzas—. Lo que más deseo en este mundo es estar entre tus brazos, pero ese sería el camino fácil. Pasar de Edward a ti sin haber resuelto nada de mí misma. Posiblemente cometiendo los mismos errores. Cegada por este brillo del amor que acabo de descubrir.

Él la miró desconcertado.

—¿Y qué tiene de malo? —dijo sin entenderla—. Yo te amo. Dices que tú sientes lo mismo por mí. Con eso está todo dicho. ¿Qué más puede haber? No creo que algo como lo nuestro surja todos los días. Apenas creo que aparezca más de una vez en la vida. Una vez en muchas vidas. A la mayoría de los mortales ni siquiera se les da esta oportunidad. ¿Cómo vamos a desaprovecharla sin más? ¿Sin luchar por ella?

María sonrió, pero era más un mecanismo de supervivencia que otra cosa. Sabía que no iba a ser fácil.

—Creo que los dos días más felices de mi vida los he pasado contigo, Allen. De eso no tengo dudas.

Él avanzó una mano, con cuidado, y le acarició la mejilla. Ella la tomó y la besó en los dedos. Aquel contacto fue tan íntimo como si hubieran hecho el amor. De hecho, ella lo sintió así.

—Yo puedo constatar que mis días sin ti no tienen ahora ningún sentido —dijo sin apartar la mano, sin querer hacerlo—. Soy un hombre antes y después de ti. Lo sabes, ¿verdad?

Allen no quería seguir allí. Deseaba cogerla en brazos y llevarla a su casa, a su cama, solo para tumbarse juntos, abrazados, mientras la convencía de que lo que habían construido era algo único e irremplazable, algo que no podían dejar escapar. De pronto recapacitó y una sonrisa burlona apareció en sus labios.

—María, ¿eres consciente de lo que estamos diciendo? —le dijo atrayéndola hacia sí—. Estamos declarándonos nuestro amor.

Ella también sonrió, pero se apartó ligeramente.

—Lo soy —contestó.

—¿Qué es lo que sucede entonces?

Había llegado el momento. No podía dilatarlo más, le dolió más de lo que pensaba. Dejar a Edward no había sido nada comparado con aquello. Sin embargo, no lloró. Ya no le quedaban lágrimas.

—Allen —empezó—, no voy a seguir contigo. Si lo hiciera, me traicionaría a mí misma. Siempre me quedaría la duda de qué hubiera sido de mí, qué hubiera pasado si no te hubiera conocido. Tengo que encontrarme, reconstruirme, y no quiero que seas una víctima colateral.

Allen lo había intuido, quizá desde siempre, que el amor estaba vedado para él. Lo había sabido, quizá desde la primera vez que la vio. Que una mujer como aquella no podía ser suya, no podía compartir su vida, no la merecía.

—Quiero ser una víctima colateral, mi amor, si eso me permite estar a tu lado —dijo a la desesperada.

María tenía que marcharse. Si estaba un instante más a su lado se arrojaría a sus brazos sin remisión.

—Ha sido… —Costaba que las palabras salieran de sus labios—. Ha sido maravilloso conocerte. Quizá en otro momento, en otra vida.

Él no podía resignarse, la cogió de la mano, pero ella la retiró con delicadeza.

—No quiero otro momento ni otra vida —confesó, sin pensarlo—. Lo quiero ahora y te quiero a ti. ¿No entiendes que sin ti mi vida está vacía?

María se apartó. Ni un minuto más junto a él. Ni un instante más a su lado.

—Adiós, Allen —murmuró, separándose de él—. No me odies demasiado.

Él la dejó ir.

Sabía cuándo todo estaba perdido. Era una lección que la vida le había enseñado pronto. Además, le había prometido que si ella decidía que no, él lo aceptaría.

—Nunca podría hacerlo. Odiarte. Solo puedo amarte.

Y ella se marchó sin volver la vista atrás, sin atreverse a ver de nuevo al hombre hermoso y desamparado que se perdía en la distancia como un reflejo dorado de su amor.

41

Cuando dobló la esquina, María tuvo que sentarse. Era un dolor físico, como si le arrancaran las entrañas. El aire no le entraba en los pulmones y parecía que le habían arrancado las costillas. Todo su ser le pedía que volviera a donde había dejado a Allen desamparado, que fuera a su encuentro. Hacia aquel amor que sentía como su única salvación. Pero sabía que sería un error que tendría que pagar más tarde. Quizá años después, pero siempre tendría un precio.

Intentó respirar, que el aire vital circulara entre sus labios, pero aún le quedaba una cosa por hacer. Rebuscó en su bolso y activó el teléfono. Se sabía el número de memoria. Un par de timbrazos y percibió el alboroto de su compañera que había reconocido su número. Ella la escuchó intentando controlar aquel dolor que la atenazaba como un grillete.

—Tienes razón —dijo sin saber muy bien qué le había estado diciendo—, pero dile a la jefa que quiero hablar con ella, por favor.

La chica pareció no escucharla.

—*María, pero ¿dónde diablos has estado?* —repitió al no encontrar respuesta—. *Llevamos buscándote toda la mañana.*

—Estoy bien —volvió a repetir. Cada palabra le costaba un esfuerzo sobrehumano—, pero dile a la jefa que se ponga, por favor.

La chica asintió y al otro lado se escuchó la música de una vieja sintonía televisiva. Sintió náuseas y de nuevo aquel dolor. Allen no abandonaba su mente, su rostro desamparado cuando ella había roto algo que ni siquiera había llegado a comenzar, sus ojos dolidos por una decisión tomada sin comprenderla…

—*¿María?* —sonó al otro lado la voz de su jefa. A pesar de ser una mujer amable, ahora parecía desabrida—. *Supongo que tendrás una explicación a…*

No la dejó terminar.

—Jefa, ¿sigue en pie el puesto de Nueva York?

Al otro lado hubo un momento de vacilación.

—*Sí, supongo que sí.*

Ella no lo dudó.

—He cambiado de idea. Si me acepta, le prometo que no se arrepentirá. Se lo prometo.

De nuevo un instante de silencio. Ella cruzó los dedos. Si aquello no le salía…

—*¿Estás segura?* —oyó que le preguntaban. Suspiró.

—Es de la única cosa de la que estoy absolutamente segura en este momento.

42

Un año después.

Hacía una noche fresca pero deliciosa, de esas que hacían imposible volver a casa sin tomarse una copa tras todo un día de duro trabajo. Así que María aceptó la invitación de John, uno de sus compañeros de oficina, a tomar algo en el Happy Ending, un local que visitaban a menudo.

No era la misma mujer de un año atrás. Se había cortado su tímida melena recta en algo más salvaje, con un ligero flequillo y lo había oscurecido hasta un color miel, dorado, quizá cobrizo. Tampoco vestía de la misma manera. Los trajes chaqueta y los vestidos en tonos blancos y pasteles habían dado paso a ropa más informal: chinos amplios y gustosos, camisetas de colores vivos, vestidos sin forma que se anudaban y ataban para ajustase a su cuerpo. Estaba ligeramente bronceada porque disfrutaba tanto como podía de la vida al aire libre, lo que la volvía radiante. Era como si hubiera florecido. Todo era más atractivo en ella, más fresco, más exuberante. También más hermoso. Su belleza contenida era ahora arrebatadora, y aquella forma felina de andar era ya un paso seguro y preciso, que indicaba que sabía hacia dónde se dirigía.

Tomaron asiento en la barra, en sendas banquetas giratorias. En breve aquello se llenaría de gente y de música, pero aquella era su hora favorita, cuando había pocos clientes y se podía charlar.

—Presa a la vista —dijo John señalando a un chico rubio con cara de perdido que acababa de entrar—. Me temo que la caza me obliga a dejarte sola unos momentos.

Ella rió ante la ocurrencia. Sabía qué iba a pasar. Siempre sucedía lo mismo cuando salía con él. John ligaba y ella tenía que volver sola a casa, pero le daba igual. De hecho, le gustaba aquel paseo nocturno.

—Espero que no vuelvas con el rabo entre las piernas —le picó María, porque no siempre daba resultado su táctica de «Eres nuevo por aquí».

—Eso se presta a interpretaciones, querida —dijo él despidiéndose con un beso en los labios.

María se sentía a gusto allí. Terminaría su copa de Martini y volvería a casa andando. Todo era muy diferente ahora. Vivía sola, se valía por sí misma y tenía muchos amigos que no decidían por ella. Había aprendido a cocinar, acudía a clases de baile y había empezado a pintar, una pasión que acababa de descubrir y que la hacía feliz. Hablaba con su madre a menudo. Ya no eran aquellas conversaciones tirantes y rígidas. Ahora tenían que colgar la una o la otra cuando se daban cuenta de que el tiempo había volado. Se habían convertido en buenas amigas, pero sobre todo en madre e hija. Esa Navidad su madre había estado allí, con ella, y había sido la más hermosa de su vida. De la mano habían recibido el nuevo año en Times Square y su madre se había pasado con el champán por primera vez, que ella recordara. Lo cierto es que la estaba descubriendo; se estaban redescubriendo las dos.

Por ella sabía que Edward vivía ahora en París, donde ya se le consideraba una promesa de la cirugía y pronto dirigiría el departamento de neurocirugía del hospital. No le había preguntado si estaba con alguna chica, pero suponía que sí. No era hombre de estar solo y desde luego era un buen partido. De Margaret también sabía que estaba bien y en más de una ocasión le había mandado recuerdos. La echaba de menos, pero la vida continuaba y no se podía tener todo lo que se deseara. Solo en una ocasión le había preguntado a su madre por Karen. No habían vuelto a verse o a llamarse desde aquella mañana. Su madre sabía poco de ella. Que tenía una nueva amiga íntima y poco más. Sintió lástima de ella.

A la mañana siguiente de lo que ella llamaba «el día en el que el mundo se derrumbó» había cancelado la boda. Edward había insistido, había llorado, la había insultado, pero María no se había echado para atrás. Ese mismo día emprendió su viaje a Estados Unidos, a pesar de que no se incorporaría hasta una semana después. Y a partir de ahí se había dedicado a redescubrirse.

Tomó un trago de Martini y dejó de pensar en todo aquello. El siguiente de la lista era Allen, y aún no estaba preparada para meditar sobre él sin estremecerse.

Una mujer se sentó a su lado, en la banqueta que acababa de dejar John. No la miró, era evidente que estaba algo bebida.

—Camarero, tres copas de su mejor whisky escocés —dijo blandiendo un billete de cien dólares.

El hombre la miró sin demasiado entusiasmo y se dispuso a preparar los vasos. María pensó que aquella voz le resultaba familiar, la de la mujer, y se giró discretamente. Era la última persona que esperaba ver allí.

—Elissa —no pudo evitar decir, aunque lo dijo más para ella misma que para llamar la atención de la otra.

La mujer se giró al oír su nombre. Seguía siendo hermosa y exuberante, enfundada en un estrecho vestido negro que dejaba al descubierto buena parte de su anatomía. Era evidente que no la había reconocido. Entornó los ojos y se acercó un poco más. Cuando al fin su mente procesó la información, sus párpados se abrieron dando paso a la incredulidad.

—¿Eres… María?

—La misma —dijo ella con una sonrisa—. Hace tiempo que no nos vemos.

Elissa parpadeó varias veces, como si quisiera limpiar sus lentillas.

—No sabía que estabas en Nueva York —dijo aún asombrada por aquel encuentro inesperado—. Te hacía en París con…

María volvió a sonreír.

—Lo nuestro terminó —dijo arqueando una ceja—. La misma mañana que hablamos por última vez.

Aquella mujer despampanante se llevó una mano al pecho. Estaba bebida, pero no tanto como para no saber qué decía.

—Karen no me había dicho nada.

Karen nunca se creía en la obligación de dar explicaciones. Ahora lo veía claro. La distancia ayuda a tomar perspectiva. Aún no sabía cómo había metido a aquella mujer en su vida, y menos aún cómo había permitido dejarse guiar por ella.

—Llevo un año aquí —dijo María alejando con un movimiento de la mano aquellos pensamientos. Era algo del pasado. Algo lejano que ya no volvería a molestarle—. Te invito a un trago.

Elissa iba a decir que sí, pero miró hacia atrás. Hacia un grupo de varios hombres, todos más jóvenes que ella, que la miraban de vez en cuando.

—Me esperan mis amigos… —señaló hacia ellos. Iba a marcharse, pero lo pensó mejor—. La última vez que hablamos —se detuvo, lo pensó de nuevo y al fin continuó—. No estoy muy orgullosa de aquello, ¿sabes?

María dio el último trago a su Martini. No solía beber. Como mucho, uno de aquellos cuando salía, pero en aquel momento le hubiera quitado los tres whisky a Elissa y se los hubiera tomado de un trago.

—Entiendo que era mentira, ¿cierto? —dijo intentando no parecer resentida—. Lo que me dijiste sobre Allen.

Elissa levantó las manos a modo de disculpa, incluso le pareció un gesto simpático.

—Karen me dijo que era por tu bien. Pensé que de esa manera se arreglaría lo tuyo con aquel chico rubio.

—Edward —aclaró ella.

—Edward —confirmó Elissa.

De nuevo se iba a marchar. No había mucho más que hablar. No eran amigas, apenas conocidas, y ninguna de las dos podía presumir de haberse llevado bien en el pasado. María supo que no tendría otra oportunidad, así que la detuvo por el codo antes de que se marchara.

—¿De verdad era mentira lo que me dijiste por teléfono sobre Allen? —le preguntó porque, aunque siempre lo había sabido, necesitaba que ella, la mujer que había sembrado la duda, lo desmintiera de nuevo. Que aquellas palabras salieran de sus labios.

Elissa se paró en seco. La miró otra vez, con una mezcla de resignación y confianza. Después volvió a su asiento y liquidó uno de los whiskys de un solo trago.

—Fui su clienta durante cuatro años —dijo con la mirada perdida en un grupo de hombres maduros que acababan de entrar en el bar—. ¡Uf! Aquel chico era pura dinamita. Lo veía una vez por semana y nunca me cansaba. Creo que en cierto modo me enamorisqué de él. A todas nos pasaba, ¿sabes? No era para menos —tomó un trago de otro vaso—. Una noche me dijo que quería verme, y me explicó que no podíamos quedar más. Había conocido a una chica. No sabía lo que sentía por ella, pero no podía seguir dedicándose a aquello. Allen ni siquiera sabía su nombre, pero estaba seguro de que algún día la encontraría. A aquellas alturas ya éramos buenos amigos y salíamos a cenar de vez en cuando. Sin sexo, claro, aunque yo intentaba que aquello se curara, pero nada. Me consta que desde entonces no volvió a las andadas. Compartíamos..., digamos, amigas, y todas tenían la misma queja. Allen ya no estaba disponible —de un nuevo trago liquidó el segundo vaso—. Aquella chica eras tú, ¿verdad?

María se estremeció. Aún le pasaba cuando recordaba a Allen. Eran fogonazos que de pronto la asaltaban. A veces iba en el ascensor y se descubría sonriendo y pensando en él. Otras en el metro, o en medio de una reunión, donde tenía que esforzarse para no quedar fatal.

—Creo que sí —dijo sin querer saber mucho más. ¿Dónde estaba? ¿Había encontrado a una mujer que lo quisiera como se merecía? ¿Aún pensaba en ella de vez en cuando?—. Al menos eso me dijo.

Elissa la señaló con el dedo. Era un gesto heroico para una mujer que acababa de soplarse dos whiskys solos.

—Ese chico no mentía —le dijo—. No he vuelto a verle, pero si te dijo algo así, es que era cierto.

Ya estaba bien. Hablar del pasado no servía de nada y Elissa estaba a punto de desmayarse.

—¿Te quedarás más tiempo en la ciudad? —le preguntó María.

—Vuelvo mañana a Londres. —Se había puesto otra vez en pie. Sus amigos la esperaban. Para ellos la noche era joven—. Si no, me encantaría que comiéramos juntas.

—A mí también —dijo sintiéndolo de verdad—. Sigues tan guapa como siempre.

Elissa sonrió. Tenía una sonrisa preciosa, radiante, llena de luz.

—¿Sabes que ya no eres la niña repelente que eras antes? —le dijo dándole un ligero golpecito en la nariz.

—No sé si agradecértelo o retarte a un duelo —le contestó María divertida.

Ahora la otra se puso seria.

—Disfruta de la vida —le dijo con un deje de amargura—. Es lo único que nos llevamos al otro lado.

Ella asintió, y mientras observaba cómo Elissa se alejaba, pensó que era incapaz de recordar el color exacto de los ojos de Allen.

43

—¿A nombre de quién? —preguntó Allen.

—Para Amanda, señor Rosenthal —dijo la chica sonrojándose ligeramente.

Él le sonrió y estampó una dedicatoria en la primera página de cortesía, seguida de su nombre. La chica la leyó antes de marcharse.

—Es usted… —dijo con el libro apretado contra su pecho—. Tenga —le tendió un papel doblado—, este es mi número de teléfono.

—Por favor, circulen —exigió el guardia de seguridad apartándola con delicadeza. Si todas las mujeres que venían a por su firma terminaban suspirando, aquello no iba a terminar nunca.

Allen lanzó una rápida mirada hacia la cola de lectores que aún esperaban a que les dedicara su última novela. Era impresionante: salía de la tienda y, según le había dicho su agente, llegaba hasta dos manzanas más allá. Sonrió satisfecho. Cansado pero satisfecho. Esta nueva novela, *La extraña de Santa Margarita*, había sido todo un éxito y había supuesto su lanzamiento definitivo. Alfred Rosenthal, su seudónimo, ya era un reconocido escritor de novelas de misterio, y en aquella nueva obra la mayoría de las cosas que contaba eran biográficas. A su agente la novela no le había gustado cuando se la entregó. «¿Dónde están los asesinatos y los cadáveres? Aquí solo aparece esta mujer.» Pero al final accedió a moverla. Y ahora eran los lectores los que estaban hablando.

No pudo entretenerse mucho, pues ya tenía delante a un nuevo admirador y la portada de su libro, que representaba una vieja vidriera. Llegó un momento en que los firmaba automáticamente: sonreía, preguntaba que a quién lo dedicaba, cruzaba unas palabras amables y daba paso a un nuevo lector. Sí, a pesar de las horas sentado y sonriendo, estar en contacto con sus lectores era lo que más le gustaba del mundo. Bueno, había algo más, pero hacía un año que se había prometido no pensar en ella.

El siguiente de la cola puso un nuevo ejemplar de su novela sobre la mesa, él lo cogió y abrió la cubierta. Allí había una rosa seca, aunque perfectamente conservada del paso del tiempo. Era roja, sin espinas, y sus pétalos pálidos aún exhalaban una fragancia ligera. No se asombró. Otros lectores también le regalaban cosas; tarjetas con números de teléfono era lo habitual, pero le llegaban cajas de bombones, todo tipo de manualidades, incluso una bicicleta. Y a él le encantaba, era lo forma que la gente tenía de decirle que le gustaban sus novelas.

Cuando levantó el rostro para preguntar a quién tenía que dedicar aquel ejemplar se le secó la boca. Allí había una chica preciosa enfundada en un ajustado mono de cuero negro de motorista. Llevaba el casco colgado del brazo y el cabello suelto sobre los hombros. Era más oscuro que la última vez que lo había contemplado, y más intenso, mientras se perdía tras una esquina azotado por el viento, pero también más atractivo. Allen notó que un viejo escalofrío le recorría la espalda.

—A nombre de María, señor Rosenthal —dijo ella.

Él vaciló, la miró a los ojos y comprendió que un año después lo que sentía por aquella mujer seguía intacto. Le dolió reconocerlo, pero quien mandaba era el corazón. Estaba más deliciosa que nunca y aquel mono se le ajustaba como un guante. Había algo distinto en ella, era indudable, pero fuera lo que fuera le gustaba más.

Trazó sobre el libro con largas líneas un «A María con...» y lo terminó con puntos suspensivos.

—¿Qué he de poner al final? —le preguntó mirándola con ojos entornados.

—¿Con mis mejores deseos? —respondió ella sin apartar su mirada de la de él.

Allen simplemente escribió «... con deseo» y se lo entregó cerrado.

Ella lo tomó y observó la portada. Representaba aquella vidriera perdida en una remota iglesia de la costa oeste.

—Lo he leído —de hecho se lo había bebido en el avión—, una buena historia.

Él asintió. Era su historia. Lo que les había sucedido a ellos dos. Solo que al final de la novela Allen hacía que los protagonistas volvieran juntos y se amaran para siempre. «Si aquello no había sucedido en la vida real, al menos tenía que creer que era posible», le había dicho a su agente.

—Le sucedió a un viejo conocido —le contestó Allen. Aún no sabía qué hacía ella allí.

María acarició la cubierta. La protagonista de aquel libro se llamaba Ana, pero por lo demás era exactamente igual que ella. El guardia de seguridad, que era implacable, estaba a punto de llamarla al orden.

—Me hubiera gustado conocer a ese amigo tuyo.

Allen sonrió. Hacía un año que no la veía y ahora mismo él volvería a comer en su mano, volvería a caminar bajo una tormenta por ella o a lanzarse a un volcán en erupción si ella se lo pedía. Qué extraño era el amor.

—Quizá te lo presente algún día —le dijo Allen haciendo una mueca con los labios.

Ambos se miraron sin decirse nada más. Él pensó que le sentaba bien aquella nueva imagen. Muy bien. María por su parte al fin se encontraba de nuevo con el color de sus ojos y debía reconocer que eran mucho más espectaculares de lo que había imaginado.

—Bueno —exclamó ella al cabo de un momento, porque ya se escuchaban los cuchicheos de protesta de los seguidores que tenía detrás y el guardia de seguridad empezaba a impacientarse—, hay una cola muy larga, debería marcharme.

El asintió, pero cuando María iba a salir de la cola, Allen le preguntó:

—Sabes que llevas puesto un mono de motorista, ¿verdad?

Ella volvió sobre sus pasos y se apartó el flequillo de la frente.

—Sí, claro —dijo recuperando el aliento—. Tengo la moto fuera.

—Vaya, no conocía esa afición.

María le quitó importancia. El tipo de detrás acababa de resoplar. Seguro que pensaba que aquella pesada no se iba a marchar nunca.

—Es nueva. De hecho, la he comprado esta mañana —dijo ella—. Aún pierdo el equilibrio, pero necesito llegar a Las Vegas.

Los dientes blanquísimos de Allen aparecieron tras su sonrisa.

—Sabes que estamos en una isla, ¿verdad? —se había recostado ligeramente en la silla para verla mejor. Y lo que veía le encantaba—. Y ya debes saber que hay que cruzar un océano y un desierto para llegar allí.

Ella pareció sorprendida, pero duró un instante.

—Lo sé —dijo al fin—. Y por eso tengo dos cascos. Necesito un acompañante.

Él sintió de nuevo aquel escalofrío recorriéndole la espalda. La boca se le había secado y en cambio notaba húmedas las palmas de las manos.

—¿Me estás proponiendo que vaya contigo?

María ahora se inclinó hasta apoyar las manos en la mesa de firmas. Quedó a escasas pulgadas de sus labios, pero necesitaba que Allen oyera detenidamente lo que iba a decirle.

—Señor Alfred Rosenthal —dijo con voz muy clara—, te estoy proponiendo que me des otra oportunidad, te prometo que esta vez no lo echaré todo a perder.

Él esbozó una sonrisa fría y distante. Jamás había pensado oír una palabra inadecuada en los labios de aquella mujer preciosa.

—No sé —se hizo el duro—, tendría que pensarlo.

María asintió. Ya había supuesto que no iba a ser fácil. Lo había dejado un año atrás sin más explicación que un «no puedo» y ahora pretendía que él se entregara sin más. Había sido una estúpida. Pero algo tenía claro, no iba a desistir.

—Es lógico —dijo incorporándose—. Estaré en Londres hasta…

Pero él acababa de levantarse y ya rodeaba la mesa.

—Ven aquí, preciosa, qué diantres tendría que pensar.

La tomó entre sus brazos y la besó. Tenía ganas de hacerlo desde que la había visto aparecer; desde que lo dejó plantado en mitad de la calle hacía ya un año. Era un deseo que lo había acompañado cada uno de los días que habían trascurrido desde entonces. Ella perdió el aliento, pero le dio igual; morir asfixiada por un beso así merecía la pena. A su alrededor algunos lectores de la larga cola lanzaron silbidos de animación y el tipo que estaba detrás de María empezó a aplaudir.

—Entonces, ¿es un sí? —dijo ella tras tomar un poco de aire cuando él la liberó del beso, no así del abrazo.

—Un sí, un sí quiero, un sí enorme —dijo él para después volver a besarla.

Y es que había que recuperar el tiempo perdido y aquellos labios era lo que más había anhelado. La cola se había deshecho y ahora sus lectores formaban un corro alrededor que aplaudían y reían a la vez. Uno de ellos estaba comentando cómo se parecía aquella chica enfundada en cuero a la mujer de la portada. Un equipo de televisión que había concertado una entrevista con el escritor lo estaba retransmitiendo todo en directo.

—¿Cómo sabías que estaba aquí? —le preguntó él cuando terminaron el largo segundo beso, frente contra frente.

—Se me ocurrió llamar a tu agente —dijo ella, y puso un mohín de disgusto—. De paso me informé de si estabas comprometido con alguien y si me mandarías al infierno al verme.

Allen sonrió y le dio un ligero beso en los labios.

—¿Y qué te dijo ella?

Anna, su agente, aquella mujer que había estado en su casa la noche de la borrachera, estaba al fondo de la librería sonriendo satisfecha.

—Que cogiera el primer avión y viniera enseguida, lo antes posible —y así lo había hecho—, y solo me he entretenido para comprarme una moto y este mono que no me deja respirar.

Él volvió a sonreír. En su novela ella dejaba al chico con el que iba a casarse y le decía un sí enorme cuando él le regalaba una rosa roja sin espinas. Se había dilatado un año, claro, pero era un final muy parecido, aunque en este caso el que había dicho el sí enorme era él.

—La cremallera parece difícil —dijo Allen, que ya solo tenía en mente lo que iba a pasar dentro de unos minutos, en cuanto se despidiera de toda aquella gente y pudiera sacarle aquel maldito mono.

Ella asintió con un nuevo mohín de disgusto. Era cierto.

—Habrá que practicar.

Él no pudo evitar besarla de nuevo. Un beso intenso. Largo, sin prisas. El primer beso de muchos que durarían toda una vida, porque no iba a dejarla escapar. María fue quien se separó, buscando sus ojos. A su alrededor alguien había sacado de su mochila una botella de champán, posiblemente un regalo para su autor preferido, y el líquido burbujeante ya circulaba de unos a otros.

—Sabes que siempre lo supe, ¿verdad? —le aseguró ella, porque quería que él lo tuviera claro—. Que te quise desde aquella primera vez en el hotel.

Él asintió, pero le quitó importancia

—Cállate y bésame.

Ella obedeció con gusto, con una sonrisa en los labios, feliz, pues acababa de descubrir que el destino se puede encontrar en el camino que tomamos para esquivarlo y ella no iba a dejarlo escapar jamás.